当代中国生态文学读本

19 倾听一片萌芽

深圳经济特区建立四十周年特辑

远人 主编

四川文艺出版社

图书在版编目（CIP）数据

倾听一片萌芽 / 远人主编. -- 成都：四川文艺出
版社，2020.8

（当代中国生态文学读本）

ISBN 978-7-5411-5748-6

Ⅰ.①倾… Ⅱ.①远… Ⅲ.①中国文学—当代文学—
作品综合集 Ⅳ.①I217.1

中国版本图书馆CIP数据核字（2020）第113036号

QINGTING YIPIAN MENGYA

倾听一片萌芽

远　人　主编

出 品 人　张庆宁
责任编辑　陈雪媛
封面设计　远人工作室
内文设计　史小燕
责任校对　段　敏
责任印制　桑　蓉

出版发行　四川文艺出版社（成都市槐树街2号）
网　　址　www.scwys.com
电　　话　028-86259287（发行部）　028-86259303（编辑部）
传　　真　028-86259306

邮购地址　成都市槐树街2号四川文艺出版社邮购部　610031
排　　版　四川胜翔数码印务设计有限公司
印　　刷　四川华龙印务有限公司
成品尺寸　165mm×235mm　　　　开　本　16开
印　　张　16.25　　　　　　　　字　数　220千
版　　次　2020年8月第一版　　　印　次　2020年8月第一次印刷
书　　号　ISBN 978-7-5411-5748-6
定　　价　48.00元

深圳经济特区建立四十周年特辑

人文 ｜ 自然 ｜ 品质

主办：深圳市光明区文学艺术界联合会

顾问：王晓华

主编：远　人

编委：陈瑛　余巍巍　汪破窑

序

倾听一片萌芽

◎远　人

　　恍然间，我到深圳已经五年了。五年足以认识一个地方。深圳是个很容易认识的城市，也是一个非常难以下结论的城市。今年是深圳建市四十周年。对人来说，四十岁是不惑之龄，对一个城市来说，也到了成熟之龄。从深圳的四十年来看，全国没有哪个城市有比她更大的变化，从渔村到国际化都市是她最令人吃惊的变化。我倒是觉得，深圳真正令人吃惊的是，经过四十年时间，她的成熟不体现于老成、不体现于世故，而体现在她的激情始终没有消退。

　　激情是年轻的体现，只是对深圳来说，她的骨骼已经长大，她的视野已经开阔。西方有句名言，罗马不是一天建成的。这句话内含的意思，是今天无数先进的技术和物质文明，都是经由一代代人的一代代努力才能完成的。罗马能成为欧洲的"永恒之城"，经过了数千年的岁月风霜和文化沉淀。同理，深圳的四十年远远不是她的终点，但无疑是她重要的历史分水岭。

　　站在这道分水岭上，我们可以回看深圳的过去，更可以远眺她的将来。甚至，我们会觉得她的过去短暂，她的未来迢遥。一个人能走向远方，前提是他有足够的准备与耐心；一个城市要走向远方，则不仅要有准备、有耐心，还要有属于她的文化。

与充满历史感的城市如北京、上海、西安相比，深圳的文化基础不占优势，但有目共睹的是，在四十年的时光中，深圳始终在坚持不懈地塑造和累积自己的文化厚度。我刚到深圳之际，最直接的震动就是深圳有数十种刊物在全市的各个区争奇斗艳，这是深圳极为独特的文化现象。有现象就有根基。此外，还有来自全国的大量作家、艺术家选择深圳为自己的扎根之地。之所以如此，不外乎深圳能敞开自己的胸襟，迎接这些来自四面八方的文化和文学的声音。

深圳的文学里，蕴含一种饱满的激情。

所以，在深圳成立四十周年之际，我们为呈现这一激情，编辑了这期深圳作家和写深圳作家的专号。本卷作品经过我们的精挑细选和反复斟酌。这里展示的作品不一定是恰到好处的最佳之作，但它们的共同特色是充满了热爱，充满了一片有力的萌芽之声。

我一直以为，世上最美的声音就是萌芽的声音。萌芽代表了生根，代表了出土，代表了立场，代表了坚定，代表了希望，代表了美好。

身在深圳，我们愿意倾听这一片萌芽之声，更愿意更多的读者和我们一起，认真地倾听，并献上由衷的祝福。

2020年5月11日夜于深圳

目录

CONTENTS

艺　术

特　稿

光　明

文本与绎读

小说

唐 诗／美 好

汪破窑／**强记store**

美 好

◎唐 诗

老 林

　　钱烛是在福永街道的某个广告公司做文案时认识老林的，当时公司为了宣传，特地订制了一批环保袋用来免费发放，上面印着公司的名称、地址和办公电话，由她和一位女同事负责发放。那年刚提倡环保购物袋的使用，去超市购物不再有免费的塑料袋发放。

　　老林身材矮小，夹杂在一群年轻人中间，银发烁烁，偶尔被人挤一下就有些摇晃。钱烛注意到他，特意对同事交代了一下，袋子先发给老人。同事向钱烛挤挤眼睛，不满地低声说道："他都来了两次了。"钱烛笑着说，老年人嘛。可是，他又先后来了四五次，从钱烛手上断断续续拿走了四五个环保袋。第六次，他甚至换了一身衣服，还特意戴了一顶帽子，样子有点滑稽。钱烛不禁笑起来，对他说："叔，你又来了啊。"这个"又"字让他略显急促，喃喃地说："啊？是，是啊，我经过，经过。"当然，她倒宁愿相信他是真的经过。想想，一个老人家，穿过密密匝匝的人群，就为了一个环保袋，况且，他还不惜乔装打扮呢。实在够令人费解的。如果说最开始钱烛还认为他只是贪小便宜的话，到这个时候，她已经彻底改变了想法。她很好奇，他到底是为了什么才要收集这么多环保袋啊？却又无法去问他。很明显，她已经让他难堪了。

巧的是，某天，钱烛到公司附近的一家西餐厅吃饭，再一次遇见了老林。为了区区几个环保袋不辞劳苦的老人却出现在西餐厅，若不是他向她打招呼，钱烛几乎要认不出着装讲究的他。眼前的老人让她充满了好奇。老人大方地在钱烛对面坐下来，憨厚地笑了笑，对她说："姑娘，想不到还能在这儿碰到你！"钱烛将手中的刀叉放下，问："叔，您贵姓啊？"老人回答说他姓林，她便没了话，内心纵然再好奇也并不打算深究。

默默坐了一会儿，老林对钱烛半是解释地说："我在等我的儿子。"她点点头，回答他："没事，您就坐在这儿等吧。"过了一会儿，老人的儿子过来了，是个年轻人，他误认为钱烛是老人的朋友，坐下来点了餐。

父子俩吃饭的时候，老人突然笑着告诉儿子，上次拿的那些个环保袋，多数是从钱烛手中领走的，年轻人抱歉地向钱烛笑了一下，似乎要解释什么，她下意识地说了一句："没什么，老人嘛。"老林将笑脸低下去，这样说："我儿子已经给我做过思想教育工作了。"

年轻人递给钱烛一张名片，是一家物流公司的老总。她说自己肯定比他年纪大，不如叫他小林吧，年轻人不置可否。两个人随意地聊了起来，他当然是说生意经，而钱烛更多的是聊一些软文和硬广。老林在一旁插不上话，也许是觉得无趣，他说自己要去一趟洗手间。

老林前脚才离开，小林话锋一转，摇着头说："这老人，拿他没办法啊。你说如今我这生意做得也不算小了，在深圳有房有车，他还贪小便宜呢。"沉默一会儿，又说，"好多时候，他的做法都让我觉得没面子，说他又不听，我都不知道怎么办才好。"看着小林满脸无奈，钱烛不知道该说什么，一味地笑。紧接着，小林又讲开了："我跟你说这么件事啊，有一回，我在客厅和朋友聊天，聊着聊着，突然听到隔壁房间老是传来哗啦哗啦声。我就奇怪啊，那声音还蛮大。我让我老婆去瞧。瞧了一会儿，她回来了，也没说是什么原因，我也没问。才安静了没一会儿，那哗啦声又传出来了。我老婆瞪我一眼，说：'你自己去瞧瞧吧。'我过去看，气不打一处来。你猜怎么着？老人这是在踩易拉罐哪。也不知道他何时从外面捡了好多空的易拉罐回来，藏在家里，这会儿要整理了，一脚踩一个。我觉得那个难堪啊，要是朋友不了解情况的，还以为是我不孝顺，不管老人，不给他钱花，要他自己去捡垃圾换钱用呢！"

　　钱烛能理解小林的想法和心情，也能理解老人。20世纪四五十年代出生的人是真正挨过饿，吃过树皮、啃过树根，忍不住去捡可以换钱的东西是再自然不过的事情。而年轻人要面子，别说是有钱人，就算是没钱的人也喜欢打肿脸充胖子，这也是再正常不过的。钱烛正想对小林说些自己的看法，老林回来了，他手上多了几个塑料瓶。她注意到小林的脸黯淡了下去，忙打圆场对老林说："叔，你这么一会儿工夫从哪儿找来这些瓶子啊？"老林不好意思地笑起来："那地上扔了这些个，我看要是有人不小心踩那上面了，非得摔个狗啃泥不可！"小林说："拜托您咧，甭说瞎话，这西餐厅怎么会有人扔塑料瓶子？就算是有，您能不能别往回捡，往垃圾桶里扔了，行不行？"老林怔了一下，说："其实，这就是垃圾桶里的，是可回收垃圾，我看餐厅也没有分类处理，就一股脑地全放一块儿去了，到时肯定也就不管不顾地胡乱丢了。"小林轻轻敲了敲桌子，语气颇为无奈："看看，我就猜到了，我说您哎！"钱烛笑起来，说："叔，你心真好，这里的垃圾桶确实没有分可回收和不可回收，带出去扔进马路边的那些垃圾桶也蛮好的。"老人没再说话，他慢悠悠地从原先坐的座位边上的包里摸出一个叠得整整齐齐的环保袋来。钱烛认出那就是她发给他的众多环保袋中的一个。

　　一起走出西餐厅的大门，老林不肯坐小林的车回去，说是要到处转转。小林对钱烛耸耸肩，上车的时候还不忘叮嘱老林："早点回去，别又到处逛，到时又捡些垃圾回去！"

钱烛陪老林走了一段路。老林有个特点，爱评论。这栋大楼的风水怎样，这个小区的绿化做得好不好，这条马路是否该加宽，这个片区节能环保方面做得好不好。她发现他懂得的东西还真不少，尤其是低碳环保方面的知识，老人家话匣子一打开，滔滔不绝。说到他捡易拉罐、塑料瓶这个事，他加重了语气："我儿子不明白，我捡它们并不是为了卖钱，而是为了环保，为了我们的生态环境嘛。我猜你当初对我想方设法领了你们公司那么多环保袋的事情也不……"他似乎怕自己的表达欠妥伤害了钱烛，思索了一会儿才接着说，"你肯定有些不明白我要那么多环保袋干什么。贪小便宜的心理肯定是有的，但是呢，我主要就是为了用来整理各种各样的垃圾，像废纸、塑料、玻璃、金属和布料这些可回收的放一袋；剩菜剩饭、骨头、菜根菜叶、果皮等食品类厨余的垃圾放一袋；废电池、废日光灯管、废水银温度计、过期药品等有害的垃圾另外放一袋；还有，砖瓦陶瓷、渣土、卫生间废纸、纸巾等难以回收的其他类垃圾放一袋。"钱烛愕然，原来垃圾还可以分这么多种类啊。

见钱烛并不反感他的话题，老林讲得更兴奋了。他说，目前常用的垃圾处理主要有综合利用、卫生填埋、焚烧发电、堆肥、资源返还等方法。可回收垃圾用来综合利用；厨余垃圾经生物技术就地处理堆肥，每吨能生产0.3吨有机肥料；有害垃圾则需要特殊安全处理；其他垃圾还得根据垃圾的特性采取焚烧或者填埋的方式。听了老林的介绍，钱烛由衷地赞叹他是环保达人，她说虽然现在人人喊低碳生活，但懂得这么多知识的人相对来说还是比较少的。老林不认同钱烛的话，他说："姑娘，我跟你说，我住的那个小区啊，对政府环保水务建设方面的事情特别上心，不论是老人还是孩子，大家都很热衷环境保护！特别是我们老人，老头老太太时间多，没事的时候就出去转，看看大街小巷有没有垃圾可以捡。"钱烛默不作声，内心涌出一丝惭愧，老林以为她在想别的事情，笑呵呵地说："我跟你说，你回去跟你们同事说，我领你们的环保袋呀可不单单是贪小便宜这么简单的事哩！"

跟老林说再见的时候，钱烛说了一句很感性的话："谢谢您，叔，我们福永因为有了您，有了像您一样关注生态环境的人，真的变得更加美丽了。"他咧开掉了一颗牙齿的嘴，笑声爽朗，也回了一句仪式感很强的话："首先当然要感谢街道相关部门啊，人居环境好，保护环境是我们应尽的义务嘛。"

回家的路上，钱烛刻意留意了一下路面有没有垃圾，竟然连一张纸屑、一个塑料瓶也没有，她想，或者环卫工人扫走了垃圾，或者是如老林一样的环保达人捡走了垃圾，抑或是今天根本就没有人制造垃圾。这样想着，她便感到了简单的快乐。

钱　烛

钱烛在地铁上注意到那个穿着白衬衣的男人是缘于一个小事件。他一只手握着吊环，一只手捧一本书。乍一看，这个画面有点摆拍感。钱烛心里想，这人挤人的，看个什么书啊。也没看清他看的是什么书，反正是懒得瞄他第二眼。倒是男人旁边斜倚在车壁上的女孩引起了钱烛的关注。女孩长相甜美，黑丝袜、过膝的短裙，脚蹬一双学院风的平跟黑色单皮鞋，上身是紧身的黑色内搭，露出两截蕾丝袖口，套一件宽大的牛油果色带帽卫衣。好青春呀，钱烛暗自吐出一口气，竟产生了强烈的自卑感。自卑归自卑，管不住眼睛，时不时找机会往她脸上瞟。

女孩有一双大眼，两颊粉嫩，下巴上有个小肉窝，甚是可爱。额头上一丝抬头纹也没有。头发乌黑发亮，扎成简单的低马尾。在很长的一段时间内，女孩双眼都一眨不眨地盯着手机。每次地铁到站，她都下意识往旁边让，一副安静又美好的模样。钱烛在观察她的时候便忍不住一次又一次在心里发出轻微的叹息。

离目的地还有两站的距离，钱烛正打算不再作无谓的审美时，女孩丢出了一个彩蛋：只见她突然离开车壁，缓缓地往前走。钱烛原以为她在准备下车，并不是。女孩在握书的男人身边站定，将手轻轻地搭在男人手上，就是那只握紧吊环的手。一切看起来那么自然，像是情侣的手叠放在一起。钱烛脑海里"原来两个人是情侣呀"这个想法腾地刚冒出来，却瞬间瓦解。看书的男人尴尬又不失礼貌地对女孩笑了笑，迅速将手抽出来，人也挪到了一边，与女孩保持适当的距离。女孩摇摇头，抿嘴笑一会儿，又摇了摇头。她看起来并不失望，也不失落，甚至没有表现出任何不妥。

这个小插曲令钱烛对男人刮目相看。她第一次产生了特别想认识一个陌生人的感觉。男人看的那本书，钱烛看到了封面，尼采的《查拉图斯特拉如是说》，钱烛最烦哲学，怎么也看不进去。全神贯注读哲学书籍的男人在钱烛眼里更加分。

怎么认识他呢？钱烛想不出办法。

下了地铁，外面的天已经黑尽了。钱烛漫不经心地走出地铁口。才到出口就差点被一个不知道是谁扔的饮用水瓶绊倒，她矮下身去，将水瓶捡起来，想就近找个垃圾桶扔了，一时没找到，便拿在手里。地铁旁边的道路两旁摆满了摊位，有卖烤串的、卖饮料的，还有卖花的。钱烛走到卖花的摊位前，摸摸这束，摸摸那束，始终没有下定决心要买哪一束。摊主见她拿着一个空的塑料瓶，笑起来，说："美女，你是不是找不到垃圾桶，没事，随便一扔，这个点，城管不上班，没人管。"钱烛不知道怎么接话，便笑了笑。轻声问摊主："这花，我不买一束，只买一枝，可以吗？"摊主愣了一下，像是不太适应钱烛的问话语气，连连说："美女，你是顾客，顾客就是上帝，你说怎么买都可以，你不用客气。"说着，盯着她问，"一枝百合？"钱烛摇摇头，眼睛在花丛里跳来跳去。"玫瑰？"钱烛又摇头。摊主不问了，双手一摊说："行，你自己慢慢挑。"钱烛将手机的灯打开，搜索一圈，指着一支灰绿色的花，惊奇地问："老板，这枝是什么花？"

"洋桔梗。"

"洋桔梗？那它的花语呢？"

摊主用一种猜测的语气说："象征爱啦美丽啦告白啦之类的吧。"

钱烛小声地"哦"了一声，用手机微信支付了洋桔梗的费用，拿着花和塑料瓶继续往前走。

小吃摊前也有别人丢弃的两个塑料瓶。钱烛看了看自己的一双手，想起环保达人老林来，略微无奈地笑了。返回去问卖花的摊主讨要了一只塑料袋。有了塑料袋，她将地上的两只塑料瓶统统收进来。离住的小区还远呢，她想也许今晚能捡五个或者十个塑料瓶。事实与她的想象还是有一定的差距。快到小区的门口时，她只捡到了四个塑料瓶。

小区隔壁那家士多店的阿姨正在追着孙子喂饭。钱烛将塑料袋交给阿姨。阿姨一如往常那样，握着她的手不停地说着感谢的话。她照常寒暄两句离开。回家之前，她多半会去楼下的面馆吃碗重庆小面。吃完面，这一天面对他人的时间就算是真正过去了，余下的时间就是她最享受的独处时光。她常常在吃面的时候想到这一点就会偷笑，自己乐好一会儿。如果可以，她宁愿一整天不与任何人说话，只一个人静静地待着。

依然坐在最里面的角落，靠近厨房。钱烛喜欢听厨房里传出来的声响，锅与铲的碰撞声，切菜声，水烧开的声音。这些声音听起来充满了烟火味，如此真实，不虚幻。钱烛讨厌捉摸不透感。对事是这样，对人更是如此。当然，她又同时知道自己的弱点是什么，她会无可救药地被神秘的事物所吸引，尤其是人。

面刚吃到一半，外面响起了天大的汽车喇叭声，伴随一阵又一阵谩骂声。循着声音出去，一辆小车的车主边按喇叭，边扭着头在那儿骂。

小车前面停了一辆电动车。钱烛去移车，电动车发出警报声，尖锐刺耳。电动车过于笨重，钱烛使出浑身力气也只能移动一点点。有人出来帮她合力将车移到了旁边。

小车开出去前，车主将矿泉水瓶子里的半瓶水一股脑地甩到钱烛脸上，瓶子也顺手扔过来，骂骂咧咧开走了。钱烛张开嘴想说点什么，终究什么都没说，默默将掉在脚边的水瓶捡起来，抹一把脸，走进面馆。才坐下去，外面冲进来个五大三粗的男人，用手指着她嚷："你有病呀，我的车停那儿关你什么事？又不是你的车，你动什么动？"钱烛将塑料瓶轻轻放到桌上，克制地将刚才的情况解释了一通。原本以为男人会因误会了她而致歉，他却仍一副高高在上的样子，凶她："你一个姑娘家，少管闲事啦！我就是要停在那里，看他能把我怎么着！"说完，气势汹汹地走掉了。

钱烛兀自叹了口气，继续吃面。今晚的面似乎比往常的更辣更麻，味道更浓烈。她强忍住想哭的感觉。终于将面全部吃光了，连汤都不剩。看着空碗和桌上的调味瓶，还有那个她捡回来的塑料瓶，心情轻松多了。细想一下，今晚的面跟往常的味道也没什么两样。她将乱七八糟的思绪放空，静静地靠在椅子上，眼睛盯着天花板出神。

休息够了，钱烛站起来。拿上塑料瓶，买单。经过面馆的垃圾桶时，她很想将手上的塑料瓶扔进去，略一犹豫，还是握着走到了店门外。外面空气清新，早春的气息里带着一丝冰冷。她喜欢这种清冷的空气，这让她保持清醒，让她知道她是谁，她该做什么，又不该做什么。她想到有人曾说深圳没有季节之分，她摇摇头，她感受到的恰恰相反。她在这里住了十年，春、夏、秋、冬，都很明显。

小区不远处的道路旁，路灯下，有个流浪汉盘腿坐在那儿，他身上的衣服单薄。钱烛双眼微湿，握着手里的洋桔梗走过去。她将花递到他面前，他显得过于吃惊。不如送他一碗面对吧，她心里知道。她招手让他跟着她到面馆去。她靠近他说，她想请他吃一碗面。他不肯，表现得畏畏缩缩。她只好自己再去面馆买了一碗面打包，拿给流浪汉时，他不安地看了她一眼，只一眼，他就飞快地将面接过去了。

钱烛举着洋桔梗对流浪汉说："这枝花，我想送给你，你不要吗？"

流浪汉埋头在碗里，没有出声。钱烛失神了一会儿，又无意识地问："这花叫洋桔梗，你真的不要吗？"流浪汉还在忘我地吃。钱烛不问了，她站起身来，木然地转过身，看向自己住的小区。小区后面就是公园，钱烛称那是后山。有后山的小区显得犹如梦境，不像人间。即使是晚间，也有小动物突然跑出来，有惊鸟掠过枝头。钱烛觉得今天晚上，自己不太对劲，有点多愁善感。

才往回走两步，钱烛听见流浪汉闷声说："我不配。"她站住，有点不敢回头，大声问："你说什么？"后面没了声音。她顿时有了力量，转过身，急走两步，弯下身，将花放到流浪汉的怀里，认真地说："这世上没有配不配，只有愿不愿意。"没等流浪汉有所反应，她飞快地离开，飞快地回到先前到过的士多店，将塑料瓶给阿姨，向阿姨买一箱优乐美，抱到流浪汉身边。优乐美箱子上置放一张纸片："爱心优乐美，五元一瓶。"

做完这些，钱烛长吁一口气。她想象着从此流浪汉找到了发家致富的道路，多年后，她偶然在路上遇到他，他已经成家立业，娶妻生子，住在有后山的小区，过上了普通人的平凡生活。

蓝　蓝

小区门口，钱烛如释重负地掏出门禁卡。门口站着一个好看的年轻男人，他已经先她一步掏出门禁卡，推开门，他示意她先走。她道了谢，头也不回地往前走。她觉得头重脚轻，这一晚上发生太多的事情了，以往她从没有遇到这么多的插曲。她的头发还滴着水。她想也许应该跑回去冲个热水澡，否则她一定会得重感冒。她真的小跑起来，可惜还没跑两步，一个趔趄，她的身体不受控制地往前扑去。她几乎就认命了，却扑在了一个人的身上。她不可思议地抬起头，那个年轻男人睁大双眼看着她，他接住了她。这是什么神仙速度，他明明不在她前面走的啊。她抽回身体，站稳，无意识地拍了拍外套，像刚才掉在了地上，要拂一拂沾上的尘埃那般。男人递给她一张纸巾。

钱烛没说谢谢。她的思绪有点乱。她冲他点点头，然后旁若无人地往前继续行走。第一次，她发现这个小区如此大，从门口到她住的那栋楼竟然那么远，几乎抵得上从地铁站到小区门口了。

"洋桔梗的花语是纯洁、无邪、感动。"钱烛后面有人说。她回过头去，身后只有那个男人。路灯下他的脸有些说不清的熟悉感。可她并不认识他。读懂了她的困惑，男人笑着说："一回生，二回熟，我们并不陌生了。刚在地铁上，我们就见过。"他扬了扬手中的书。哦，钱烛笑了，回了句不知所谓的话："那个女孩，你们确定是不认识的吗？"

"在面馆门口，我和你一起挪的车。"他收起笑容，轻声说。钱烛张开嘴，用嘴型无声地发出大大的"哦"。"我看你把洋桔梗给了流浪汉，我把我的这朵给你。"男人变戏法地将一枝粉色的洋桔梗递到钱烛面前。她伸手接过花，没过脑。

"你叫什么名字？"男人问。像是想起了什么，他立即介绍了自己，住在哪栋，叫什么名字，今年多大年纪，哪里人，在哪儿上班，职务是什么。说得很详细。他说的，钱烛一个也没记住，唯一记得的是，他报的姓名中有个海字。钱烛喜欢大海。读书那会儿，她看的第一本小说叫《海水正蓝》，边看边哭，看了多久就哭了多久。

"以后如果我们再见面，我叫你蓝蓝吧。"钱烛说。

"蓝蓝？你确定这不是个女孩的名字？"

"我以后就叫你蓝蓝。"钱烛固执地说。他又笑起来，边笑边抬头看天。他笑起来有些腼腆，又显得无可奈何，充满孩子气。"好吧，好吧。"他说。钱烛又提起这话茬："那个搭讪你的漂亮女孩，你为什么不理她？"

男人声音冰冷起来："我为什么要理她？"钱烛觉得自己问了句蠢话。这时，男人低声说了句："我能说因为当时你在那儿吗？"她立在原地，这话怎么理解？男人发出自嘲的一声"嘿"，不紧不慢地讲起来。

他说谎了。事实上，他第一次见到她是在广州，某校园。考研的现场确认时间。他看见她和男朋友相拥而过。她穿着白色的长款卫衣，同色紧身袜、低帮靴。在他的印象里，一到冬天，校园里的一切都是暗色系的，女同学多半也穿些大地色系，只有她不这样。更让他印象深刻的是后面发生的事：她男朋友随手将垃圾扔到路上，她不顾反对，挣开他，轻盈矮下身去，不仅捡了男友扔的纸屑，还捡了不远处被人丢弃的塑料瓶。第一眼看她，并不觉得有多漂亮，只是那个美好的画面一下子就攫住了他。

他大一的时候，她已经在准备考研究生了。他曾四处打听她。后来知道她和男朋友分手了，男朋友去了上海，她去了深圳。再后来，听说她从医院辞职不知道去了哪里。他一度失去了她的消息。她从不参加同学聚会，手机号也经常换。他毕业出来，到了深圳，举目无亲，可一想到她也在这座城市，他就觉得充满了温暖。他费了些时间找工作，又辗转在她住的小区租了房子。

"说完了吗？"钱烛觉得自己口干舌燥。

他在一个漆黑的夜晚遇见她。他几乎认不出她了。她穿着与周围融为一体的黑色外套，大概是洗了很多次，外套质地生硬，失去了最初的颜色，像她的脸。她整张脸没有一点生气。她到处捡别人丢弃的塑料水瓶，他怀疑她已经穷困到要发展第二职业，靠拾荒为生。他不知道这些年她经历了什么。说实话，她让他有些失望。他不知道要如何面对她。他不确定自己有没有能力让她穿上白色。他喜欢白色，他猜她也是喜欢的。

"我不喜欢白色。"钱烛说，微微笑了一笑，语气松散。他不看她，选择继续往下说。

他很快打听到她住在哪一栋，几楼，具体到哪个房间。这太容易打听了，他想到过往的那么些年，为了获得她一点点消息，他过得有多么艰难，对比现在实在是太不容易了。一如他想象的那样，她结了婚，生了孩子。他感到很难过。他相信没有人能理解他的复杂心情。他不想知道她过得好与不好。过得好与不好，他都会产生不同的难过。他猜她过得并不好。他不知道自己还能为她做些什么。

"其实我也不是说不喜欢白色，而是，白色太不耐脏了。"钱烛说着，抖了抖腿。她的腿站得有些发麻。她记起某个女同事曾不屑地对她嚷："这年头谁在乎颜色耐不耐脏呀。"脏的衣服直接干洗或者压箱底，抑或是丢弃。谁在乎呢。她进广告行业就听说了，广告人苦，费脑，靠点子吃饭，思想也相对开放、前卫。在大染缸里久了，是没人在乎颜色这回事了。

他费尽心机搬到她家的隔壁。也曾几次在楼道口遇见匆匆出门的她。她不认得他，当然，他早有心理准备。她低头出门，低头回家，永远也不可能认识任何人的。她的脸上始终没有任何表情。某个下午，隔壁房间传来男人的怒吼声，他听见她的哭泣声，他冲动得跑出门去，走到门口又站住了。还有一回，他听见重物倒地的声响，孩子尖锐的哭声。

"蓝蓝，我以后每年能给你写一首诗吗？"钱烛说。

"诗？"

"对，每年我给你写一首诗，并且给诗编上号码，2018、2019……"钱烛双眼盯紧眼前的男人，他有一双梦幻的眼睛，宽额、浓眉、高鼻梁。他笑起来像个孩子。他太年轻了。"你说的故事很好，我很感动。但是，到此为止吧。"钱烛说得有些吃力。

"为什么？"

为什么？钱烛笑得有点神经质："为了生态平衡，为了保护环境。"他大概还无法理解她说的这句无厘头的话，他莫名其妙，十分不服。钱烛不笑了，心尖上涌过一阵悲凉。她眼中的蓝蓝正在渐渐消失，一点一点消失，直到她再也看不清，再也看不见。人生的困惑不过如此，我们越是珍爱的东西越是容易消失不见。

钱烛想告诉蓝蓝，从一下地铁，她就一直知道他在跟着她。她不知道他的目的。于是，她买花，捡塑料瓶子，好脾气地忍受着他人的误会和谩骂。她还想告诉他，在更多时候，她懒得与人沟通，她不友善，不做饭，不买花，不关心后山的花草树木，不关心生态环境，她只关心物价有没有上涨，工资有没有上调。她是个家庭主妇，买菜的时候为小钱斤斤计较，碰到有人起纠争，多半围在边上看热闹，人家若骂她一句，她多半回一句或者两句。她懒得理办公室和小区要求的垃圾分类，她家里只有三个垃圾桶，一个放厨房，一个放客厅，一个放洗手间。比起环保袋，她更喜欢用塑料袋。她越来越懂得如何融入周围的环境。遇到破坏环境的行为睁一只眼闭一只眼，看到不公当自己眼瞎，自扫门前雪求个太平。路边的垃圾，她多数会视而不见，闻到流浪汉身上的怪味，她多半也像其他人那样捂着鼻子。她并不像他看到的那样美好和高尚。她是一个再普通不过的街井小市民。

然而，她最想告诉蓝蓝的却是，曾经，她是一个生物学家，是一个作家，是一个艺术家，是她梦想的所有人。这些年，她坚持攒钱，坚持要买靠山的房子，坚持每天写作，坚持与人群保持距离。她希望像女人那样生存，像女孩那样生活。她心底里还有美好。多么幸运，她每天打开窗户还能听见鸟声，还能看见森林。她知道后山前面还有一个湖泊，湖水清澈，植被丰富。

唐　诗　湖南安仁县人。深圳市宝安区散文学会会长。已出版中短篇小说集三部、长篇纪实散文一部、长篇小说一部，作品散见《天涯》《作品》《文学自由谈》《山东文学》《朔方》《黄河文学》《广州文艺》《安徽文学》《四川文学》《香港作家》《城市文艺》等刊。曾获第四届深圳十大佳著（非虚构文学）奖、第一届十大劳动者文学好书奖。现居深圳。

强记store

◎汪破窑

　　我一直认为深圳的夜是最美的。高楼林立，霓虹闪烁，海市蜃楼一般，只有夜空中的一轮明月"夜夜流光相皎洁"。

　　经过一番深思熟虑，我把家安在了光明区。光明区是深圳最年轻的一个区，这一片土地是我熟悉的地方，我青春的美好与疯狂都曾在这里留下了深深的印迹。定居光明后，我很少晚上一个人出门。我喜欢宅在家里的感觉。能一个人独处也是一种幸福。走出中央山小区，沿着望盛路漫无目的地向南走。天汇城的灯光把半边的夜空给点燃了，黑暗被赶到很远很远的地方。三十年前，我还是一个涉世未深的毛头小伙，那时光明区还没有成立，深圳经济特区虽已成立十多年了，但公明镇作为关外之地，加上地处深圳西部，发展严重滞后，关内已有了城市的雏形，公明则像刚刚苏醒，凭借着房租低廉吸引一些低端的产业在此安营扎寨。公明镇唯一通向外界的道路就是一条松白公路，村里的道路还有不少是泥巴路、断头路。我眼前的天汇城完全是大都市的产物，谁又能想到在它之前，这里曾是一片低矮的厂房，两层三层不等，屋顶搭一层铁皮棚，那里的工作环境相当恶劣，冬天的寒风透过铁皮的缝隙呼啸着刮进来，人的骨头都冻缩了，手、脖子缩在衣服里不愿出来；夏天的烈日毒得很，把所有的热量都聚焦在铁皮棚上，晒得发烫的棚顶根本隔不了热，它又把热量传递到棚内，热量聚拢在棚内就赖着不走了，人待在里面像是在蒸桑拿，浑身上下没一处是干的。我走到了松白路上，再沿着松白路往东走，脚步随着思想的信马由缰踽踽而行。

"华发路"三个字在路边赫然入目。我怎么会来到这里？走到这里顿时安静了许多，对面的繁华被松白路隔开，这条路人少车稀，这一份安静让我觉得难得，就像到了一个空气中负氧离子含量很高的林区，顿觉心旷神怡。小叶榕把灯光遮盖得严严实实，黑色的阴影下的华发路像一条河向前缓缓地流淌，夜晚愈发静寂。一阵风吹过，小叶榕发出一阵哗哗声，是叶子撞击的声音。从叶子缝隙里不小心洒出的一星半点儿光芒，把黑色的河流弄花了，似水流冲击礁石溅起的浪花，很快又恢复了它原来的样子。我最喜这宁静夜晚的月光，像一只老猫的脾气，温和、柔软、慵懒，就算月光溅进了眼睛，也是舒服的、柔和的，不像灯光一副咄咄逼人的样子。

一家便利店从路边的榕树丛中钻了出来，门前放有几把长椅和桌子，坐了几个人正在吃东西。便利店的招牌出现了，上面写着"强记store"。是一个很熟悉的名字，仔细一看又觉得有些陌生，好像不是以前开的那家。店名的意思是一样的，但是写法却不一样，我记得以前那家叫"强记士多店"，没有英文，这家从名字上看与其他的店明显不一样，白底红字，装潢清爽。也许就是从以前那家"强记士多店"接手过来，为了显得有情调一些，改为"强记store"。士多店十来个平方米，被两旁的餐馆包围着，愈发别致了。那些餐馆的招牌、墙壁有烟熏火燎的痕迹，很有生活气息，油腻得很。门前屋檐下燃着一盏白炽灯，上面落了一层灰，死蚊子密密麻麻地粘在上面，还有数不清的蚊子不停地围着灯飞，有的还不停地撞击着灯泡，发出啪啪的声音，灯光愈发弱了。我不记得我再次来到公明是否从此经过，也许坐在车上，急驶而过，不曾留意它的存在。在我的印象中，这样的小店深圳每天都要开几百上千家，也要倒闭几百上千家，没有人会在意它们的诞生与死亡。

士多店门前坐着三个年轻人，正在聚精会神地吃着炒粉、吸着田螺，一人手里一瓶小劲酒。炒粉和田螺应该是隔壁炒粉店打包过来的，炒粉店的招牌写着"爱上螺蛳炒粉店"。老板是一中年男子，正低头划着手机。老板娘徐娘半老，穿着十分时尚，要不是从脸上溢出来的那份只有女主人才有的神情，哪里看得出是这家炒粉店的老板娘。她悠闲地坐在一把红色的胶凳上，手里握着一把胶扇，不时在短裙下挥一下，驱赶着靠近小腿的蚊子。夫妻俩在等下夜班的工人，炒粉、生菜、打包盒、一次性筷子及红色的塑料袋都准备好了，在厨案上堆起高高的一摞。

我有些口渴，走进便利店，却没有看到老板，我喊了一声"老板，买东西"。依然没有人理我，门外那三个年轻人看了我一眼，笑了一下，让人觉得很诡异，他们把手里的劲酒碰了一下，轻轻地呷了一口，脸上露出的表情是复杂的，喝前那么惬意，喝后那么痛苦，然后又露出了幸福的表情。我往"爱上螺蛳炒粉店"走去，老板娘立马站了起来，热情地招呼，老板，你吃啥？我有些尴尬，我说我不吃啥。老板娘一怔，也尴尬地笑了笑。一直专心划手机的中年男子抬起头盯了我一眼，又把头低下了，继续划他的手机。我问，隔壁士多店的老板呢？老板娘恍然大悟，哦，你找士多店的老板呀，他一大早把店门打开，人就没影儿了，不到晚上不回来，我也很难见到他的。她这个回答让我有一些发蒙。现在不就是晚上吗？我说，我想买瓶饮料。老板娘很平淡地说，你进里面拿就行了。我想，同行是冤家，虽然他们不是同行，可是我不光顾她家却问她另一家老板，着实是一件让她不怎么开心的事情。

我悻悻离开。

那三个年轻人还在专心地用力地吸食着田螺，吱吱有声。一个年轻人又进了士多店，过了一会儿出来，手里多了三瓶小劲酒和一袋盐煮花生。我觉得这个士多店的老板有点意思了，让我想见识一下究竟是何方神圣。我也不管了，大步走进店里，直奔冰柜，拿了一瓶鲜橙多，出来，坐在了那三个年轻人的邻座。

惨淡的灯光下，那三个年轻人只顾享受生活。搁以前，我对这种路边小摊是十分排斥的，总认为环境卫生差，食品质量得不到保证，在此消费的都是一些低收入人群。其实低收入人群除了收入外，其他方面并不比高收入人群差，反而更容易得到满足，所以，他们比别人更容易快乐。而现在的我觉得，快乐是稀缺的，也是廉价的，更是无价的。我很羡慕这三个年轻人的生活。他们慢慢地剥着花生，吸着田螺，喝着小劲酒，外面的世界与他们无关，他们偶尔会抬头看一看四周，除了安静，什么也没有。能够享受安静不也是一种幸福吗？

我低声自语，这个老板真是个怪人，生意都不顾了。我说着往四周望了望，四周很静，我听到自己的自语，也听到了那三个年轻人嘴巴发出来的声音。

士多店招牌的灯很柔和，蚊子不停地围绕着招牌飞舞，有些落在了上面，像是睡着了，它们很享受这种温暖，要不了多久，它们就会被灯光的热度烤煳，也许会受不了这种热度而飞走，但很快它们又会飞回来，就像这里是它们温暖的家。

我打开鲜橙多，喝了一口，那凉爽的感觉从喉咙一下滑到了肚子里。

染黄毛的年轻人说，他妈的，阿强这几年发了。

是呀，狗日的，长了前后眼，他知道在这儿做生意肯定会火。另一个剪着寸头的年轻人摸着头发说，话语中含有妒意。

知道个屁，那几年也不行，生意做得不死不活，转让的牌子挂了好长时间都没有人接手，没办法，只得硬着头皮做，谁能想到后来生意这么好做呢。另一个长头发的说。他好像在这里很久了，对阿强十分了解的样子。

黄毛说，我倒是对阿强有些好奇，就是这么小的生意也搞得红红火火，他到底是怎样做到的，不行，我也入伙。

长毛笑了，说，你他妈的想得倒美，这个时候想入伙，他会要你？若是以前，生意不行那阵，你说你入伙，他铁定要你入伙，现在，你就做梦娶媳妇——净想好事。

是呀，现在人家就是坐在家里收钱，怎么会让你平白无故地来分一杯羹呢？寸头跟着说。

老子也不是白入伙，老子好好跟他说道说道，只要让老子入伙，我把我们厂里的人全部拉到这里消费。黄毛对入伙一事很有信心。

寸头说，别说厂里全部的人，只要有三分之一的人来这里就不得了了。

长毛甩了甩遮着眼睛的长发，坚定地说，只要有三分之一的人来，厂里开的福利社就得关门。

也不知他啥时回来。黄毛心里有点急了。

急啥子！我们就坐在这里等，他肯定会回来的。寸头手又往头上抹，把两条腿盘起了，放在了椅子上，像打坐的和尚。

今儿老子就在这里等你，就不相信逮不到你。黄毛把桌子一拍，大声说，好像是在守一个欠钱不还的人。

"爱上螺蛳炒粉店"的老板娘把胶凳拖过来，坐下，笑着说，现在才九点多一点，阿强不到十点是不会回来的。

长毛又甩了甩头发问，你咋知道？

老板娘反问，你说我咋知道，我在这里开店这么多年，他啥时出去啥时回来，我能不知道？你们厂里夜班是十二点下班，我还要做这一拨人的夜宵，第二天一早还得起来做早点，我店子开得比他早关得比他晚，他什么时间开门什么时间关门，我清楚得很！

黄毛乜着眼睛问，老板娘，阿强的生意这么好，你挨着他怎么不也开一家？

老板娘叹了一口气，眼睛往她老公那里一递，咕噜地抱怨说，我也想呀，可是他不同意。

这让他们觉得有些纳闷了，齐声问，为啥不同意？

中年男人虽然一直在划着手机，其实也在听着这边的谈话，他冷不丁地说，发财，谁不想！这个是认命的。

中年男人的话更让他们纳闷了，又问，为啥要认命？这与认命有啥关系？

啥关系？2008年金融危机，所有的行业都不景气，阿强的生意做得一塌糊涂，想转让，这个时候谁会接呀，傻呀！他把店里的东西一律低价处理，准备处理完了走人，他提前找工业区要退租，人家哪里肯呀，你签的是三年的合同，不到期想毁约，那押金是不会退的，还要问你要违约金。

老板娘摇着扇子，接着话题说，他是没办法，只好硬着头皮做下去，不承想，第二年经济形势就有了好转，他的生意也渐渐地好了起来，那时他一个星期进一次货。

我现在对阿强更加好奇了，忍不住地问，唉，老板，你们说的这个阿强是这家店的老板吗？

黄毛不耐烦地说，你听了半天，还不知道我们说谁呀？真是……

长毛又用力甩了一下长发，说，我们就是在说阿强呀，这家士多店的老板。

老板娘看了我一眼，又说，阿强是20世纪90年代初来的深圳，经济特区成立也十来年了，那时打工还是一件很时髦的事。当年他嫌在工厂打工受人管制，不自由，辞职不干了，从厂里出来开了这家士多店，武汉的鸭脖、台湾的槟榔、洽洽的瓜子，还有洗衣粉、洗发水之类的，全是一些小东西，几块钱一样的东西，一万多块钱就开起了这个店，后来还泡到了这个工业区的一个打工妹。

黄毛听了来了精神，乖乖，开个一万多块的小店就泡到了一个媳妇。

老板娘也笑了，你别看这个店子小，可毕竟是自己的，说起来也好听，当了小老板，表面上看比在厂里打工要风光一些，其实根本赚不了钱。

寸头双手又往头上抹，手掌过去后，头顶上的每一根头发又愤怒地竖了起来。寸头说，你就扯吧，赚不了钱，他开了干啥？你一会儿说生意好，一会儿又说赚不了钱。

中年男人又一次抬起了头。他说，你别不信，她说的生意不好是刚开始那几年，那几年生意好做的好做，不好做的不好做。

黄毛把嘴一撇，说道，屁话，你这话等于没说。

中年男人解释道，那年月人们条件都不好，不然谁会出来打工，都听说深圳是个人傻钱多的地方，好像遍地都是黄金，来了就能捡钱，其实根本不是那么一回事，在工厂打工的哪一个不是拼了命地想多加点班，平日里省吃俭用存点钱，能不花钱就不花钱，你说生意能好做到哪里去。

寸头听了，频频点头表示认可中年男子的观点，然后问道，那后来呢？

老板娘说，后来店子生意好做了一些，比在厂里打工要强一些吧，一年一二十万是最少的，到了2008年又遇到了金融危机，阿强一下子就傻掉了。老板娘压低声音说，他老婆长得还是有几分姿色，厂里有一个黄姓的香港司机老打她的主意，阿强为此还跟那黄生打了一架，差点儿吃了官司，后来人家黄生看阿强也没有钱，就没有追究他责任了，可是他老婆却跟他离婚了。

离婚了？又是三个人齐声问。

是呀，离婚了。老板娘眼神一暗。

长毛双手把垂下的头发往后一甩，摆摆头，头发自然分成了中分。黄毛问老板娘，他老婆跟香港人跑了？

老板娘说，那倒没有，人家黄生是有家有业的人，哪会要她呢。老板娘嘴都说干了，舔了嘴唇，咽了一下口水，接着说，后来两个人都不见了，当时我们还在怀疑是不是一起去香港了，再后来听说他前妻回湖南老家了，很快又嫁人了。阿强一个人在支撑这个小店，苦了阿强。

三个人好像对这样的故事结局不太满意，脸上露出了失望的神情。

老板娘又说，离婚怎么说也不是一件光彩的事，特别是阿强，被人戴一顶绿帽子，还差点儿被抓起来，心里肯定是很不爽的。老板娘顿了顿说，后来阿强也消失了一段时间，我们以为阿强也回湖南老家了，就算不回湖南老家，也没脸待在这里了，可是让我们没有想到的是，他又回来了，胡子拉碴的，太阳穴跟腮帮子都凹陷下去，眼睛是两个深坑，整个人看起来颓废得很。

年轻人来了兴趣，抻长了脖子听，还有什么能比听到比自己更惨的人的故事更能让人开心的呢？我们静静地听她讲。阿强是在哪里跌倒就要在哪里爬起来。后来光明的发展越来越好，南光高速、龙大高速和地铁都来光明了，交通好了，车也多了，人流量也大了，做什么生意都赚钱，你就是拿块石头都能卖出好价钱。老板娘用下巴往路对面一支，努努嘴说，喏，你看那些摆个烧烤摊的，就是烤烤鸡翅、火腿肠、土豆片，一个月也有一万多的收入。

黄毛非常吃惊，有些不相信，说，不会吧，摆个烧烤摊也能搞一万多？

这时中年男子又插话了，这个你们别不信，这些烧烤又不用交房租，也没有税收，那食材的成本又低，这人人看不上眼的生意老赚钱了，比我们赚得都多。

寸头冲黄毛一乐，说，我看你也不要找阿强入股了，干脆摆一个烧烤摊算球！

黄毛用力地摇头，说再赚钱也不搞，老子还没有谈对象呢，摆个地摊找个屁女朋友呀。

老板娘笑了，说，你们这些年轻人就是爱面子，其实你只要有钱，哪里会愁没有女朋友呢。生意不在大小，能赚到钱就行。

我问老板娘，阿强现在过得咋样？

中年男子搭上了话，咋样，整天见不到人，你说咋样？

我不解地望着他。

中年男子说，他现在生意做得大，这样的士多店他已开了二十多家了，整天忙着给这家店补货那家店添货，忙得像一只旋转的陀螺，一天到晚都不停歇。

我问，他现在还是一个人吗？

老板娘笑着说，哪能呢，结了，几年前谈了一个鬼妹。

鬼妹？黄毛喉结上下滚动，露出了猥亵的笑容。

是呀，谈了一个外国女孩，叫什么爱什么丝。

黄毛指着她家的招牌笑着说，爱上螺蛳。

老板娘乐了，说也差不多，反正是这么个音。老板娘接着讲，听说是在这个工业区里的客户翻译，在阿强店里买东西认识的，后来也不知咋的，两人就对上眼了，两人就拍拖，结婚，后来辞职出来，跟阿强一起负责这几十家连锁店的管理工作。

中年男子好像特别欣赏那外国女人，他提起来也赞不绝口，你别说，人家外国人的素质就是不一样，现在这强记士多店开了快三十家了，是她逐步扩张的，听说还要给所有的店子提档升级，还要往其他行业发展呢。

黄毛啧啧嘴巴说，乖乖，一个便利店就能折腾出这个样子，还能泡到一个外国妹子。黄毛问他，你也是开店当老板，没有像人家一样大发展一下？

中年男子叹了一口气，酸溜溜地自嘲道，我是没有大志的人，但我有我的快乐，我不用操那么多心，管那么多事，没事玩玩手机打打游戏，也挺好。

老板娘听了丈夫说的话，两只眼睛在冒火，把燃烧的目光投过去，狠狠地灼了中年男子一下，中年男子又开始划手机。老板娘声音大起来，说，也挺好！亏你说得出口。你这人就是懒，怕累怕辛苦，轻闲是好，怎么赚得了钱？

黄毛用手捂住了嘴巴，他知道自己刚才说错话了，害得人家两口子差点儿吵起来。

中年男子也是久经沙场，满不在乎地说，我不是没有一个外国老婆吗？有的话，我也多开几家。三个年轻人笑着说，你胆子不小呀。老板娘翻了一个白眼，不屑地说，切！你这个鬼样子，哪个外国女人瞎了眼会看上你。

中年男子没有搭茬，又说，我一老乡，开的是柳州螺蛳粉店，人家光是在光明区就开了四十多家，每个社区一家，有的街道中心区隔百米之遥就连开两家，在广西老家里盖了别墅，一百多万的车子就买了两部。风光是风光，但都是拿命拿健康换来的，你没有看到，三更灯火五更鸡，没有睡过一天好觉。人生也就这几十年，何必呢！

老板娘又说了一个字，切！

寸头又抹了抹头发，想赚钱就得辛苦，我哥在家种好几亩大棚蔬菜，也是一天到晚在大棚里摸爬滚打，累是累一些，一年也能搞二三十万。寸头说得轻描淡写，仿佛挣那二三十万是一件手到擒来十分轻松的事情。

黄毛用鄙视的眼光瞪着寸头。寸头的脸憋得通红，说，咋的，你不相信。

黄毛说，我信你个鬼！种菜一年都能搞到二三十万，那你出来打工干啥，不如在家里种菜。

寸头说，你不信拉倒，我说真的，在我们山东种大棚蔬菜发财的人多的是。家家户户最低是两层楼，三四层楼多得去了，哪家不是大房子、大彩电、大冰箱、小车子。

好半天没吭声的长毛说话了，是呀，发展太快了，现在的深圳好比是一个火车头，正引领着全国各地高速发展。

黄毛没有话说了，若有所思的样子，肯定是他们的话引起了他的共鸣，想想自己身边发家致富的人还真是不少。他有些相信寸头说的话了。

中年男子说，你这话中听，经济特区成立之初，谁都不知道深圳要发展成什么样子，世界各地都不怎么看好这个昔日的小渔村，现在怎么样，就连关外也发展得这么快这么好，地铁马上就要通了，科学城的地也整备好了，听说进驻过来的都是高科技的研发机构。以后呀，我们的光明会越来越好，我们的深圳会越来越好，我们做生意的也会更好做了。

老板娘一听，好像又来气了，瞪着眼睛，提高嗓门说，更好做，啥都好做，关键是你要做呀，你也要把店面装修一下，不要一天到晚就是炒米粉炒米粉。你没发觉现在吃米粉的人越来越少了吗？现在手里都有钱了，谁不想吃好一点的。为打工仔提供更可口的饭菜，更多的选择，才能吸引人家过来消费。

中年男子又把眼睛盯在了手机上，嘴里却打起了哈哈，好好好，明儿就装修。

听他们说了这么多，我搓搓手，把搓热了的双手往脸上擦，阿强这个人的形象已出现在我面前了。听到阿强现在这个样子，我有些奇怪，他怎么可能混得这么好呢。难道真是因为娶了一个外国老婆？我脑子涨涨的，许多景象在我的脑子里轮流变换，像过山车，不同时期的阿强出现在我面前。

阿强是湖南人，和他老婆以前都在我们厂做流水线工人，那时他们还没有拍拖，后来阿强跑出来单干，在工业区前租下了一间铺位，开起了一家士多店，老板、店员都是他。虽说生意很小，但是毕竟生意是自己的，自己给自己打工，没有人管，进店买东西的人都得叫一声"老板"。"老板"在广东很盛行，卖个菜，修个鞋，统统被称为老板。那时节，大家都"老板老板"地叫，把阿强叫得意气风发，赢得了厂里许多姑娘的好感，下班没事就往他店里钻，店里一天到晚叽叽喳喳地叫个不停，热闹得很。他自己不开火做饭吃，饿了就在旁边的餐馆炒一盘米粉，或是在店里拿一桶泡面，去隔壁要点白开水，一冲，滴溜几下就解决了一顿。阿强生意做得不怎么样，刚开始，他还扛得住，后来就有些吃紧了，那时他已经结婚了，也没有那么好面子了，平时在这里买东西的人会随手把喝过的饮料瓶、易拉罐、硬纸皮扔下，他会走过去，捡起来，把里面残留的水倒光，然后把易拉罐用脚踩扁，丢在一个很大的塑料袋里，知道的知道他是这家店的老板，不知道的还以为他是一个流浪的拾荒人。他把这些废品积攒下来，一个月也能卖个几十块钱。为了省下房租，他晚上也在店子里住。他在房间里搭了一个隔层，隔一层木板，上面铺上被褥就是床了。那隔层与房顶不到一米，在上面根本直不起腰。那时管得很松，后来镇变为街道后，天天有安监的、城管的过来查，严禁吃住在店里，他们两口子承诺书签了好几份，等那些执法者一走，他们仍然会住在店里。当然他们也知道住在这里不安全，可是又有什么办法呢，赚的钱哪里够租房呀，能省一点是一点。

我还记得金融危机那年，阿强把"旺铺转让"的牌子挂出来，他整个人也蔫了，只是有人在他店里来买东西时，他才会挤出一点笑意，一笑露出一排整齐的门牙，牙缝黑漆漆的，也不知是抽烟抽的还是嚼槟榔嚼的。那时企业都不死不活的，打工的人挣不了钱，谁还会来他这里消费，大多买一些牙膏、牙刷、洗衣粉、卫生纸之类的生活必需品，一罐王老吉、红牛都成了奢侈品。他老婆常常当着众人的面跟他吵架，骂他没有本事，只会守住一个不挣钱的店子。吵多了，也生分了，后来他老婆就往外面跑，常不着家。想到这儿，我心里突然震了一下。唉，都是好多年前的事了。没想到阿强现在竟然混得这么有出息了，一个便利店的生意竟也能做到这个程度，难怪人们常说深圳是创造奇迹的地方。

阿强到现在还没有回来，也不知道什么时间回来。我准备走了。我从钱夹里掏出钱来，对老板娘说，老板娘，我刚在店里拿了一瓶鲜橙多，标价是五元，我把钱给你，阿强回来了麻烦你给他。

老板娘捂着嘴笑了起来，那三个年轻人也笑了。我愣住了，不知道自己落下了什么笑柄，我全身上下并无不妥之处，裤门的拉锁也是好好的，难道脸上有什么东西。我慌乱地用手在脸上抹了一把，把钱往老板娘面前一递。老板娘摆摆手，制止了我，从椅子上站起来，指着士多店说，店门口有两个二维码，微信、支付宝都可以扫，不用微信、支付宝的老年人可以给现金，在两个二维码牌子的旁边有一个小纸盒，你把钱丢进去就行了。

此刻，我更加懵圈了，站在原地发呆。长毛站起来，用手一指，大声说，看见没，门口那张桌子上放了一个盒子，你把钱放进去就行了。

我还是有些不放心，心想钱放进去万一被人拿走了怎么办。我把钱收回去，走到店门口，掏出手机对准二维码一扫，付了五元钱，这时不知从哪里传来了一个语音提示：到账五元。

我出来了。老板娘对我说，这位老板是从外地来的吧，现在不管是老深圳人还是新深圳人，都特别讲信义。她指着店门旁一个摄像头说，阿强的店里装有摄像头，什么人进了店，拿了什么价位的商品，都拍得一清二楚，再说了，这年头谁还会为了这点钱而干赖账的事呀，可丢不起那人！

老板娘仔细地打量我，问道，你也认识阿强吧？

我点点头说，算是多年的故人了。

老板娘"哦"了一声，说，阿强今晚怕是被什么事给耽搁了，要不这个时间他应该回来了。老板娘看了看手机，说再过一个小时，上夜班的也要下班了，他们会来店里买东西，等他们买完东西走了，阿强才会关门。

我问，如果他回不来，这店晚上就这样开着？

她说，阿强不回来也能关门的。看着我很迷惘的样子，她解释道，阿强的手机跟这边的电子门闸联了网的，他可以远程操作，在手机上点一下，关灯，关闭电源，关门，一部手机全部搞定。

我在心里感慨深圳变化太大了，深圳人的变化也太大了，大得让我有些跟不上。

我若有所思，慢慢地往回走。这时，我听到黄毛的声音，阿强，你回来了。我扭过身子一看，一辆白色的宝马X5停在了路边。车门打开，出来了两个人，一男一女。黄毛大声喊道，阿强，你终于回来了，等了你半天，我有大事情跟你商量。这时寸头与长毛笑了，笑得很大声。他俩同时说，我靠，真搞了一个鬼妹！

一个女人很镇定地模仿他们的话，说，我靠，你们才是鬼妹，我现在是真正的中国人。这普通话说得非常纯正，比很多国人说得还要标准，只是话语中带有外国人特有的腔调，不用看也知道是一个外国人说的。

我又往那边看，正好与阿强的目光对上了，我心里有些忐忑。

阿强看见我，露出了讶异的表情，他可能认出了我，但不敢肯定是我，吃惊地说，你，你……是你吗？

我的心跳得很厉害，羞愧地点了点头，说，阿强，是我，我过来想跟你说声对不起的。

阿强快步上前，握住我的手，兴奋地说，黄生，你是黄生，你真是黄生。我没有想到是你。

我盯着阿强，脑子里想象着他以前来的样子。阿强比过去稍微胖了些，样子很结实，这些年过去了，并不显老，反而多了一些成熟男人特有的味道，就连那一口黑漆漆的牙齿也变白了。看到阿强的态度，我的心里不禁舒了一口气，脸也渐渐松弛下来。

黄生？老板娘几乎高呼起来。三个年轻人马上站了起来。中年男子也把手机放进了裤袋里。他们齐刷刷地看着我和阿强。他们不知道接下来会发生什么事，眼睛瞪得老大。老板娘张大了嘴巴，半天没有合上。阿强正若无其事地招手，Alice，这就是我以前跟你讲过的黄生。那个外国女子走了过来，笑意盈盈地站在阿强身后。哦，原来她就是他们所说的爱什么丝——阿强的外国老婆。Alice人很漂亮，看不出多大年龄，三十来岁吧也像，说四十岁也可以。外国女人不像中国女人，有一条清晰的年龄分界线。艾丽丝，从名字来说就知道是一个外国人，而从那脸庞更能看出来是一个外国人。Alice很有气质，一看就知道是一个精明强干的人。

Alice热情地说，密斯特黄，thank you（谢谢你）！阿强常说到你，当年是你给他上了一课，有了你，He worked with renewed vigour and determination（他才以全新的活力和决心去工作）。Alice长着一副外国人的面孔，说着中国话，又夹杂着几句英文，听起来很别扭，要在平时我听了会笑喷的，今天我却笑不出来。

听到她也这么说，我一时有些措手不及，羞愧得很，一时哑口，半晌才低声说，I'm sorry。阿强说，千万不要这样说，没有你也没有我的今天。说真的，我要感谢你。然后他又让Alice从店里拿了几瓶饮料出来，给在场的每人一瓶。阿强笑着说，这个是我请大家的，你们可不要买单哟！我没有想到阿强会这样对待我，我睁大眼睛望着他。我看见大家都惊呆了，老板娘更是一脸的茫然。

黄毛大声说，喝！不要钱的饮料谁不喝哟。他的笑声不大，但在这个寂静的夜晚，格外响亮，像石子丢进了湖里，一波接一波地远远荡开。

这时，月亮已爬到了头顶，地面闪着银色的光。月光像决了堤的河水，树上，房子上，还有人的身上，淌的都是白银似的月光，我觉得今晚的月亮比哪天的都要亮。

汪破窑 湖北襄阳人。广东省作家协会会员，深圳市光明区作家协会秘书长。先后做过杂志编辑、商人、工人、宣传干事、文秘，现供职于深圳市某政府部门。小说、散文、诗歌等作品散见于《西部》《绿洲》《湖南文学》《广西文学》《当代中国生态文学读本》《中国新诗》等多家报刊，多篇作品获得各级奖励。

非虚构

莲花山上

◎王国华

也不知道是什么鸟，躲在道路两边的树上，叽叽喳喳地叫。这边叫几声，对面叫几声，高低粗细起伏皆有默契，仿佛是在呼喊应答。道路对它们来说根本不成问题。整个天空都是它们的道路。伊们在天空看得到彼此，我连个毛都不得见。鸟鸣汇聚成水，欢悦奔腾，我在声音的溪流中穿过，不觉湿身，头发都潮答答的。

上山方向只有我一人，对面稀稀拉拉的人流，衬得我像是在逆行。

全国叫莲花山的地方应该很多吧？辽宁葫芦岛有一个莲花山。山东泰安有，广州番禺也有。后两者我都到过。位于深圳市中心的这座公园，不过一个小山包。公园东西南北都有门，却似无门，大敞四开。有脚没脚，有意无意，都能进来。如我现在，完全不知进的是哪个门。好多次了，都刻意不看门口的指示牌。

公园内绿树杂植，山体平坦。一湖、一墓、一草坪、一相亲角、一山顶广场，构成肌体中的各个关节。

湖名莲花湖。湖水左边几棵榕树，撑出一大片广场。榕树高数丈，经年不老，枝杈分散，根须坚硬，一根根插到地上，永不再走的意思。叶片巨大，如幼象的耳朵。俗语树大招风，不知是何原理，反正真的招风。坐在树下的石凳上，再热的天气，凉爽依旧，汗不敢出。心随风动，在铺着石板的小径上，骨碌碌向对面滚去。

对面由木桥连成的一个小广场上，老年歌唱团正情绪高昂地一首接一首唱歌。伴奏的鼓点和锣号声穿透天空，朝更高处汹涌而去。他们都圆睁着眼睛，面部表情亢奋，嘴唇一起向内收着，高频次颤动，忽然整齐地努开，音量瞬间放大。围观者亦多白发苍苍，眯着眼，一副沉醉之态。我对所有大型集体活动都心存戒备和恐惧，看一会儿就溜了。愿这只是他们的小确幸，荡漾在湖面。

湖畔几株红千层，状类歪脖柳树。干黑叶密，枝头开花，红色，瓶刷子状。花与枝叶各自明亮，仿佛混搭，硬拼到一起的。南方的树多如此，几次之后也就见怪不怪。透过影影绰绰的细叶，可见绿色的水面波光粼粼，如跳动的蛙。湖里一只只小船，红色、黄色、白色不等。最近的这一只上，两个年轻男女都穿短袖，低头看手机。他们的双脚轮换蹬着轮桨，像是走路，步调一致。阳光倾泻而下，被棚顶挡住了，似乎有叮叮当当的轻微响声。岸边杂沓的闲人，以小孩子为主，正手持面包屑喂鱼。一条条肥厚的鱼，拍打着水花拥挤在岸边。有的鱼可能不想来这个方向，但被成百上千的鱼硬挤过来，它拼命扭动身子，还是逃离不了。鱼儿们张开的嘴浮出水面好几厘米高，仿佛世界上凭空出现了嘴。一张张圆形的嘴连接在一起，奥运五环似的。一把面包屑下来，它们互相挤压着，大口吞咽，尾巴用力一甩，水花四溅，深入水底。一会儿又浮上来了。

微风轻轻吹着。榕树大睁着眼睛，一天天盯着这些重复的画面，无聊。湖边长大的孩子，你今生若长久拥有这悠闲的无聊时光，站在山顶的先人夜里也会笑起来。

在稍高稍远眺望，可见离湖不远处一块平坦之地人流密集。镜头拉近，有嗡嗡声。再拉近，嗡嗡声越来越大，仿佛机器轰鸣，而那些人只是在轻声说话。饱满、温热的人的气息持续不断散发出来。站在旁边待一会儿，就能成为温热的一部分，体温增高约一度。

一位长发女子坐在棕榈树下的石凳上，看不清年龄。石凳上坐满了人，如麻雀排列在高压电线上。她身边很多头发半白的中老年人，应是来替儿女把关或者做缓冲的。一个老年男走过来，跟她说了几句话。我站在远处。无数的嘴在张张合合，听不清哪个字从他们嘴里发出。那位女子站起身，和他走到展示栏前，在一张纸前停住。

人潮中的骨架，就是这一排展示栏。入口处，贴有一温馨提示：谨慎接受热心服务，防范上当受骗。如在本处遭受涉嫌婚托行骗，请收集和保存好相关线索证据，及时报公安部门处理。

此即俗称的"相亲角"。展示栏一左一右，分男区和女区两部分。男区用蓝色标识，女区为粉色。征婚者以年龄分类，从70后、80后到90后，再过几年，00后也该入戏了。看那启事，首先是出生年月，其次身高，再次个人介绍：重点本科毕业，在科技园某外企工作，研发工程师，为人正直，心地善良，责任感强，无不良嗜好。择偶标准：年龄学历相当，人品好，懂人情世故，真心实意想成家过日子并有正确人生观等。

"正确人生观"一项，让我笑了一下。

走来走去的寻觅者、如我一样的旁观者，摩肩接踵，形成一股蒸腾的热气，冲天而去。如果在这些人头顶放三个气球，可以始终飘着不掉下来。

盯住展示栏中一排排方方正正的个人简介。那些大同小异的打印字体，慢慢幻化成了细胞，细胞又陆续构成一张张脸，或圆润，或瘦削，或肥硕。有的顺眼，有的别扭，它们纷纷晃动起来，眼睛一眨一眨的，细瞅，有几张甚至面熟。他们的灵魂，他们的故事，如幻灯片一样在跳动。我翻一页，一个人的前三十年、四十年就过去了。他们每天的吃喝拉撒喜怒哀乐，在这一页页纸上，呈现得高低不平，错落有致。

看得出来，主人公们都很挑。那位长发女子已经在和第三个对象（一位很有气质的老年妇女）说话了。这令我欣慰。想起多年前写过一篇文章，标题是"每人都有一个爱人"。不要慌张，总有一个人会走到她身边去。幸福就像棕榈树上那片巨大的叶子，飘飘摇摇。她多抬几次头，就会看见它。四目相对时，嗡嗡的声响暂时停下来。世界一片静寂，仿佛在行注目礼，以此为她祝福。

一只非常尖锐的三角形，细看却是老鹰形状的风筝，在空中发出阵阵呼啸。摇摇晃晃，醉汉一般。背后那条看不见的细线抽动一下，它就呼啸一次，是翅膀剐蹭到风的声音。下面的人手忙脚乱，又跑又拽，它还是不可避免地跌落下来，砸在一个半卧于草地上发呆的中年人旁边。那人一动不动。一只又一只风筝落在他旁边，他早已入定，心如止水。那个人跟我长得真像。也可能，他就是我。

另一个我，站在路边。暖暖地看着这一切。满天的风筝在飞翔。天空在跳跃。那么大一块蓝，因为这些风筝而不再凝滞。莲花山脚下这个名为风筝广场的地方，面积并不大，而市中心能有如此空间，似又足够奢侈。四周的高楼大厦慈祥地盯着这块空地（并不是逼视，而是包容地、出神地打量着），不往这边挪动一步。又如一只大狗，安然看着淘气的小猫咪。它一口就可以咬死它。但它知道对方若死了，自己就会孤单，故而牙齿紧闭。

风筝联合着天空，撑开了这么敞亮的一个地方。然后，每一个风筝都慢下来，"葛优躺"一般，用自己最舒服的姿势在天上懒着。下面的人不再手忙脚乱。他们像慢镜头画面，高抬脚，轻迈腿，笑着，喊着，又没有声音，只有嘴在动，影响不到别人。头顶一只拖着长长尾巴的龙形风筝，前半身僵硬，后半身灵活。蜿蜒游动，慢慢向上升腾。是僵硬牵着灵活，还是灵活怂恿（救活）了僵硬。一时半会儿看不出来。

偌大一块草坪，并不特别平整。稍有起伏。隆冬季节，草们有的已枯萎，还没被清理掉，默默成为灰尘。而它旁边，嫩草在重生，呈新绿色。这些最初被精心栽培的植物，终于回归了自然，按照天时指定的路线生生死死。一只大脚踩上去，嫩草猛然倒下，叶片印进泥土中，半天后才咬着牙缓慢地抬起，伸直腰。经过这一次，再被踩的时候它就有经验了。鞋子的阴影一到，它就先哈下腰身，避免硬碰硬。别看放风筝的人多，也不用担心一根草一天被踩上多次。万物自有平衡。再者，草么，哪里只是供人站在远处看的，就应该是用来踩的。软软的，脚很舒服，草也没多么排斥。脚和草互相看着，它们都有分寸。

唯一看见的一只鸟，好像是喜鹊，在草地上踮着脚尖跳跃。草丛中没有什么可吃的吧？它在干什么，散步吗？我只是不经意间扫到它，它忽然回头看了我一下，那么小的眼睛，我还是感觉到了锐利。那锐利不是敌意，似乎也没想跟我交流。就是那样一眼，一道亮光从天而降。风筝在动，草在动，天空在动。

衣裙飘飘。放风筝的人们在跑。

深业上城是个巨大的商业综合体，楼顶为创意文化小镇，饭馆、书店、咖啡馆、时尚服饰店林立。在莲花山公园与深业上城楼顶之间有一条长长的廊桥，廊桥中间一排木质凉棚，下面有长椅，供人小憩。冬春交接之际，凉棚上布满黄鳝藤（又名炮仗花），一串串黄灿灿的鞭炮形状的花朵，如凝固的瀑布，点缀以蓝花丹和扶桑花。红、黄、蓝各不相让。穿过廊桥，进入莲花山，不多远，忽见一巨大的石牌坊，上书四个大字："源远流长"。旁边有一石碑，上书"深圳市文物保护单位 黄默堂墓"，对面一个石碑，是"广东省文物保护单位 黄默堂墓"；另一碑，是"宋迪功郎默堂黄公居士简介"。查了一下，迪功郎属于从九品，比七品芝麻官还小，对应今天，或为股级官员吧。网上搜索，未见石碑全文。我拍照后一个字一个字敲出来，以利后来者查询。全文如下：

　　默堂黄公，生于南宋孝宗淳熙十年（1183），终于南宋理宗淳祐八年（1248），享年六十五岁。公又尊称为默堂居士，敕赐迪功郎。默堂黄公在沙头下沙开基立村，成为沙头下沙村黄氏的一世祖。其墓立于莲花山莲花地，故默堂黄公墓又名为观音坐莲花座，莲花山公园因此而得名。迄今，默堂黄公墓更成为黄氏子孙举行首批省级非物质文化遗产"下沙祭祖习俗"的重要地方。

　　默堂黄公之父黄中，江西吉水县人，其先祖从中原辗转迁徙福建、江西。中公自宋南渡后于江西始入南粤则现宝安之地，曾任"都察院左都御史"一职，尊称察院公。默堂黄公子孙分别定居沙头下沙及梅林。其中一子孙从军至雷州半岛（包括海南），其后，子孙世代繁衍，分别迁居南头恩德铺竹树下村（现南山）、宝安上合、甲岸，香港新界长洲、鳌磡、米埔、水边等。长孙黄石，号秋崖，宋理宗开庆元年（1259）乙未登周震炎榜进士，乃深圳历史上第一位进士，初任梅州程乡主簿，升参军，敕赐迪功郎，护卫宋室，抗击元军。转战南北，为国尽忠。黄石（秋崖黄公）终后，其子孙留在梅州区域，第二十二代孙黄耀庭受孙中山先生委任为辛亥革命三洲田庚子首义副总指挥（副总司令）、先锋官，打响了民主革命的第一枪，指挥了大大小小战斗十余次，以英勇善战闻名。

　　默堂黄公是深圳历史上的早期移民，属岭南广府派，是宋代先民开疆辟土、开发这片土地的历史见证。时历八百余载，黄氏子孙传承中华民族优良传统，弘扬先祖保家卫国、爱国爱乡之传统美德，为改革开放深圳特区建设发展做出重大贡献。

　　这本是一个家族的先人。此类人物、文物，于内地甚夥。而在以中原为话语中心的年代，烟瘴之地的民众得一迪功郎之功名足以光宗耀祖，令后人腰杆挺直，写入族谱，刻进石碑。而以渔村之小，骤然成为一线大城，家族历史随之放大为城市荣光，当然是家族之幸。又因族群绵延，护着这古墓直到今天，它为这花团锦簇、人气满满的市中心公园，平添了一份肃穆，削减其浮夸与焦躁，让自然之美更沉静，可谓相得益彰。

这个温暖的下午，笔直地站在牌楼之下，抬头仰望，我调整了自己的呼吸，令其平稳下来。

沿台阶向上走，绿植的气息让鼻孔彻底张开。路旁一年四季这样绿着，暗中或已死了一些，个体的逝去不影响整体的绿，它们相互之间一定经过了长期的验算和演练。有些树干上冒出粉色花朵，细看，原来是园丁将簕杜鹃捆在了榕树上。簕杜鹃乃藤状植物，又名三角梅，为深圳市花，以致深圳的主色调都是粉红。无论将簕杜鹃绑在什么植物上，都不会形成伤害，树只管绿，簕杜鹃只管开。另一种名为薇甘菊的植物正相反，该物开小白花，像草，能攀缘，貌似柔弱，缠到任何植物上，都是别人死，它活，没有中间道路可以选择，高达十数米的榕树也在劫难逃。不经意四顾，两旁居然出现成片枯萎的植物，草本木本皆有，上面爬满了狰狞的薇甘菊，看上去触目惊心。

行约二十分钟，还没怎么出汗，已抵山顶。以山名之，确有点牵强。山顶广场乃一片开阔地，号称四千平方米，视觉上没有多大。凭栏远眺，正面正对着市政府大楼，大鹏展翅状，两个柱子一黄一红，波浪形棚顶为蓝色。更远处是市民广场，图书馆、书城、音乐厅、博物馆等集聚于此。拍照时可览全景，镜头下端还会收入一层粉色簕杜鹃。

广场中心即邓小平塑像，黑色，虽然高大，但在蓝天空旷的大背景下，并不显得突兀，和四周的游人很随意地糅合连在一起。看着他，忽然想到，从山下爬上来，从没有过朝圣之感，仿佛来见一个故人，天天见也不厌。这个城市能生动地站立在这里，与他有着莫大的关系。他是这个城市的魂。一个民族动荡的十年结束后，他给这个庞大国度画出了一个明确的方向，使之逐渐融入世界，至今受益。有位外国学者说，中国出现邓小平这样一个人，并不是历史的必然。亦即，历史也有可能凭着惯性朝泥潭里越滑越深，那样，今天的人们必然过着一种截然相反的生活。

栏杆外有几棵树，上面结着粉白的莲雾。我爱这种南方水果，清口，恬淡。草丛里星星点点落了好几个鸡蛋大小的莲雾，有的已腐烂，过些天，它们就成为肥料。刚刚站定，砰，正好一个落下来。神思顿时回到四十年前。我们几个小毛孩子，跟着村里的大哥哥跑到县城去，野猫一样在街上游荡。一个饭店门口，一扇玻璃门打开，关上，身边的几个同伴突然一齐跑过去，迅疾如电，力如飓风，差点把我带倒。还没看清怎么回事，那边已经打了起来。原来是一个城里孩子扔了半根雪糕在水泥地上，他们去抢那半根雪糕。在我的记忆里，永远存在着连续的三个声响：吱嘎一声门响，砰一声雪糕落地，嗡一下蜂拥而上抢夺。莲雾的砰将我带入雪糕的砰。雪糕的砰让我突然出了一身冷汗：如果彼时见到这样的莲雾，我们的样子该多疯狂……

那尊塑像行走着，笑着，看着下面的人。他走在这一群人中，作为受益者之一，这个城市的人心里就踏实。

广场上的人三五成堆，有中国人也有外国人。或拍照，或聊天。有的在发呆，有的坐在石凳上喝水。一个婴儿在手推车里安详地睡觉，两个半大男孩儿在极有限的空间里滑轮滑。所有的人都神情安静，天上阳光热烈。

在北方时脑子里常常莫名其妙蹦出一个句子：大地一片苍茫。在莲花山顶，纵目四望，这个句子应该是：大地一片苍翠。

王国华　河北阜城人，现居深圳。中国作家协会会员、《读者》杂志签约作家。"城愁"散文的倡导者和书写者。曾获第五届广东省有为文学奖散文金奖、第八届冰心散文奖、第八届深圳青年文学奖、第六届深圳十大佳著奖。已出版《街巷志：行走与书写》《书中风骨》等二十部作品。

未曾错过的光明

◎刘　炜

红花山

"光明"这个词太大了，小时候写得太多，便觉得有些难以企及。只不过人是可以变通的，当我把光明想象成窗前的一束阳光，夜晚的一盏灯，天空闪烁的星光，灿烂的朝霞，当然也可以是燃烧的晚霞，一切发光的事物，可以亲近和触摸的事物，就亲切多了，亦如朋友。

我来光明，自然也是水到渠成的事了。

在我未来光明之前，光明对于我来说或者就是一座山，红花山，至于其他的，我可以说完全是陌生的。

写一个地方，肯定会写山水，写光明的山肯定得写红花山，因为它是我在光明认识的第一座山，也是我在光明爬过的第一座山。山不高，但台阶宽阔，目测了一下，可供一二十个人并排上山……

久不爬山，每爬十几个台阶我都得扶着栏杆喘一会儿，尔后，再鸟瞰一下光明，红花山每一个高度，都会有不一样的风景。红花山不高，所以谈不上险峰，但风光却依然是无限的。四月，或者五月，樱花盛开的时节我错过了，但也并不觉得可惜，山上还有很多花在盛开。有一对恋人面对着一树白花，背对着我，让我对爱情重又充满了遐想。那一树盛开的白花是樱花吗？如果是，也是过了季的樱花。

错过，其实不是什么很了不起的事。人的一生说短暂也短暂，说漫长也漫长。谁还没有错过一些什么？有时候是一些人，有时候是一些机会，有时候是一些缘分……我不怕错过，因为错过的已然错过了。那一树白花是樱花吗？如果是，我就没有错过它的花期，或者是春天对于我的一种弥补，可春天为什么要弥补我呢？我想它一定是在弥补我对这个世界的善意。不仅是樱花，也不仅是美好的春光。我用手机里的"行色"软件，想弄明白那一树的白花究竟是不是樱花，可最后还是作罢。

站在红花山上，我似乎就比明和塔稍矮一点，比蓝天与白云矮一点，比一群飞鸟矮一点……极目远眺，光明尽收眼底，高楼大厦尽收眼底，仿佛只要我大喊一声，红花山是我的，红花山就是我的了。

说到明和塔，说是塔，却更像是一座寺庙，时有诵经声萦绕于耳，也时有穿着僧袍的僧人出入，却并没有香客，便又觉更像是塔。

茫茫世界，芸芸众生，若心需要一个落脚处，我想红花山极好，山上的明和塔极好。

人生难得糊涂，"难得糊涂"是我的江苏老乡郑板桥的座右铭，虽然我们并不生活在同一个时代，但道理还是一样的。有时候，过得太明白了也许并不是啥好事。越清醒，遗憾越多，错过的也越多。读鲁迅，记得的除了祥林嫂的絮叨、《伤逝》里爱情的疼痛、茴香豆、偷瓜的刺猬……当然还有阿Q的精神胜利法，和他的经典名言：吴妈我要与你困觉！因而我觉得阿Q的精神胜利法也并没有多么不堪，至少，会像是一杯咖啡，能让自己兴奋一阵子。吴妈我要与你困觉！也许是人性的最直接最真实的表达方式，再没有其二。

如若红花山，如若那一树的白花，如若我说它是樱花它就是樱花，我便会觉得这一个春天，甚至是这一生，什么都未曾错过。

记得上山的路上遇到一只蚂蚁，先蹲下看它爬行，就算是打了招呼。然后，拿起手机拍照，说要画它。眼看它就要爬出镜头了，我便用树枝拨一下，就像小时候，照相馆的师傅会轻轻地推一下我的脑袋。哎，对了，就这样，别动……照片就拍好了。显然蚂蚁没人听话，我一直用树枝拨它，拍好了照片，放大，蚂蚁似乎一下就变成了牛。再然后，继续上山，再下山……

回眸处，红花山依然，但我已回到了自己原来的位置。刚刚我还说占领了红花山，现在，却已被红花山占领……

麻石巷

麻石巷，在楼村，巷子很深，不知卖不卖酒。巷子的麻石，铺得也不算整齐，老房子里的人，过着与我们一样的市井生活。洗衣做饭，上班下班，匆匆忙忙，又从从容容。六百年，如果藏一坛好酒，现在打开，会香成怎样，真不敢想。

麻石巷，对于我来说就是这样一坛酒——一直想喝，又有点舍不得喝的一坛酒。可麻石巷豪爽，不管你是天南地北客，只要你到了麻石巷，想喝这坛老酒，就四个字：管够，管醉……然后，你愿泼墨泼墨，愿写诗写诗，愿耍酒疯，骂一骂街，唱上一曲……都由着你来。

楼村自古民风淳朴，住麻石巷的人亦然。

巷子里骑单车的人，一边摇铃，一边加速，嘴里哼着歌，两个追打着玩儿的孩子，书包带断了，索性在麻石板上拖。若我是家长，一定会骂他们几声，你们这些熊孩子，书包可贵，是你们吃饭的家伙，要知道爱惜……但也可能我什么都不会说，只是看着笑，谁还没有个顽皮的童年。

K578列车经过楼村荔枝园，满眼的绿好像在流淌，天空是蓝的，云是白的。车上的人都在睡觉，独我一个人看着窗外。秋天的楼村像一幅画一直铺展到天边，我知道画中有一条六百岁的麻石巷。在楼村工作的文友，曾说要约我去麻石巷喝酒采风，却还未能成行。好在六百岁的麻石巷从不怕等待。我也不怕等待，只要是对的地方，对的人。

K578列车驶过的楼村的荔枝园，与昨天经过的已不是同一个荔枝园，但麻石巷还是六百年前的麻石巷，它的每一块并不算方正的麻石，就像生命中许多灿烂抑或不堪的日子，都会在秋天安静下来。

关于楼村的传说有许多，这也不难理解。记得看一档综艺节目，叫《传话》。一句话经五六个人，连说带比画地一传，最后，就全都变了味了，惹得全场人一片哗笑，笑过之后，稍一反思，传一句话尚且如此，更何况是楼村六百年漫长的时光呢？六百年前应该还是明朝，那时据说楼村还叫漏村。有一陈氏人家在此放鸭，一风水先生路过，讨了口水喝，说这可是一块风水宝地呵。陈氏笃信，于是唤来家族来此定居，取名漏村，是说这是一块被人遗忘的风水宝地。后有人说漏字有破财的意思，所以改成了楼村。那时楼村的人口还没这么多，冷兵器时代的人们，也许总是在经历着战争——宏大的，抑或局部的零星的战争，经历着比和平年代更多的兵荒马乱，生死离别，因而居住成了一种必须要慎重的选择。依山傍水而居，依茅洲河而居，似乎成了从江西迁徙至此的陈氏族人的福祉。后又有风水先生路过楼村，用罗盘等工具一阵忙碌，欣喜至极，大呼风水宝地也，风水宝地也！

想必，麻石巷，应该是陈氏族人在楼村定居后而成。

麻石巷，它离我住的地方并不远，步行估计也要不了一个小时，六百岁的麻石巷，并不很深很长，散会儿步的工夫，就走完了。但走完的只是今天的麻石巷，六百年前的麻石巷，麻石巷自己走一回，恐怕还得六百年。麻石巷，都是麻石铺的，我们今天走的脚印，与古人走的脚印，很有可能就重叠在一块麻石板上。拿李白的话说，就是"今人不见古时月，今月曾经照古人"。

麻石巷如此，我们脚下的每一寸土地又何尝不是如此呢！

楼村就像是一只老蚌，而麻石巷就是它肚里一颗孕育了六百年的珍珠。

白花村

白花村，最著名的应该是碉楼，与围肚水井。

白花村的村口有两棵树，也许就是白花树吧！其实，白花村有没有白花树，我并不太在意，也许它就是个美好的愿望。就像我自己不希望日子过得拘谨，而更希望能过得写意一些，就像白花村的旧时光，古老、朴素、安静。

白花村并不是白色的，也许白只是白花村心的颜色，就像蓝是天空的颜色、大海的颜色，金色是稻麦的颜色、油菜花的颜色……每个人的内心都有自己的颜色，也许我们一时没看到，但天长日久还是会被发现，就像岁月留给白花村的白。

白花村的碉楼看起来很高，可能是因为它是从一间房大小的地方一层层地砌上去的。碉楼有许多方方正正的窗口，很小，好像更适合掩藏与窥视。我想可能与战乱或者匪患有关吧。碉楼虽经时光与风雨的磨砺，看起来却依然坚固无比。每座碉楼都刻有几尾鱼，把风雨吐成欢快的诗意。雨季刚过，碉楼的墙根有着湿湿的苔痕，从鱼嘴里吐出的水，经过墙根用青砖砌成的排水沟，渗入了白花村的地里。有两只鸽子在碉楼的顶上栖息，一只白鸽，一只灰鸽，它们咕咕咕地交谈着什么。它们是兄弟还是情人呢？我希望它们是兄弟，晚上约好了一起去喝酒；我也希望它们是情人，晚上约好了一起在碉楼上看月亮、看星星，你侬我侬地好像整个白花村就是一粒蜜甜蜜甜的糖果。当然，它们也可能是战友，从枪林弹雨中传送情报归来，正表达着对和平的渴望……

在村里的小店铺前，有三个孩子，蹲在一起玩着游戏——磕房子。我站在旁边观看，游戏规则与我小时候大致一样，把一块瓷片、瓶底或者一颗石子作骰子，单脚在早已画好的代表房子的方格子里磕来磕去的，只为了占有更多的格子、更多的房子。不是为了做房奴，而是为了做胜利者。房子这些年萦绕在我心头的痛，竟被三个孩子磕房子的游戏给化解了。这个世上除了快乐，似乎任何事物都是不值一提的。

白花村的人显然是快乐的，甚至连檐下的麻雀也叫得那么快乐，就好像又捉到了几条白色的米虫，胖嘟嘟的。麻雀头扬着，好像在说，在其他地方绝对没有这样美味的米虫了。麻雀的毛色发亮，就像民国的奶油小生刚抹了梳头油一般，油光可鉴。

一条中华犬蹭了下我的裤脚，发觉气味不对，快快不快地走了。

我突然觉得那些方方正正的碉楼，是白花村的几枚私章，盖在了岁月的地契上。碉楼灰色的墙体散发着历史的味道，却又好像并不古老，就像染上了灰尘，只要用嘴轻轻一吹，就又焕然一新，就能看见章下的红印：白花村。一直走到白花村的村头，才发现白花村著名的围肚水井，它其实也许就是一盒印泥。

清冽的水中，倒映着碉楼的影子。一方不大的池塘，几只鸭子又把白花村归置成了一幅水墨。写意的绿、写意的黑与白、写意的涟漪被阳光照耀得更加写意。对，白花村，就是一幅朴素的写意的田园画。似乎可以让时光倒流，让我们流连忘返。

围肚水井，在白花村的中间，像是一枚古铜钱，中间有孔，多边形。倒映的碉楼，像一支毛笔插在墨水瓶中，它给旧时光写的书信，像遍地的红薯叶却没有邮差来取。水边洗衣的老妇，一边洗衣，一边用一只绿色塑料桶从井中打水，井水与井台很近，井也不深，与其说是在井里打水，倒不如说更像是在河边提水。我也帮老妇，提了一桶水倒在洗衣盆里，溢得满地都是。老妇笑吟吟地看着我，并没有像我希望的那样，能像老家在井边洗衣的母亲责备我几句。她是那么慈祥善良，白发间落满了金色的阳光。如果给我一张小凳，我愿意坐下，给老妇拔去鬓边的白发。这岁月的寒霜呵，又能把我们怎样？我愿意举起围肚水井，一面菱形的生着铜锈的铜镜，照一照白花村，照一照那井边的老妇因劳作而佝偻的背。

岁月不饶人呵。那就饶过白花村吧，饶过碉楼，饶过围肚水井，饶过碉楼上那一白一灰的鸽子吧……

只愿岁月静好，人间静好。

出了白花村，与朋友握别，突然明白了人生最大的牵挂，并不在于推杯换盏，而在于活得好好的，让朋友放心。就像白花村一样，朴素，自然，写意，真实，温暖。

元山旧村

元山旧村，是我在光明租住的地方，连快递员都不太搞得清哪巷哪栋的地方。我只好在"元山旧村"前加上"上村幼儿园"，在后面加上"新宜佳超市对面"。元山旧村据说并不旧，倒是它的附近的择善堂和鱼家陈公祠看起来有点年头了，说旧也算名副其实，它们是深圳的不可移动文物。所以，元山旧村的旧也许是沾了它们的光。

元山旧村按门牌算有六七百栋，连快递公司也表示怀疑，有那么多栋吗？其实，我也怀疑，可租房合同上就是这么写的，你再怀疑也没用。我来深圳六年，出租屋每年都要拿走我半年的工资。一室一厅改成的两室，还没老家的厨房大，却可满满当当地装着我的生活，诗歌和梦想，快乐、疼痛和忧伤。时间长了，还养了花草，任它花开花落，就像我在出租屋里的日子。窗外的阳光照在对面的墙上，也照在我这边的墙上，但我只看见对面墙上的阳光。这情形就像看着别人的生活，总觉得比自己的幸福。每次打开出租屋的门，就像打开一只行李箱，晚上把自己装进去，早晨再搬出来，就如同日出日落。出租屋这只乡愁捏成的麻雀，有着拥挤的五脏，屋外是浪漫主义，室内是现实主义。每次锁门，我都会数着数，记住拉了几下，用我的强迫症表示我对这个世界的怀疑，也表示我还会回来。

下楼左拐，有一个菜鸟驿站，我网购的东西几乎都放在这里，起初菜鸟驿站的狗还会绕着我嗅来嗅去的，后来，就只摇头摆尾了。从菜鸟驿站再左拐，有一个社区篮球场，说是篮球场却也只有两个篮球架，几个老人或小孩抱着个篮球，各投各的篮。到了双休日，球场上的人多，于是便自由组合成两组，进行比赛。说是比赛，也就是大家一起投篮玩。所不同的是之前是一群老人或小孩玩五六个篮球，而现在是一群人玩一个球。

篮球场旁有一个小广场，早晚都有人跳广场舞。广场上最惹眼的，是几棵树龄二百岁以上的榕树，我曾把它的气根比作胡须。有风吹过，胡须飘动，仿佛有一双手在捋着胡须。是谁的手呢？当然是榕树自己的手了，这世上哪有闲着没事的人用手去捋别人的胡须玩的。广场的空气鲜美，榕树上的鸟鸣像是水在瓷器里打旋，不仅清脆，而且悦耳，像不小心碰下的草尖上的露水。清晨的月亮好像很低，像一把半圆的木梳，梳理着旧村改造被挖得凌乱不堪的道路街巷，我希望它快点改好。满天的朝霞是元山旧村最让我怦然心动的，但只要我还租住在元山旧村，我想今后这样的美景一定还会有的，不仅是朝霞，还有榕树、鸟鸣、洒满元山旧村的阳光。

我的出租屋有三扇窗户、一个阳台，但都见不着月亮。好在平时我也没赏月的习惯，最多看看对面墙上的阳光，来估摸一下时间。房间有点暗，大多数的日子判断不出外面是晴天还是多云。但不管有没有太阳，房间里的书、酒、行李箱、烟灰缸、水杯、电脑……都是亮着的，能一一看清，它们都很安静，只要不发生地震，它们也许都会保持着这样的姿势，一动不动。它们与光线的关系、与人的关系，似乎一览无余。我的心也是亮着的，不发生光芒，也不曝光窗下的尘埃。它的柔软，适合一个内向的人表达孤独；适合一个恋爱的人面对单相思独白。房间里，每一扇门，每一扇窗，每一堵可以呼吸的墙，都能支撑我的思想和怀疑的目光。如果有一场雨让我闭上眼睛倾听，我会认为有一群鸟，正在向我宣战。但如果雨下得很小，那就只能是蚕吃桑叶，在秋天继续画一条丝绸之路……我躺在床上休息，和所有的事物一起，似乎在有意识地等待着一场地震、海啸，和比海啸更快的阳光、风，和无所不在的空气。腐蚀，或者氧化，这些都需要漫长的等待。房间里所有的事物我都可以描绘、搬动……我是它们的主人？我的心亮着，与其他的事物并没有肢体语言，只有心理活动，并且不泄漏一点亮光。想象中，秋天的树淘汰了所有的眼睛，落叶那么轻，显然，已耗尽了绿色的目光，再也不关心肉体。

我的窗外是另一栋出租屋，据说正在改装成公寓，可以拎包入住的那种。可不知什么原因，断断续续地装修了三四个月了，竟突然停工了。每天晚上，我只要看到对面的窗户黑洞洞的，便觉得很不舒服。有长者云，一栋房子久不住人，人气便会减少。就像一个开朗的人，会被一个总是抱怨的人传染。窗外的窗也许只是虚构，当我拉上窗帘，它就消失了……甚至，我都开始怀疑它是否真的存在过。就好像一个人在镜子里，不止一次遇见了陌生的自己。

元山旧村几乎都是这样的房子，楼下有饭店，有超市，有棋牌室……生活在这里的人，好像什么都不缺，整天乐呵呵的。我想，在元山旧村租住久了，也许，我也会像他们一样快乐的。每天下班后会笑眯眯地和家人一起喝上一杯酒，抽上两支烟……

茅洲河

茅洲河是深圳第一大河，这多少让我有点意外，我一直以为深圳的第一大河是深圳河。所以，以想当然的习惯性思维去认识一件事物，往往是不正确的。

乘船从羊台山麓由茅洲河而下，一天也许就能抵达光明了。可以在黄昏时出发，夕阳照耀下的茅洲河我想也许是金色的，它的波光闪动，就像一个欲言又止的人，充满想象。船不用桨，只用竹篙左撑一下，右撑一下，沿着茅洲河一路向前。如果你想唱歌，竹篙上滴入河面的水滴在月光下就是晶莹的音符，就是白居易的"大珠小珠落玉盘"，就是最好的伴奏。如若岸上有女子与你相和，则更为美妙、撩人。

风吹草木，虫鸣声声，天上的星星数着数着就乱了，于是，我们便学会了一个词，满天繁星。如果是夏天，茅洲河飞着萤火虫的话，我想把它比作银河也没有什么不可以的。

自然，茅洲河也生过病，血管堵塞，肠胃不适，口臭难闻。只不过经过两年的医治，早已痊愈……

六月，燕罗湿地公园人头攒动，茅洲河龙舟邀请赛赛事正酣。鼓点隆隆、桨声阵阵，茅洲河激情澎湃，好像唤醒了沉睡的青春……像对待生命一样对待生态环境，听了这句话，茅洲河笑了，我们也笑了。

船到光明，可以在楼村上岸，约三两好友，去荔枝园转上一圈，然后再去麻石巷附近喝上一场大酒。据说楼村的烧鸡很好吃，全是用荔枝木烤的，用广告语说，就是全是大自然的味道。我们不在店里喝，我们得买了酒菜回船上喝。在茅洲河上喝酒，就得喝透了，就得喝五十度以上的白酒，醉了就睡在船上，睡在茅洲河上，盖一条月光的床单就够了。

至于蚊子，有了酒，它就根本不值一提。俺有的是热血，爱咋叮咋叮去。

如若酒醒得早，可以在茅洲河上写诗；如若酒醒晚了，可以在茅洲河上看看日出……多美的日子呵，给个神仙做都不换。

茅洲河从羊台山麓流出，从一幅版画里流出，就像春天，在春天里散步；就像鸟鸣，在鸟鸣里歌唱；就像星星，在星星里眨眼；就像一条河流抱着一条河流；茅洲河，从羊台山麓一路向前，流过我，流过你，也流过他，流过劳动和歌唱，流过改革开放的四十年……就像我们走过梅林关、布吉关，走过暂住证、居住证、港澳通行证，走过《论语》，走过生命中最灿烂的春夏秋冬。我们年轻着，奋斗着，憧憬着——我们不需要石头的纪念碑，有茅洲河就够了；我们不需要叙述与纪念，赞美与歌颂，有茅洲河就够了……

茅洲河是深圳的第一大河，也是光明的第一大河。

我们在茅洲河上，一路向前……

茅洲河没有终点，只有未来！

未曾错过的光明

当我写完这篇散文，天已亮了。

我想我没有错过红花山、楼村、麻石巷、白花村、围肚水井、元山旧村、茅洲河……

我想我也不会错过光明的每一个善良的人，每一件美好的事物。

因为，我就是奔光明而来的……

刘　炜　江苏盐城人，江苏省作家协会会员。有诗作发表于《少年文艺》《诗刊》《诗选刊》《诗林》《星星》《绿风》《雨花》《上海诗人》《扬子江》等诗刊。作品入选漓江版《2015中国年度诗歌》《2013—2014中国新诗年鉴》《华语诗歌年鉴（2013—2014卷）》《2008年网络诗歌年选》、诗刊社《2000年度最佳诗歌》、人民文学版《2004文学精品诗歌卷》《中外抒情诗歌欣赏》《触动大学生心灵的101首诗》等多种选本。出版诗集《月光下的村庄》，多次在诗刊社组织的诗赛中获奖。现居深圳市光明区。

入深记

◎廖立新

如果要现在的我来说，我从小就有一个梦想，梦想着若干年后，来到深圳，来到这个发展得最快、最好的特区城市，那无疑是矫情。

但是，回顾起来，一个远在千里之外的人，此生最终能够与它结缘，成为两千五百万深圳人中的一分子，一定和这个人不安分的天性，和这个人早期的人生经历有着某种必然的联系。

我是一个脾气很倔又极不安分的山里孩子，性格内向而叛逆。别看我现在站在讲台上口吐莲花很能说的样子，也别看我现在拿起笔来洋洋洒洒很能写的样子，其实小时候沉默内敛，不善言辞。平时看见父亲就像老鼠看见猫，紧张害怕，惶恐不安；一旦脱离了他的视线，就好比虎出深林，龙游大海，身上立刻长出八只眼睛。

村里上了一点年纪的人，都记得当年调皮捣蛋、"作恶多端"的"新老头子"。这个绰号是有来历的。据母亲回忆，我刚出生不久，她的乳房就害了疖痈，不能给我喂奶，事实上奶水也少得可怜。缺乏母乳滋养的我，皮肤松弛，脸上堆满褶皱，像被火烧了毛的流浪猫，或者说，新生儿的身子上长着一张老年人的脸，所以就被村里人叫作"新老头子"。"新老头子"只要一走出家门，立刻就像变了个人，成了儿童界呼风唤雨的角色。上课爬到桌子上坐，女老师说："你咋不上天呢？"我居然冲着女老师说："你帮我拿个梯子来，我就上天去！"学校安排我去田里"耘禾"，我就把禾苗一蔸蔸拔起一大截，还振振有词地说是"拔苗助长"。我把村民的南瓜用铅笔刀挖个洞洞，塞进一团泥巴，再原样封住，等结了痂，长熟了，采收下来，一定会骇主人一大跳。最作孽的是，砍柴回来，为了吓唬骚扰我的小屁孩，拿柴刀挥来挥去，一失手，把对方脑壳砍了条大口子。

对于我这样一个没有出息、专门闯祸的孩子来说，老家方言里几乎所有用来咒骂小孩子的词汇，如"青皮梨子""尽头龙哩""祸撮子""毛狗哩吃的""打短命的"等，我全都领受过。父亲是赤脚医生，白天忙着看病打针，晚上忙着打针看病，再加上脾气火暴，没有闲工夫跟我扯什么革命大道理，直接暴力镇压。常用的暴力工具，如"爆栗子"（用屈起的指关节敲脑壳）、"泥鳅干"（用竹梢子狂抽）、"跪竹板"等，一样都没落下过。每次挨打的时候，身上再疼，也不敢叫唤，越叫唤打得越狠。被打的时候，母亲也不敢来劝，顶多说一句"要打别打头，打屁股"；能救、敢救的只有六婆——婆婆、外婆、姑婆、舅婆、叔婆、姨婆。每次要挨打了，一边硬忍着痛，一边在心里默念："外婆快来救我，外婆快来救我！"砍破人脑壳的那次，自知罪孽深重、法网难逃的我，扔下柴刀，撒开脚丫子就往外婆那个村跑。去外婆家有好几里山路，一路还有好几处坟场，心里瘆得要死，兀自壮起胆子快速蹿过坟场。到了外婆家，又不敢进外婆家门，只能躲在猪圈牛栏里。听得人声鼎沸，火光明灭，知道搜寻的队伍往外婆家来了，又"敌进我退"，运用翻边战术，逃回自己村。最后，还是被从本村的牛栏架上搜捕归案，又被打得半死。

武力镇压的效果是显而易见的，远远一听见父亲的咳嗽，我就惊悚不安；父亲的目光往身上一扫，就两股战战。于是，能躲则躲，不能躲就敛手缩足，连大气都不敢出。如果被问到某件事，没有立刻回答出来，很快就会招致暴风骤雨般的斥骂，于是更加吞吞吐吐、语无伦次。在童年的记忆里，父亲代表的是一种凛然不可冒犯的权威、一种无可抗拒的力量、一种威严的秩序。这种权威、力量和秩序，一方面保证我安然度过了危机四伏的童年、少年时期，完成了基础的学业，另一方面也给我心灵的成长、性格的养成，带来了一些别的影响，比如内向、胆小、木讷、孤僻、害羞、敏感、多疑、反应迟钝、怕见生人、缺乏开拓精神、缺乏爱的能力等。像只猥琐的地鼠，习惯躲在阴暗的角落，惶恐不安地打量着周围的动静，稍有风吹草动就瑟瑟发抖。相应地，在大人眼中，我这个孩子很怪癖，没礼貌，没良心，头上长了反骨，是个典型的逆子。父亲对于我从来不叫他的忤逆表现，也是非常恼怒，耿耿于怀，多次向其他亲友当面控诉，当我犯了其他错误的时候也必然会翻出老账、旧账来清算一番……

多年以后，每当我小有收获而在朋友圈晒心情的时候，我的表舅，我的堂妹，总是以谆谆教诲的语气告诉我，我得好好感谢我的父亲。是的，如果不是父亲坚定地送我读书，肯定不会有我的今天，从这个意义上讲，父亲无疑是我最大的恩人。但如果硬要说是父亲强大的武力政策教育好了我，我自己知道这不是事实，至少不是事实的全部。无论父亲的竹梢子抽在身上是多么疼痛，都不可能给我带来读书的乐趣和读书的动力。相反，揍得越是厉害，就越是想逃离，逃到他的竹梢子够不着的地方。如果说还有什么动力在支撑着我，那就是走出去，走出大山，走得越远越好。我从完全懵懂无知的状态，到洞悉生死，觉悟到要靠读书走出大山，是在初中的后期。我至今印象深刻，曾经有那么一段时间，一想到人的生命是有尽头的，说死就死了，再也不能活过来，我的心中就充满了悲哀和惶恐。中考落榜了，我不能就这样回农村种田，只有读书能改变我的人生和命运。父亲毫不犹豫又把我送回了学校复读，这是他和我的很多同学的父亲不一样的地方，在读书这个问题上，他比村里的大多数人都有更清醒而迫切的认识。在一年的苦读之后，我的学业略有改善，考进了县二中。

知道深圳，大概应该就是读高中的时候，那是20世纪80年代。高中读的是二中，二中校址在县城西北的狗头山上，离县城有三四里远。在一个高中生的眼里，深圳是个什么样子，还没有办法想象，只知道它离香港很近，好像离台湾也不远。港台，港台腔，港台明星，港和台总是连在一起，心理上就把两地的距离缩短了。既然与港台都不远，想来也和港台差不多。港台又是什么样子呢？

那时候，改革开放已经开始，旧偏好尚未退潮，新时尚已然流行，港台风一阵阵刮进小县城，录像厅遍布大街小巷，琼瑶剧的演出海报花花绿绿，勾扯着少男少女的目光。喇叭裤、花衬衫、小胡子、大墨镜悄然登场，看起来吊儿郎当，又很新潮的样子。美容美发厅渐渐多起来了，里面摆满了各种瓶瓶罐罐和吹、剪、烫的工具，墙壁上贴满了影视明星的大照片，展示着各种各样的新发型。嗲声嗲气、怪腔怪调的粤港台版的普通话也成了有钱大佬的身份标签。手持砖头般粗壮的大哥大，扯出天线就可以和全世界通话，吆三喝四，人五人六，把没见过世面的小城人唬得一愣一愣，连县太爷都得赔着小心。

时尚风也从山下刮到山上，从县城刮到学校。同宿舍的银根子第一个尝鲜，周末去山下县城的美容美发厅洗了个头，吹了个风，打了点摩丝，那头发，溜光水滑的，向上翘起，一根根神气得很。我们没钱去吹风的，也不甘落后，用清水把头发抹湿，用梳子使劲地往后翻梳，打理出一些时尚的形状。电影票、录像票是买不起的，只能在周末，趁着电影、录像开演了，检票的工作人员懒心懒意的时候，偷偷溜进去一饱眼福。看《庭院深深》，章含烟和柏霈文演绎曲折离奇的爱情故事，叹惋女主"庭院深深深几许，杨柳堆烟，帘幕无重数"的孤身独世、心事深沉、怨恨莫诉；看《梦的衣裳》，尔旋和雅晴朝夕相处日久生情，陶醉在"我有一件梦的衣裳／用青春欢笑编织的衣裳／柔情为它加上点缀／仰慕为它加上装潢"的优美旋律中。

高中阶段，正是荷尔蒙分泌旺盛、青春泛滥成河的时期。少年们已经蠢蠢欲动，在为丰富的荷尔蒙寻找出口。有的已经学着琼瑶剧的剧情，开始约女孩子看电影，尽管缩手缩脚，啥也没干，心里依然慌得不行却乐此不疲，比如初哥。有的近水楼台先得月，上课一边摸着前面女生的辫梢把玩，一边在纸片上写些"此情无计可消除，才下眉头，却上心头"来自我遣怀，比如我的同桌辉哥。我既没钱没胆约女生看电影，也不敢捏前桌女生的辫子，更不懂"倚门回首，却把青梅嗅"的少女情怀。只是，在老图书馆杂志上看到美女图片也会走神发呆，路遇美女也会悄悄跟上一段只为一睹芳容，每逢漂亮的英语老师上课就精神抖擞。天蒙蒙亮，跑到校外练车场，与龙哥、老万、S清等，扎马步，推红砖，幻想着练就盖世奇功。《少林寺》余威仍在，《武当》又趁势杀出，搅得少年们的侠客梦亢奋不已。晚上，夜深人静，拿一张报纸铺地打坐，吞吐吸纳，气行大小周天，幻想着有一天打通任督二脉。海灯法师声名鹊起，范应莲担任全军总教头，严新忙着四处做报告……

学习是主业，这是早就已经觉悟了的自觉。每天最动听的声音，就是早练回班，晨光熹微，用自配的课室钥匙，啪嗒一声，把门推开，里面空无一人。晚上拉闸断电是定时的，为了多学一会儿，会自制小煤油灯照明，一晚上下来，鼻孔里满是黑黑的烟灰。校道旁的路灯，也是我深宵的伴侣，陪我度过了许多个苦读的夜晚。尽管如此勤奋，平时考试，也多在十几二十名的中上状态。毕业考，蹿升到全班第二，班主任俞老师郑重约我到办公室谈话，勖勉有加。高考开考前，用湿毛巾擦了一把脸，吃了一根冰棍，闭目打坐了几分钟。成绩出来，全班第一名，考了486分，比文科本科线高了4分。后来，老同学见面，都要调侃我一句："你这个大学，是练气功练来的吧？！"

那时候，还没有想过，自己的人生有朝一日会和深圳联系在一起。作为一个山里的孩子，感觉能够走出大山，像我的那些高中老师一样吃上皇粮，就已经是祖坟冒青烟了。这个印象是如此深刻，以至于许多年以后，我都还能清清楚楚地记得当时的情景和细节。就在玻璃厂前面，公路的拐弯处，我拎着塑料桶，桶子里装着一些刚买的生活用品。金色的阳光打在身上，全身暖洋洋。我一边走一边胡思乱想：要是我现在不是去二中上学，而是去二中教书那该多好。那时候，我们乡刚刚有一个大学毕业生分到二中做老师，据说是全乡第一还是第二个大学生，姓樊，是全乡口耳传颂的榜样，若干年后成了县里知名的文化学者。知名到什么地步呢？用我哥的话来说，就是县里任何一个乡的任何一座桥、一间庙，他都能说出其来历和典故。至于我的班主任唐老师、数学俞老师、英语严老师等等，都是一时才俊。不知道我的人生之路和这个突如其来的想法有没有关系，高考第一志愿本来填的是河北地质学院，硬是在不知情的情况下，被班主任改成了本省师范大学，据说这样一来，本科录取的希望就大了很多，提前批嘛！

1988年上师范大学，1992年毕业的时候，基本上都要分到乡下去。说分到乡镇中学不失落那是假话，但也没到不可接受的地步，先干着慢慢锻炼自己，总会有机会进城的。刚参加工作的人总是充满了激情和想法，喜欢尝试一些新的东西。乡镇中学条件差，没有图书馆，就自己掏钱买一点，号召学生捐一点，办起了班级的小图书馆。组织班级里一帮各有特长的同学，办起了当时在整个县还很少有的文学社。社名由大家推荐，最后选了闵振东想出来的"寒星"。这个名字大概来自鲁迅先生的"寄意寒星荃不察，我以我血荐轩辕"，算是寄寓比较高远的了。报头特意去找了县教研室的语文教研员熊瑞和老师，熊老师也很赞赏支持，欣然提笔为我们题写。班长陈运刚写得一手好字，刻钢板的事就由他全权负责，一众女学生则有的负责发行，有的负责财务，把个文学社经营得风生水起，颇有点大公司的气派。

如果没有那一次选调考试，准确地说是没有那一次考试所带来的那些经历和遭遇，或者自己沉住气把眼泪先吞在肚子里，老老实实再在乡镇中学熬上几年，我也会如我当初所梦想的那样，安安稳稳地在小县城里做一个多少还有点社会地位的中学老师。事实上，在我远离老家之后，当初那一拨和我同时分到乡镇中学的同事，都走得差不多了。阿荣考了复旦大学研究生，毕业留校工作，后来又去了美国进修。老谋子跳槽到税务系统，做到了分局长。小铭同学先是调团县委工作，后来到乡镇任实职，也是正经八百的科级干部了。春哥终于考到了律师证，去了广州做律师。留在教育系统的，像森哥、斌哥、大根、阿国等基本都进了城，成了县一中各个科目挑大梁的骨干教师或者中层干部。留守在镇中学的金老大，也荣升副校长，成了校长最得力的帮手。而我则毅然决然地选择了留职停薪，开启了自己流离颠沛的南漂之旅。是的，这一次选调考试带给我的打击是深重的，深重到从此对家乡没有一丝一毫的留恋——至少，当时是这么想的：此处不留爷，自有留爷处！

20世纪90年代的内地小县城，不像现在这么讲究依法依规、公平公正，也没有现在已经比较普遍的程序性要求，很多事情都有人情、关系的因素在里面，也不忌讳所谓的"萝卜招聘"。那一次选调，名义上是为县一中补充优秀教师，实际上却把父母、配偶在县城作为前置条件，即所谓"城里人永远是城里人，乡下人永远是乡下人"。所以，尽管我以笔试第三、面试第一、综合总分第一的成绩名列榜首，却无缘被选调。而事实上，被替补上来的，即便按萝卜条件来看，也是莫名其妙的。小县城就那么大，谁还不知道谁的底细呢？可是，彼时彼地是没有道理可讲的。没错，年轻气盛的我是去找过纪委某个负责这项工作的副书记，在她云山雾罩、官话连篇的时候，我哪里会知道，替补人正是她的同学！我也曾经幼稚地把希望寄托在县委书记身上，写了洋洋万言的投诉信，打听、找到他的住处，在他家门外等到深夜也没见到人影，塞到他家门底下的信也石沉大海，一个泡泡都没有。连通过考试、通过公平竞争的上升通道都被堵得严严实实，那么还待在这里又有什么意义呢？

走是一定要走的，但那时候压根儿就不敢往深圳想。深圳、珠海、厦门、汕头，那是什么地方？那是国家划定的首批经济特区！俗话说得好："不是猛龙不过江。"敢往特区闯的人，那都是下山虎、过江龙。我既无清华、北大的金字招牌，也没有高学历、高职称，甚至连一口普通话都是结结巴巴的赣版普通话，谁能瞧得上眼？可那时候的想法就是"人挪活，树挪死"，不管出去到哪里，都比待在老家强。正好，镇教办的办公室就设在校内，教办订了《中国教育报》，我没事的时候就去教办翻报纸，去找招聘信息，看哪里要招老师。那些年，民办教育已经风生水起，尤其是东南沿海，民办学校如雨后春笋般冒出来，有不少都是集团化办学，更有所谓贵族学校以高收费、高待遇而名噪一时。翻来翻去，终于找到了福建连江的一所民办学校，联系和考核的结果是同意录用我。也没有办什么手续，就是和校长、教办主任打了个招呼，就拖了个行李箱远赴连江，那个与台湾马祖岛隔海相望的海防前哨。

我清楚地记得，我离开内地乡镇中学的时候，工资表上的工资是405块钱。刚参加工作的时候，更少得可怜，才250块。去到连江之后，一个月能拿到1600块，差不多是内地的四倍，也就是说，在沿海干一年，或者说活一年，相当于在内地干了四年，活了四年，当然是一件叫人开心的事情。我不知道是不是从连江第一次拿到1600块钱开始，就萌生了"以空间换时间"的人生理念，反正从此以后每当我在时间上无法追赶别人的时候，我就会不由自主地去想，我是不是该换个更合适的地方试试。连江带给我的另一个巨大变化是，我的体形开始发生变化。在内地乡镇中学的时候，伙食条件很差，没什么油水，米质也糙，每次打回来的饭菜，才把上面薄薄一层吃完就再也没办法咽下去。本就小时候没吃到母乳缺乏营养的我，即便自己出来工作了，也没有多大改善，虽然不至于骨瘦如柴，但同事们将身体板扎的森哥戏称为"肥肉哩"，而赐我一个"精（瘦）肉哩"的谑号，足见我是真的"马瘦毛长"了。连江靠海，海产品很丰富，日常菜肴以海鲜为主。海鱼裹上一层炸鱼粉用油炸一炸就上桌，很少用姜、葱、蒜、辣、麻、酱、酒之类的调料，初吃很不习惯，慢慢也就适应了。贝类常用来煮汤，不锈钢桶一煮一大桶，一勺子下去，舀上来满满一大盆。有一种海鲜叫鲎（hòu），顶着拱门形甲壳的样子极怪异，拿来煎鸡蛋，味道特别鲜美。

民办学校的老师成分很复杂，有离退休老师，有买断工龄的厂矿子弟学校的老师，有没找到工作的新毕业生，也有我这样的落魄的所谓"怀才不遇者"，还有纯粹想要追求另一种生活的追梦者。校长据说是从大西北聘来的退休名校长，喜欢穿一身雪白的西装，每周的升旗仪式总爱用中英文发表国旗下的讲话，平素经常踩一辆单车在校园里穿梭，后座上总是载着年轻漂亮的女老师。教导主任据说是福建省的语文名师，也确实有水平，谈起教学来很有自己的一套，不服都不行。老梁头和叶老太也都是退休语文老师，平素相互有些看不惯，没事就互怼两句。老梁头虽然脾气坏，倒也有些干货，教学功底很扎实，轻易看不起人，动不动就眼一乜："年轻人，这个样子，教什么鬼书！"叶老太很和善，轻声细语的，最喜欢和我们回忆她与冰心奶奶见面的故事。还有个英语老师，忘记叫什么了，很励志，腿有残疾，要拄着拐杖行走，每天乐呵呵的，口语非常流利。搭班的体育老师姓纪，人高马大，山东女汉子，人是很好的。因为她，记住了这个"纪"字作为姓氏时的特别读法，要读jǐ。搭班的化学老师，事业型美女教师，也很好相处，给我留下很深的印象，以至于离开连江很多年了，只要听到名字叫"陈×英"的就有一种天然的好感，就在内心存了一分亲切，私心里把她当成自己的朋友。巧合的是，当我历尽千辛万苦调入深圳，我的科组长居然也叫"陈×英"，书教得好又能喝酒又能跑马拉松还不远万里孤身去援疆，真是一个奇女子，还是福建人！

世界很大也很小，总有些机缘巧合的事情让人觉得很神奇。我的年段长老杨，南昌人，个头不高，发际线很高，和善、幽默、亲切，人望很高。某天闲聊起来，居然不约而同都提到了钟S。钟S是我在乡镇的同事，也是师大的师弟，和我前后脚出来。本来这两个人是八竿子都打不着的，偏偏就在同一天坐上了同一列火车的同一排座位而且一见如故相谈甚欢。钟S家境不是很好，毕业之后在感情上也受了些挫折，或许是天佑良善，到了闽东没多久，就和当地姑娘小M恋上了，收获了一桩美满姻缘，很快就有了宝贝儿子。让人心痛的是，好日子没过几年，小M就罹患恶疾，撒手人寰，留给好兄弟钟S无尽的哀痛与悲凉。此后，钟S辗转在闽东、浙南之间，和我偶通音讯，极难见上一面。直到2018年暑假，我带家人自驾，沿大陆海岸线一路北上，到闽东去游太姥山，我们才见上一面。其时，他已经渐渐从丧妻之痛中走出来，在某大型民办学校担任管理干部，在市区买了新房，也有了新家。当然，这些都是后话。乡镇同事中，出走沿海的，除了钟S，还有大亮。大亮是我走之后的第二年出来的，和我成了福建平潭某民校的新同事。

我也不明白为什么一定要离开连江。在写这篇文章回忆这些旧事的时候，我还特地问了老婆这个问题，当然她更说不出个所以然，只能笼统地归结为"连江虽好，终非久留之地"。现在的老婆，那时候还只能算女朋友，计算机专业，被分配到县城酒厂，没班上，自己去卖酒，酒卖出去了才有工资。一个女孩子家家，从来没有学过练过营销，没有一点人脉也没有一点社会经验，怎么干得了这活儿？没办法，只好跑去广东打工，在同学帮助下在厚街做了些日子，不久就辞工来到连江与我团聚。她先是在琯头镇的壶江中学做代课老师，教计算机。壶江是闽江口外的一个海岛，面积不大，约0.57平方公里，风光秀美，岛民有信佛的也有信其他宗教的。从码头到中学，要穿过村里密密匝匝的民房，巷道幽深狭长，还要经过一座教堂。有时候，正好碰上教民做礼拜，唱赞美诗，也会不自觉地驻足聆听。不知道老婆的宗教情结是不是那个时候种下的。从学校左手边走出去，有一间寺庙，再往下走一点，就是一个海湾，有大片的沙滩。那段日子，老婆回忆说，每个夜深人静的夜晚，总能听得见海潮扑打海岸的哗哗声，听得见海风从木麻黄上扫过的呼呼声。我问她睡不睡得着，她说，那时候年轻，还不懂得失眠。

说到海岛，其实我和海岛还是蛮有缘的，我的下一站就是福建平潭的一间民校。平潭岛是我国第五大岛，福建第一大岛，因岛上时常有东来岚气弥漫，故别称东岚。那时候还没有跨海大桥，从大陆上岛要坐渡轮。渡轮很大，肚子里可以装进好几辆车。在码头等渡轮的时候，会到处溜达，看见不少当地妇女裹着头巾，像影视片里的惠安女那样子，摆卖光饼等小吃。吃饭的时候，她们拿出从家里带来的白米饭，就着墨鱼仔下饭，乌黑的墨汁把白米饭变成了黑米饭，看得我心惊肉跳。更让我胆战心惊、终生难以忘怀的是，我在岛上亲历了台湾20世纪末最大的地震，史称"9·21大地震"。地震发生的准确时间是1999年9月21日凌晨1时47分12秒6，地震震级为里氏7.6级。地震发生的时候，我躺在学校宿舍的铁架子床上睡得正香。突然间，笃笃笃，笃笃笃，床脚剧烈急促地抖动起来，像遭了电击一样，一下子把我惊醒。虽然没有接受过什么应急疏散演练，但是对死亡的恐惧催生出来的应急力真是惊人，我和大亮、老肖裹着床单三步两脚就飞下四楼蹿到了操场上。陆陆续续地，董事长、校长、主任们、老师们也都聚到了操场上。大家人心惶惶，不知道震情到底如何发展，后来断断续续地从收音机里知道，是海峡对岸的台湾发生了大地震。这次地震给我造成的心理后遗症是深重而长远的，以至于震后的很长一段时间，每天晚上一躺到床板上，就似乎感觉到床板在摇晃，在抖动。

　　大亮是我在乡镇的同事，老肖是我高中同学的哥哥，说起来都是哥们儿，不能不提一下。大亮之所以也跑出来，不知道和他前妻有没有关系，牵涉到别人家庭的事总是难以置喙。总之呢，前妻是很漂亮的，大亮自己也很帅气，跑出来之后，妻就变成了前妻。碰巧他们家的孩子在我们共同的乡镇同事手下读书，据同事说，孩子有次写作文就写到，大人们千万不要出去打工，一旦出去打工，孩子不是丢了爸就是丢了妈。童言无忌，听起来痛彻心扉。大亮在平潭挺受董事长器重，后来还跟着董事长去了武夷山市办新学校，据说也投了资。也是中间很多年没有音讯，也是直到2018年我沿海岸线北上游历，断了的线才接上了。他热情地打电话邀我到厦门相聚，说是要请我吃海鲜，告诉我他已经和当地女子结了婚，做了个小校长，兼养些猪，日子过得还可以。老肖离开平潭后还继续在外面转了段时间，直到县里开始严肃清理"在编不在岗"人员才回到老家。现在，隔三岔五地在朋友圈晒他的钓鱼图片，看起来小日子过得挺滋润、挺惬意的。我去平潭的时候，女朋友也离开壶江去了福州市，在某经贸公司做文秘。因了她的关系，我小舅子和我三弟都在公司干过一段时间，经常大半夜地跑去马尾港卸货。公司做的是福临门，是福临门在福建的总代理商，油罐车经常全省跑，我还搭过公司的车下福清转平潭。这一年，领了证，女朋友变成了老婆，因为公司的四川婆说，未婚男女在一起给别人说闲话不好。四川婆看起来有点凶，其实做的饭菜特别好吃。

　　在连江的时候，每个月能拿1600块。到了平潭，学校股东们都说，我是他们用一年25000块钱的高薪聘请来的老师。工资是略高了点，但是离福州有128公里，还要过轮渡，往来很不方便。于是，下一年，我们继续沿着324国道往南漂，漂到了粤东。我进了普宁一间中英文学校，妻进了潮阳一间集团学校。在普宁，第一次见识到了资本的力量。学校收费高昂，财大气粗，每天十几辆崭新的大巴早接晚送，一开上普宁街头那就是一道壮丽的风景。在普宁的工作累多了，除了教学工作之外，每个老师都要去跟车接送学生。好在下了班的时间基本属于自己，同宿舍的老褚、老周是两支老烟枪、两把老酒壶，小杨不抽烟但能喝点酒，我呢烟酒都沾点边儿，四个人经常溜去街上的小饭店喝酒。老周和老褚烟瘾太重，深更半夜还吧嗒个没完没了，熏得我这个正式烟民都受不了。学校有探亲房，周末要么我去潮阳，要么妻来普宁，在一起的日子多了起来，慢慢就会渴望有个安稳的家。再则，早在平潭的时候，原单位就给过我一次电话，催我回去上班，当时硬着头皮没有理会。来了普宁后，又来了一次电话，说是再不回去就销编。拿惯了两三千块，是无论如何不肯回去拿四五百块的，何况出来了再回去也是很没面子的事情，可是销编的问题怎么解决呢？正左右为难的时候，粤西某市直属中学伸来了橄榄枝，只要我们愿意去，允诺解决我们夫妻俩的编制。能直接从老家调广东，既不用再回老家，也不存在销编的问题。先前在审看我们的材料，听了我们的试教课之后，校长老刘就一锤定音："能在民办学校干三年的人，我看没有问题，可以要！"

到校第一天，学校尚在假期，校园里冷冷清清，是留守办公室的老覃接待我们的。老覃是办公室主任，广西大叔，来得比较早，算得上是创校元老，为人非常的热情、亲和。办理完报到手续，老覃叫了的士，亲自把我和妻送到住处。学校办公室的工作做得很细致，所有新聘老师都安排在了区老教育局楼上，地址就在小学隔壁，出门就是城基路，顺着城基路走几十步就是西街。西街是典型的"骑楼街"。一楼前廊后店，用于开铺经商，二楼以上则居家住人。家家楼房紧挨，廊柱相接，立面统一，连续完整，中西合璧，多元共存。通街而望，廊道轩敞绵长，街面平整宽阔，楼房洋气美观。行走在骑楼街，感受到的不只是浓浓的商业气息，还有自在闲适、温馨亲切的人际氛围。闲暇时光，街坊们一方小桌、两把竹椅，饮茶、倾解（聊天）、纳凉、会客，真是其乐融融！白话是西街居民的通用语，乍一来到有九个音调的白话世界，耳畔就多了几分平平仄仄平平仄、仄仄平平仄仄平的韵味。每天一上街，听到的打头一句必定是："老细（靓仔、靓女），有咩嘢可以帮到你？"心中便腾漾起一种自满、自足、自豪，不管你是不是真的富比陶朱、貌若潘安、闭月羞花、沉鱼落雁。离开时，必定满面春风，笑意盈盈，送上一句"多谢帮衬"，似乎不管什么生意，不是他们为你提供了什么货品与服务，而是作为顾客的你给了他们天大的恩惠与照拂。即便无意达成任何交易和协议，你只需轻轻一句"随便睇下"，或者"睇下先啦"，也绝不会怪你耽误了他们的时间和生意，而是热情地叮嘱你"慢慢睇，唔使急"。临别时，总会热情地提醒你："慢慢行啊，得闲饮杯茶！"

柴米油盐酱醋茶，开门七件事，基本都可以在西街搞掂。早起，自然是正宗的河口石磨肠粉。观看肠粉师傅的操作无疑是一种艺术享受。只见师傅从米浆桶里舀出一勺米浆，轻轻往方形蒸板里一倒，拎起蒸板左右摇晃一下以便让米浆均匀分布，然后迅速将蒸板插进抽屉式蒸笼，不消一支烟工夫，取出蒸板，熟透的米浆白如雪花、薄如蝉翼、晶莹剔透，用刮铲刮拢成条，状如猪肠，故名肠粉。截段装盘，撒上葱花，浇上生抽、花生油，那份鲜香、细腻、爽滑，还有一点点韧劲的感觉，连乾隆爷尝了都赞不绝口啊！这还只是斋肠，要是配上鸡蛋、肉末、虾仁、牛腩，佐以沙茶酱、芝麻酱，再来几筷子腌青椒圈圈，那简直就是人间极品啊！正餐呢，烧腊卤水是不错的享受。正对城基路口的位置就有一家烧腊档，是典型的夫妻档，老公高大帅气，老婆漂亮贤惠，夫唱妇随，相敬如宾。每次去他们档口买烧鸭，总是见他们戴着白布头套、薄膜手套，笑眯眯地问要开好边的还是要整只的，选定之后会细心地帮你剁成小块，用快餐盒装好，再用胶袋为你配上一些酸梅酱之类的调料。买单的时候，小心翼翼地用一个长夹子接了钞票送进钱箱，再夹出找零递回给你。岭南炎热燥湿，难免火气上升，不怕，西街隔不了几步就有一个凉茶铺，从邓老凉茶到徐其修凉茶到黄振龙凉茶到潘高寿凉茶，那是应有尽有，凡有个感冒发热、咽喉肿痛、湿热积滞、口干尿黄什么的，喝上一大杯凉茶，包你神清气爽，生猛如初。四季果蔬，轮番在西街登台亮相，番石榴熟透后有一股榴莲味儿，荔枝卖相越难看说不定越甜越好吃，黄皮带皮吃对小孩子脾胃不佳有奇效……

可以这么说，粤西十年，从社会阅历上说，给了我在粤生活的系统训练，从气候、语言、饮食习惯到民情风俗，把我变成了一个，至少是半个广东人。而从专业成长的角度看，粤西十年，是我教育生涯的沉潜期。2001年到2011年，三十一岁到四十一岁，正是一个人事业上的黄金时期。人生有多少个黄金十年啊！这间学校带给我的第一个收获，当然也可以说是我带给这间学校的第一个收获，就是我在全市中青年语文教师阅读教学比赛中斩获第一名。历年来，学校在这项赛事中都没有拿过第一名，我是第一次，可把校长高兴坏了。后来又代表市里去参加全省的比赛，课一上完很多市外的听课老师纷纷拥过来索要课件，自我感觉发挥得也还可以。等到公布最终结果的时候，却以些微差距与一等奖擦肩而过。后来市教研员告诉我，其实评委的打分还是不错的，但是借班上课有些话是不能说的，说了会影响学生打分的。在粤西的工作忙碌而充实，既要担任双班的语文教学工作，又长期兼任年级组的管理工作。寄宿制高中就是这样，从早到晚，披星戴月，吃喝拉撒，无所不管。一天下来，只有三番五次查夜完毕，确认孩子们都安静睡下了，才能回到自己的家草草洗漱躺下。十年沉潜，付出了很多，也收获了很多。我从一个差不多一无所有，连普通话也说不大利索的乡镇逃亡者，炼成了地级市直属重点中学的业务骨干，高级教师。在这里，结识了一帮来自五湖四海的朋友，也和很多淳朴善良的粤西孩子结下了终生的友谊。在离开粤西后，还陆续接到孩子们的结婚请柬，邀我去参加他们的婚礼。有一年五一节就接到两单，"蓝精灵"在粤北韶关，"桥老爷"在粤西郁南，我只好先上韶关，然后沿粤桂边绕至郁南，差不多把整个广东绕了半个圈。

不知道是不是已经养成了一种生存的本能，粤西十年，我差不多每年都会去外面参加一两次招聘考试，足迹遍及广州、佛山、中山、东莞、惠州、江门、肇庆、珠海等珠三角核心城市。我就像一把刀，这些城市就像磨刀石，我一次次地把自己放到磨刀石上去磨，让自己始终保持一种随时出击的状态。其间，在中山、惠州得到过入职机会，在珠海闯入了市教育局入围名单，在东莞进入了学校的推荐录用名单，最终都因为己方或彼方的种种原因未能结缘。广州虽然招聘机会多，但有些硬条件如年龄、普通话等级之类的，卡死了入门机会。深圳呢，虽然用人机制比较灵活，但它的超高房价和紧苛编制，还是吓退了无数试图投奔者。而我，终于在沉静十年后把目光投向了深圳。必然的因素，"其所由来渐矣"；偶然的因素，则显然与余得宝近期来访有关。余得宝是我大学时同宿舍的同学，毕业时自己找去雷州半岛，后来又来闯深圳。十年前我路过深圳的时候，他还在龙华代课；十年后再见时，已是深圳某名校的副校长了。十年前他问我愿不愿意留下来代课，我迅速权衡了一下代课与正编于彼时的我的不同影响，还是选择了去粤西入编。如今，才过了十年，我居然又鬼使神差，放弃安稳的工作和家庭生活，去闯深圳。在很多人看来，我的选择简直不可思议。我也无法解释，只能归之于宿命。

我投考的是一间新办的外国语学校。当时校方信誓旦旦，说只要有高级职称，工作满了一年就可以启动程序，走绿色通道调进深圳。为着这个承诺，自己也是兢兢业业，早到，晚走，勤跟班，多动脑筋多想办法。接手别人的班级，总有种种遗留的老大难问题在等着你去收拾。先认真设计了一份班情调查表，梳理出若干问题，然后对症下药，制订了班级公约。接着，调整了班干部队伍，发挥了东哥、小黑等的影响力和带头作用。那是寄宿制学校，每天吃过晚饭，自己便早早来到课室，拖过一条椅子坐在课室门口，督促大家背书、写作业。每每有同学违规，总是搬条小凳，让他坐在跟前，苦口婆心，嬉笑怒骂，亦庄亦谐，只为让大孩子有所醒悟又不失体面。课间操、集会、升旗仪式，反复核实人数，细心检查仪容仪表，不敢有丝毫大意。阳光刺眼的操场上，蜻蜓成双结队，自由地飞来飞去。而我，像一只孤独的小蜜蜂，辛勤采集着花粉。9、10月份，正是秋燥得厉害的时候，喉咙先是痒，然后是痛，异物感越来越强烈。也吃了药，也挂了瓶，不仅没有丝毫改善，反而越来越严重。整整有一个礼拜，昼不能食，夜不能寐，连吞口水都觉得像有千万根针往喉咙里扎。这种事，既无可诉说，也无从求救。生活上举目无亲，父母兄弟远隔千里，妻儿也远在粤西；工作上一个萝卜一个坑，没有人可以替换。一个人硬撑着，哑着声，说不出话，就预先做好课件，用手比画着，像演哑剧一样，在科代表的协助下，把课一节一节往下上。白天，勉强灌些米汤之类的流质，以维持体力；晚上，疼得睡不着，就裹着被子，盘坐在床上前俯后仰。这样生不如死的日子延续了整整一个礼拜，然后，在某一天，蹲在洗手间，咯出一大摊脓血之后，才慢慢恢复过来。

原本以为，只要埋头苦干，就能酿得百花成蜜，换取一张大特区入门券。不承想命途多舛，变故迭生。其中既有初来乍到急需磨合的代价，也夹杂着不明来由的人事纠纷。先是家长会风波，然后是调级换班。直接调入的承诺也慢慢切换为动员参加招考，最让人猝不及防和瞠目结舌的是，一年未满，校办一纸终止合约的通知直接把人打入冰窖。奔着这个调动入编的承诺，早已辞去粤西的公职，在当地的房产也已变卖，又在临深片区花了八十多万购买了一处商品房，正在装修，头上还顶着二十万的外债。眼下，妻为了成就我，也辞去了粤西的公职，带着孩子陪我闯特区。一家人前无出路，后无退路，夜无隔粮，身负巨债，叫天天不应，叫地地不灵，连死的心都有了。那个漫长的暑假，一边照应着新房的装修事务，一边找工作，一边四处借钱偿还房款。心明明痛得撕裂，却麻木着，强撑着，一天一天往下挨。母亲也隐约猜到我的变故，从老家打来电话，温言宽解。妻没有一句怨言，默默陪我苦渡难关，动员娘家的力量替我分忧。老家的兄弟们闻讯也纷纷伸出援手，用自己的方式来帮助我。

幸而天无绝人之路，在暑假的后半段，在安安的引见帮助下，我来到了G中代课。这也算是一间百年老校，校园里有很多果树，最多的是杧果树。没过多久，校园里的杧果树就陆陆续续开花了，花形细微，气味浓烈，带有些荷尔蒙的味道，像极了忧伤而迷惘的我。同样忧伤而迷惘的还有小H。他皮肤黝黑，身材瘦弱，鼻梁上架着一副金属框眼镜，文质彬彬，很有些书卷气，是个标准的文科男。大学毕业以后，在广州的某间中专待过一段时间，后来辗转来到深圳，在好几间学校做过代课老师，但每次都做不长久。没办法，在深圳这种地方，代课老师如过江之鲫。且不说一个正编职员岗位放出来会有多少人去拼抢，就是临时代课的岗位，哪怕再偏远再不起眼的小学，也会有大把的人来投简历，其中不乏高学历的硕士、博士，甚至海归。在人才富余的大背景下，用人单位难免吃坏胃口，明里暗里坑人的事常有发生。来G中之前，小H刚刚与某实验学校发生龃龉，连社保、公积金都在扯皮。现在，他在G中代课，老婆带着年幼的孩子暂居龙岗，每周往返于两地间，日子过得匆忙而拮据。在机关事业单位，临时工那就是二等公民。虽然嘴上谁都不会说什么，但潜意识里，苦活、累活、吃力不讨好的活都会往临时工身上派。至于好处嘛，想都不用想。如果只是干活，只是好处靠边站，尚且还能接受，谁叫咱没编制，不是单位的主人翁，只是挂单的游方僧呢，最不堪忍受的是，经常莫名其妙被批评。这不，科组会上，小H只是接了个电话，就被科组长批评得脸皮发绿。我呢，头两天也因为把几个调皮捣蛋的娃留置在办公室搅扰了级长大人，被勃然大怒的级长骂得狗血淋头。科组会散了后，我们两个同病相怜的人自然而然聚在了一起。那时候，我还没有戒烟，他也是根老烟枪。校内禁烟，白天拼命憋着；放学了，两个人常常聚到校门外五十米处的一个小公园里过烟瘾。一边吧嗒吧嗒，一边分享彼此的"悲剧"人生。他的很多故事，就是那时候听来的。在苦闷而迷惘的日子里，烟草和故事成了我们最好的精神安慰。

　　命运的转折来得悄然而神奇。一个学期还不到，就赶上了区的选聘。选聘之不同于一般社招，是会综合考量一个人的资历、经验，免去笔试环节，在满足前置条件的情况下，如高级职称、市级以上荣誉、竞赛课省级奖项等等，可以只通过试讲、面试来择优聘用。刚得到这个信息的时候，一些同事还劝我不要去参加，说肯定是内定了的，去也是给别人做陪考。我心想，管他呢，试试也无妨。面试的时候，倒真是犯难了，拿到一篇完全没教过的课文，还好几个字不认识，不给查字典，手机也被收缴，只给三十分钟备课。人被逼到这份儿上，也没什么好犹豫的，简单梳理一下头绪，就壮起胆子上讲台了。一气儿讲完后又回答了评委的几个问题，记不清问了些什么，怎么答的，只记得答完之后几个评委交换了一下眼色貌似很满意的样子。于是，后面的事情就简单了，一步一步按程序做就行了。在游离于体制外两年后，2013年9月我又回到了体制温暖的怀抱。而妻，虽有第一学历大专的先天不足，也曾担心"永远游不到对岸"，幸得上苍眷顾，命运垂怜，辞职后靠调干入户赶上了雇员资格考试的最后一班车，凭这张雇员资格证书赶上了全市最后一批雇员招聘，凭雇员身份赶上了2016年这波转正入编的政策牛市，成了一名深圳在编公办教师。小H在离开G中后，依然坚守在深圳寻找着属于他的机会，虽屡遭颠簸而初心不改：亲自用毛笔为他的学生题写古诗文书签，以此来作为对他们努力读书的犒赏；他为过生日的老父亲创作古体诗，用诗书来欢娱作为启蒙老师的父亲；他用微薄的薪金订购各种古典文学学术著作，把书架装点得琳琅满目；他以毕恭毕敬的弟子姿态，陪同他的国学老师外出访学；他屏气凝神，写下一幅幅蝇头小楷；他俯仰啸歌，吟诵着一首首经典诗篇……

走在整修一新的宽阔的松白路上，冬日的阳光暖洋洋地包裹住全身。人们都说，"来了就是深圳人"，是的，深圳是一个开放型移民城市，它敞开胸襟迎接所有怀着梦想的人。可是我知道，我离一个真正的深圳人还有老远的距离。房价依然高得令人咋舌，车牌摇号总是遥遥无期，孩子读上高中的可能性微乎其微。看到路边的异木棉掉光了叶子，树上零星地吊着些果囊，枝丫上居然托着一只鸟窝，一时竟有些恍惚，写下了这些句子：

> 我习惯了在这个城市的天空
>
> 寻找，冬天的痕迹
>
> 正像鸟儿习惯了在土里觅食
>
> 城市的天空实在太贫瘠
>
> 没有成群的鸽子
>
> 甚至孤雁，或者流云
>
> 乡愁也就失去了重量和诗意
>
> 当这棵异木棉以四十五度角
>
> 无意中刺入眼帘
>
> 立刻喧闹了眼前这片天空
>
> 没有葳蕤的绿叶
>
> 也没有红硕的花朵
>
> 只挂着几颗干瘪的果袋

托着一只孤独的鸟窝

然而，这已经够了

只要鸟飞回来的时候

有归家的感觉

只要果袋绽裂的时候

丝棉会带着种子

飘到很远很远的地方

这是一棵异木棉的冬天

也是这座城市的冬天

廖立新 笔名廖夫，鄱赣之子，中学高级语文教师，毕业于江西师范大学中文系，执教于深圳市光明区实验学校，兼任本校文学社指导老师和校刊编辑。热爱读书和写作，在《人民日报（海外版）》《中国教师报》《中国旅游报》《南方工报》《广东教育》《南方教育时报》《深圳青少年报》《中山日报》《宝安日报》《云浮日报》《光明教育》《西北作家》《中山文苑》《中国作家在线》《东山文学》及中华杂文网等发表文章多篇。现为深圳市光明区作家协会会员。

翻 译

高山探索记

[美]约翰·缪尔 ◎董继平 译＼

高山探索记

[美]约翰·缪尔

◎董继平　译

秋天，内华达山中露出美景

在秋季的小阳春之中，一个明亮的清晨，当冰川草甸依然因为霜晶而松脆的时候，我就从莱伊尔山脚下出发，一路下行，前往约塞米蒂山谷，到那里去补充我消耗殆尽的面包和茶叶。过去的那个夏天，正如以前很多个夏天一样，我都在这里度过，探索位于圣华金河、土伦河、美嘉德河与欧文河源头的冰川，测量和研究它们的运动、走向、裂缝、冰碛等等，还研究在这片高山奇境的风景创造和发育中，在它们较大的延伸期间，它们所扮演过的角色。这一年，这样的工作时间几乎已经结束了，我开始愉快地期盼着临近的冬天，以及它所带来的奇妙的风暴，那时，我会被积雪亲切地封闭于我那位于约塞米蒂的小木屋中，但有充足的面包可以享用，还有大量的书籍可以阅读。然而，当我考虑到除了从约塞米蒂崖壁周围的高处眺望遥远的景色，我很可能要到第二年夏天才会重新看见这个我所宠爱的地区，一丝后悔就油然而生。

严格地来说，对于艺术家，高高的内华达山只有极少数区域才风景如画。整个山脉巨大的抬升就是一幅伟大的画作，不可能被明确地划分成较小部分，在这一方面，它跟那条较老的山脉——可能被人们称为海岸山脉的成熟山峦相去甚远。正如我们看见的那样，内华达山所有的风景都获得了再生，从底部到顶峰被重塑，被上一个冰川的冬天带来的那些发育的冰流所重塑。然而，所有这些新的风景并非是同时出现的，其中一些位于最高处的风景，冰逗留得最久的风景，比下面较暖地区的风景要年轻几千年。总的来说，山地风景越是年轻——这里所谓的年轻，是根据它们从冰川期的冰里出现的时间来说的，它们就越是不可被划分成艺术片段，那些被制作成温暖、令人称心、可爱的图画，其中带有可感知的人性。

尽管如此，在这里的土伦河的源头上，有一群野性的山峰，地质学家可能会说太阳刚刚才开始照耀到它们身上。这群山峰颇展现出如画的风景，在其主要景物中，显得如此规整而均匀地平衡，几乎中规中矩——一簇重负着积雪的暗淡山峰，松树镶边的灰白的花岗岩圆形凸饰，被编织在山峰底部附近，整体上犹如波浪，从一道壮丽的山谷谷口自由舒展地涌上天空，而那道山谷高耸的崖壁，则在两侧渐渐形成斜角，因此，在没有允许任何并不严格属于它的东西进入的情况下，就去拥抱一切。如今，那片前景火焰般地闪忽着秋色、褐色、紫色和金色，在柔和的阳光下成熟，与天空那深沉的钴蓝色，黑色和灰色，岩石和冰川那纯洁高尚的白色，形成了鲜明的对比。穿过中部而下，看得见年轻的土伦河从它那水晶般的源泉中倾涌而出，时而歇息在玻璃般的水潭中，仿佛重新变回了冰，时而在白色的多级瀑布中跳动，仿佛变成了雪，在花岗岩的圆形凸饰之间，忽左忽右地悄悄流走，然后穿过山谷光滑、布满草甸的平地向前连绵延伸，用平静、庄严的手势从一边摇晃到另一边，掠过沉浸在水中的柳树和莎草，绕过箭矢般挺立的松树丛，而它在整个变化多端的路线中，无论是流淌得或快或慢，无论是歌吟得或高或低，它都始终用灵性的活力充满风景，以每一种运动和声调来展现其源泉的宏伟壮观。

晚霞的风景让艺术家热情洋溢

我沿路独自前往下面的山谷，一次又一次转身凝视那幅壮丽的图画，伸出双臂合围它，仿佛要将其纳入画框。在冰川下面的黑暗中，它生长了很多个漫长的时代，穿过阳光和风暴，如今似乎做好了准备，等待那位被遴选出来的艺术家，犹如黄色的小麦等待收割者。我禁不住希望自己能在旅途中携带颜料和画笔，学会描绘这些美景。同时，我不得不满足于留在自己脑海中的照片和笔记本上的素描。终于，在我绕过一个从这道山谷西边的崖壁上突出来的陡峭山岬后，每一座山峰都从视线中消失了，我沿着封冻的草甸迅速推进，越过美嘉德河与土伦河之间的那条分水岭，穿过下面覆盖着云歇处山坡的森林，在恰当的时间抵达了约塞米蒂——它随时都跟我在一起。说来也怪，我在这里最初遇到的人当中，就有两位艺术家，他们拿着介绍信，正在等着我回去。他们向我打听，在我对于附近群山进行探索的路线上，我是否偶然遇到过一片适合于创作大型绘画的风景，于是我就开始描述就在最近让我赞叹不已的一片风景。然后，随着我一步步深入描述那片风景的细节，他们的面庞就开始发光发热，于是我主动提出可以带领他们前往那里，而他们则声称，无论远近，他们都会乐于跟我同行，无论到任何地方，我都可以抽出时间带领他们前往。

因为风暴随时都可能穿过晴朗的天气突然降临，把各种颜色统统掩埋在积雪中，还会切断两位艺术家的退路，我就告诫他们要立即做好应对准备。

通过春天瀑布和内华达瀑布，我引着他们走出了山谷，从那里越过那道主要的分水岭，通过古老的莫诺小道，前往土伦大草甸，再从那里沿着土伦河的上段前往河源。这是我的同伴第一次深入高高的内华达山的旅行，由于我几乎总是在登山中独行，因而反映在他们面庞上的清新之美的方式，就为我提供了新颖而有趣的研究对象。他们自然而然就特别受到了那些色彩的影响——天空强烈的蔚蓝色，花岗岩略带紫色的灰色，干枯的草甸的红色和褐色，越橘沼泽透亮的紫色和深红色，山杨丛那火焰般燃烧的黄色，溪流闪忽的银白色，冰川湖泊显眼的绿色和蓝色。然而，景色岩石嶙峋而又野性，这样的总体表现似乎很让人失望。随着他们穿过森林，从山岭走到山岭，热切地扫视着——展开的风景，他们就说："这一切都很宏大、庄严，但到目前为止，我们根本没有看到可供绘画有效选取的风景。你知道，艺术很长也很短，这里有前景、中景和背景，但都很相似，光秃秃的岩石波浪、树林、小树丛、一点点微小的草甸，还有一条条闪烁的水。"我回答说："不用担心，就稍等片刻吧，我要给你看看你们一定会喜欢的东西。"

终于，在第二天快要结束的时候，"内华达山的皇冠"开始闯入眼帘，当我们完全绕过上面提到的那个突出山岬之际，前方的整个图景便展现在晚霞泛起的红光之中。两位艺术家的热情被无限激发了出来，其中那个更冲动的苏格兰年轻人，一路冲上前去，大叫着、做出各种手势，就像疯了一样，举起双臂在空中挥舞。这里终于展现出一片典型的高山风景。

在饱享了一阵美景后，我就前往一片被遮蔽的小树丛，在里面扎营，那个地方就位于草甸后面不远处，我可以摘下松枝来铺床，还有大量的干木头，可用作柴火，与此同时，两位艺术家则沿着河湾、登上峡谷侧边而跑来跑去，选择前景进行素描。天黑之后，我们一边生起熊熊的篝火煮茶，一边开始制订计划。他们决定在这里至少待上好几天，而同时，我则决定进行一次短途旅行，前去探访里特尔山那不曾有人攀登上去的顶峰。

越过山岭和峡谷，前往里特尔山

眼下大约是10月中旬，正值雪花盛行的时候。冬天最初的云已经绽放出来，山峰上点缀着新结成的晶体，然而，对于攀登，这些因素丝毫没有达到危险的程度，不会有什么影响。由于天气依然极为平静，而且前往那座山脚下的距离只有一天多一点时间，我就感到自己不会有被积雪围困的巨大危险。

里特尔山是高高的内华达山中段的群山之王，正如沙斯塔山是北段之王，惠特尼山是南段之王。而且据我所知，还从未有人攀登过它。过去的一个又一个夏天，我探索过邻近的荒野，但迄今为止，我的研究还不曾吸引我前往它的顶部。它的最高海拔约为3962米，被一条条陡峭倾斜的冰川、极深也极为崎岖不平的峡谷团团围住，这就使得人们几乎无法攀登上去。然而，这样的困难只能激发起登山者的兴奋感。

第二天早晨，两位艺术家热情地展开工作，而我也开始了自己的工作。以前的种种经验给予了我很好的理由，让我能了解那些激烈的风暴，尽管眼下还看不见它们的身影，但它们很可能正在平静的金色阳光之中酝酿、孵化，因此，在跟那两位艺术家道别之前，我就警告他们，要是我一周或者十天之内没有回来，他们千万不要惊慌；我还告诫他们，假使有暴风雪突然降临，一定要保持一堆熊熊的篝火不灭，尽可能让自己躲藏起来，绝不要害怕，更不要试图独自穿过漫天大雪，寻找返回约塞米蒂的道路。

我的总体计划是这样制订的：攀登峡谷崖壁，越过峡谷前往这条山脉的东侧，然后一路南行，依照横亘于其间的地形，前往里特尔山的北部山嘴，因为从营地直接向南推进，穿过这条山脉轴线的这一部分点缀着的无数山峰和尖顶，尽管让人饶有兴趣，却会花去太多的时间，而且在一年中的这个时候，沿着这样的旅行线路行进，会让人特别艰难而充满危险。

我旅行的第一天纯粹是娱乐，仅仅沉溺在登山之中，越过古代冰川干涸的路径，追溯快乐的溪流，了解树丛中的鸟儿和岩石中的土拨鼠的习性。我离开营地还没走出1.6公里，就来到了一条白色的多级瀑布脚下，那条瀑布从大约274米的高度，顺着峡谷崖壁上一个凸凹不平的缺口冲下来，将跳动的水流注入土伦河。我熟悉它的源泉，幸运的是，它就在我的路线上。结果证明，这道瀑布是多么美好的旅伴，它多么美妙地唱歌，它多么热情地讲述山峦自身的欢乐！我快乐地沿着它那冲击的边界而攀登，沉浸在它那神圣的音乐中，不时沐浴在那飘送过来的彩虹色水花之中。随着一路向上攀登，地势越来越高，越来越高，堪称移步换景：仿佛被涂画过的草甸，迟迟绽放的花园，结构十分罕见的峰峦，到处点缀的湖泊，犹如白银一般闪耀着，此外，我还一次次瞥见森林覆盖的中部地区和远在西边的黄色低地。越过这条山脉，我看见了所谓的莫诺沙漠，它犹如梦幻，默默地横亘在浓重的紫色光芒中——那是从一片被冰擦亮的花岗岩荒漠中，看见的一片太阳强光浓烈的沙漠。溪水在这里分流，饱含着极度的热情叫喊着，向东落下去，消失在火山沙子的大盆地那干燥的天空之中，或者向西前往加利福尼亚大山谷，再从那里穿过旧金山湾和金门，前往大海。

我越过顶峰，下行一小段路，直到抵达了海拔高度约为3047米之处，向南推进，走向一群守护在里特尔山北面和西面周围的野性山峰，摸索着道路前行，本能地对付沿途出现的每一个障碍。在这里，看得见一条巨大的峡谷横亘在我的路径上，我沿着它那令人眩晕的边缘而攀爬，一直到发现某个不那么陡峭的地点，从那里，我可以安全地冒一冒险，下降到底部，然后，选择了对面崖壁上的某个可行的部分，同样小心翼翼而缓慢地行动，重新攀升上去。顶部平坦的巨大山嘴夹杂着峡谷，从白雪皑皑的山峰的肩上急剧下降，将脚根植于温暖的沙漠之中。这些山峰，到处都留下并装饰着古代冰川颇具特色的雕塑，那些冰川曾经犹如一片辽阔的冰风，横扫这整个地区，而在很多地方，那种沉重的洪流所产生的铮亮的表面，依然保存得如此完整，它们的表面反射出的阳光犹如积雪层，晃得眼睛极为难受。

在湖畔松树密丛中扎营

上帝的冰川磨轮缓慢地碾磨，但它们不断转动，在加利福尼亚很漫长，足以为极度壮丽的生命碾磨出充足的土壤，然而大部分谷物都被携带到了低地，让这些高高的地区相对贫瘠而光秃。与此同时，后冰川时代的侵蚀媒介物尚未在普遍的表面提供现成可用的食物，只有区区少数几蓬耐寒的植物，主要是苔属植物和卵叶绒毛蓼。在这种联系中，了解在这个高度的植被的稀疏和被压抑的特性就很有趣了，它们更多的是因为缺乏土壤引起的，而不是严酷的天气所致，因为在各处被遮蔽的洼地中（在普遍的表面下钻孔），一条条被充分碾磨的冰碛碎屑倾倒在其中，我们发现一丛丛高达9至12米的云杉和松树，周围的边缘上则装饰着柳树和越橘丛，而它们的外面，时常还会进一步发现有一圈高大的草丛环绕，其中生长着亮丽的羽扇豆、飞燕草和过于华丽的耧斗菜，这表明当地的天气绝不那么严酷、压抑。在这个海拔高度上，所有的溪流还有水潭，只要在土壤能存在的地方，都会装饰着小小的花园，从一段距离开外，尽管几乎看不到这些小花园的存在，但它们却让具有鉴赏力的观察者惊奇、陶醉。在一点点葱郁的叶簇中，一些鸟儿找到合适的家园。这些鸟儿还不曾熟悉人类，因此毫不怕人，好奇地群集在陌生人周围，几乎伸手可及。在这样一个如此野性而又如此美丽的地区，我度过了第一天，每一个景象、每一种声音都令人鼓舞，引导人走出自身，还满足并增进自己的个性。

现在，那庄严、沉寂的傍晚降临了。那些长长的、蓝色的、大钉一般的阴影爬了出来，越过雪原，而一丝玫瑰色的光亮，起初几乎无法辨别，随后就逐渐开始深化，布满每一个山顶，让一条条冰川及其峭壁充满了红晕。这就是晚霞，对于我，这是上帝在大地上的所有宣示中最为感人的。在这种神圣的光芒的触及之下，群山似乎开始燃烧成一种令人入迷的宗教意识，犹如虔诚的崇拜者静静地伫立着等待。就在这晚霞开始隐退之前，两朵深红色的云犹如火苗的翅膀，越过顶峰而招展、飘扬，使得这庄严的景色给人留下更深刻的印象，随后，黑暗和群星就来临了。

冰冷的里特尔山仍在很多公里之外，然而那一夜，我实在无法走得更远了。于是，我就在海拔约为3350米的一个冰川盆地边缘上，找到了一处良好的扎营之地。一个小湖依偎在盆地底部，从我湖里取水煮茶，而附近有一片饱受风吹雨打的密丛，则为我提供了大量饱含树脂的柴火。暗淡的山峰，似刀砍斧劈，破碎不堪，中途环绕着地平线，在暮色中露出野性的外貌，湖泊对面，一道瀑布庄严地吟唱着，从一条冰川的脚下跌下。瀑布、湖泊还有冰川，几乎同样都是光秃秃的，而那些扎根于岩缝中的松树则骨瘦如柴，被暴风吹打得如此矮小，遭到了风雨的剪割，以至于你都可以踩踏着它们的顶部走过去。从色调和外貌上来看，这片景色是我所见过的最荒凉的。然而，群山最黑暗的经文被明亮的爱的通道所照亮，当你孤独的时候，你就总能感到它们的存在。

在这片松树密丛中，我选择了一个偏僻的角落铺床，在此处，树枝被压到了头顶上，沙沙作响，状若屋顶，而且还在四周弯曲下来。这就是高高的群山所提供的最佳卧室——温暖、舒适得犹如松鼠的巢穴，通风良好，充满了松脂的香味，还有风吹拂着嬉戏的大量针叶在歌吟，让你渐入梦境。我有点期盼伴侣，然而，穿过一个低矮的"侧门"爬进去，我就发现有五六只鸟儿相互依偎在那些穗状物中间。天黑之后，夜风很快就开始吹起来，起初只是一种温和的呼吸，但接近子夜时分却逐渐增强，变成了狂暴的大风，就像一道多级瀑布，把粗糙刺耳的浪涛洒落在我那叶片浓密的屋顶上，从头上的峭壁带来旷野的声音。那道瀑布合声歌唱，用庄严的咆哮声充满古老的冰源，似乎随着夜晚的推移在增强力量——对于这样一片风景，这是合适的嗓音。夜里，由于天气凛冽刺骨，我又没有毯子，所以我不得不多次爬出来，前往篝火边取暖。黎明时分，我快乐地欢迎晨星的出现。

美丽的枯萎的植物，晒太阳的鸟兽

在沙漠干燥、摇晃的空气中，黎明显现出辉煌的景象。万物都鼓舞着我的探索，预示着我会成功。天空中没有云影，风中也没有风暴的声调。我很快就享用完面包和茶的早餐，把一块坚硬、持久的面包皮牢牢地系在皮带上，作为食品供应，万一我被迫在山顶上过夜时可以用来充饥。然后，我把所剩无几的供应藏好，以防狼和林鼠偷吃，然后就自由自在、满怀希望地出发了。

太阳给予群山多么辉煌的问候！仅仅是为了看到这一幕，即便是历经千辛万苦，纵使旅途劳顿，也是值得的。最高的群峰犹如岛屿，在一片流质阴影的大海中燃烧。然后，较低的群峰和塔尖染上了光，而光芒的长矛，穿过很多个沟槽和山口而流动，厚重地落到冻结的草甸上。此时，里特尔山雄伟的形态完全展现在眼前，我迅速向前推进，越过突出的圆形岩石和地面，我那双钉着铁皮的鞋子本来就发出叮当的声音，时不时突然踩踏在线香石南属植物铺就的小块地毯上，还有长满莎草、柔软如苔藓的湖泊边缘上，便沉寂了下来。在这里，在这片所谓的"荒芜之地"，我也遇见了岩须属植物，这种植物露出穗状物，生长在破裂的岩石中间。它的花朵很久以前就凋谢了。然而，尽管那些花朵枯萎了，却依然带着快乐的记忆依附在常青细枝上，依然如此美丽，足以让你身体的每一根纤维都激动不已。冬天和夏天，你都听得见它的嗓音，它那铃铛状的紫色花朵发出的低沉、悦耳的旋律。在所有的山地植物中，还没有哪种福音比岩须属植物把造物主之爱讲得更清楚。它所居之处，对最寒冷的偏僻之处的补偿就算完成了。正是那些岩石和冰川似乎感到了它的存在，充满了它美妙的源泉。万物都正在变暖，正在苏醒过来。封冻的涓涓细流开始流淌，土拨鼠钻出位于大圆石堆中的巢穴，爬上阳光明媚的岩石晒太阳，暗褐色脑袋的雀鸟在周围轻快地飞掠，寻觅早餐。从每一座山岭顶上，都看得见湖泊泛起灿烂的涟漪，波光粼粼，犹如那些低低的矮松密丛微微闪烁。岩石也似乎响应那维持生命所必需的热量——岩晶和雪晶同样激动、战栗。我兴奋地迈开大步前行，仿佛不再感到疲劳，肢体好像在自发地移动，每一片景色都像正在解冻的花朵那样展开，参与到新的一天的和谐中来。

我走出了这么远，一路上，除了置身于峡谷下面的时候，风景多半都对我敞开，至少在一边显现出辽阔的景象。在左边，是莫诺的紫色平原，它梦幻般地安歇着，感觉温暖；在右边，近处的山峰锐利地耸立而起，直插薄薄的天空，展现出那种越来越感人的庄严。然而，这些较大的景象最终消失了。凸凹不平的山嘴、冰碛，还有硕大而突出的扶壁开始把我封闭起来。每一个景物都越来越古板地显现出高山特征，尽管如此，却没有给人留下任何可怕的印象，因为对于我，前往山中就像是回家一样。在这些聚集着源泉的荒野中，我们总是发现最陌生的东西有些熟悉，我们往往会怀着似曾相识的模糊感觉来看待它们。

一条冰川横亘在里特尔山脚下

在一个封冻的湖泊南岸，我遇到了一片广阔的雪原，这片雪原是由坚硬的粒状雪构成的，我在这片雪原上蹦蹦跳跳，保持着高昂的状态，打算沿着雪原一直走到上端，越过它所倚靠的那个岩石嶙峋的山嘴，希望就这样直接前往里特尔山主峰的脚下。地面布满了椭圆形的凹孔，那是石头和飘移的松针造成的——被吸收的太阳热量放射出来，使得那些松针软化成大团的形状。这些凹孔提供了良好的立足之处，然而地面在上端越来越陡峭地弯曲，这些凹孔就开始变浅、变少，一直到我发现自己处于危险之中，很可能像崩落的雪一样脱落下去。尽管如此，我还是坚持着，手足并用地上爬，在最光滑的地方，还得用后背靠着岩面慢慢移动，才能上去——我经常在光亮的花岗岩上这样移动，我一路上攀，滑倒了好几次之后，才被迫折返，原路返回底部，绕过那个湖泊的西端，从那里爬上位于拉什溪和圣华金河最北支流的源头之间的那座分水岭顶峰。

抵达这道分水岭的顶峰之后，一片纯净的荒野就展现在眼前，堪称我在所有的登山活动中发现的最激动人心的荒野。在那里，里特尔山雄伟的形态出现在正前方，一条冰川从它的崖壁上急剧下降，几乎逶迤到我的脚下，然后向西弯折，将其冻结的洪流倾倒在一个深蓝色的湖泊中，湖岸上，环绕着晶体状的积雪构成的悬崖，同时，一道深壑歪斜在分水岭和冰川之间，把这幅巨大的图画与其他一切分隔开来。我只能看见一座雄伟的山、一条冰川、一个湖泊，整个场景被一片蓝色的阴影遮盖起来——岩石、冰和水紧密地挤在一起，没有一片叶子，也没有一丝生命的迹象。我入迷地凝视了一阵之后，就根据攀升的需要，开始本能地仔细查看每一道沟槽和峡谷，以及山峦风化的扶壁。冰川之上，整个前面都貌似一片巨大的悬崖，只是在顶部才稍微向后倾斜，层层叠叠地竖立着尖塔和尖峰，那样的阵列让人心生敬畏。点染着斑斑地衣的城堞状巨石，到处向前仁立着，顶部如同刀劈斧砍，呈现出棱角分明的沟槽，为那些自诞生就被遮蔽在阴影中的霜冻的冲沟和壁凹所分隔，同时，远到我的目光所能及之处，左右两边都是硕大而崩溃的城堞状巨石，让攀登者根本看不到希望。冰川的上端，发散出一些手指般的支流，穿过狭窄的雪沟，但这些地方都过于陡峭而且很短，因而无法通过，这主要是因为我没有携带可以砍出阶梯的斧子，还有无数条喉咙狭窄的冲沟，石头和积雪顺着它们崩塌下来，但它们似乎也很陡，毫无攀登的希望，而且还被一些垂直的悬崖所阻隔；同时，整个正面因为那寒冷的阴影，也因为阴暗、黝黑的岩石，而显得更加令人生畏。

我怀着犹豫的情绪走下那道分水岭，择路越过脚下大张着嘴的深壑，在那条冰川上爬出去。现在，这里没有那种漂亮的色彩让我欢悦的草甸，我也无法听到那些暗褐色脑袋的雀鸟的鸣啭——它们的音符令人愉快，如此频繁地缓解了最高山上的沉寂。唯一能听见的，就是在冰川的脉纹和裂缝中，一条条涓涓细流汩汩流下来的声音，不时还有坠落的石头的嘎嘎声，它们射入清爽的空气时发出阵阵回音。

我显然无法从这一边抵达顶峰，然而，我仿佛是受到了命运的吸引，向前越过了那条冰川。我在跟自己抗争，我说，这个季节已经过了很久，即便是我能成功登顶，也很可能会被积雪围困在山上；在乌云笼罩的黑暗中，到处都有冰雪覆盖的悬崖和裂缝，我怎能逃脱呢？不，我必须等到明年夏天再来攀登。现在，我只有接近这座山，审视它，在它的侧翼爬行，了解我所能了解的它的历史，在第一片暴雨云刚接近的时候，就让自己准备好逃走。然而，等到尝试之后，我们也很少了解自己内心究竟有多少无法控制的东西，越过冰川和激流而推进，爬上危险的高处，无论如何，都让判断力来阻止吧。

在崖壁上历经艰辛，终于登顶

我成功地抵达了那条冰川东端尽头的悬崖脚下，在那里发现了一个口子，这个口子是冲沟崩塌所造成的，穿过这个口子，我开始攀登，打算尽可能沿着冲沟向上攀登，能走多远算多远，至少为了我的这番辛苦而观赏到某些美好的荒野景象。其大致路线与山壁平面形成斜角，构成山体的变形岩板被分裂的平面切割，那样就使得它们风化、脱落成棱角分明的大块岩石，形成了不规则的阶梯，对于在陡峭之处攀登极为有利。就这样我渐渐上升，置身于一片布满崩溃的塔尖和城堞状巨石的荒野，这些构筑在一起的东西让人感到有些困惑，在很多地方，还覆盖着一层光滑的薄冰，以至于我不得不用石头将其敲掉。随着一路上升，情况也渐渐危险起来，然而，经过了几个危险的地点之后，我不敢去想下山的情形了，因为整个上山的地形都如此陡峭，只要稍有不慎，踏错一步，你就会不可避免地坠向下面的冰川。因此，了解自己在下面经历过的危险，我就因为上面不可预知的危险而非常焦虑，开始为确实发生的事情而有了隐隐约约的不祥之感，这并不是说我害怕，而正好相反，因为在某种意义上，我那通常如此积极和忠实的本能似乎被削弱了，引导我偏离正轨。终于，在抵达海拔大约3900米之后，我发现自己处于一片陡崖的脚下，那里又处于我摸索、攀登的那条崩塌的滑道底层，好像绝对会阻挡我进一步向前推进。那片陡崖只有十几米高，在某种程度上，岩缝和突出物使得它凸凹不平，但作为立足之处，这些岩缝和突出物看起来如此微小且不安全，以至于我努力地尝试彻底避开这片悬崖，在两侧攀登这条滑道的壁面。然而，尽管崖壁并不那么陡峭，却比突出的岩石要光滑，我不断努力地尝试，但结果却表明，我要么必须继续前进，要么就折返回去。我在下面经历过的危险，似乎甚至大于在正面悬崖上遭遇的危险，因此，在一次次扫视它的壁面之后，我就开始了攀登，特别小心地挑选可以立锥之处。在通往顶部的中途，我抵达了一个地点之后，突然就陷入了绝境——我展开双臂，把身子紧贴在岩面上，根本无法向上或向下挪动手脚。我的命运似乎就这样被固定了，我肯定会坠落下去。在这样的情况下，通常都会有片刻的迷茫、困惑，然后随着一种死气沉沉的隆隆声，从广泛的悬崖上滚到下面的冰川。

当这最后的危险在我的身上闪现，我就感到神经颤抖起来，自从我涉足群山以来，这样的情况还是第一次发生，因此我的脑海似乎充满了令人窒息的烟雾。但这种可怕的晦暗只持续了片刻，生命的火花就重新熊熊燃烧起来，清晰得不可思议。我好像突然就拥有了一种新的官能：另一个自我，过去的经验，本能，或者守护天使——随你怎么称呼都行，给予了主动响应，对危险事态进行了控制。随后，我颤抖的肌肉重新坚定起来，我仿佛透过显微镜，看清了岩石上的每一条裂纹和缝隙，我的肢体积极而准确地移动，有了它们，我好像根本用不着去做什么。要是我被高高地托举在翅膀上，那么我获得的解脱就再完整不过了。

在这个令人难忘的地点之上，山峦的崖壁依然野性，犹如刀砍斧劈一般，破裂不堪。这是一个由张着嘴的深壑与冲沟构成的迷宫，在这个迷宫的角度上，升起了突出的悬崖和一堆堆分离开来的大圆石，它们似乎做好了准备，随时会崩塌下去。然而，我所接收到的陌生力量流入身体，好像无穷无尽。因此，我毫不费力就找到了一条路，很快就站在了最高的峭壁上面，置身于神圣的光芒中。

风景辉煌得多么真实，环绕在整个壮丽的顶峰四周——巨人般的山峦，无数的山谷，冰川和草甸，河流与湖泊，在它们上面，宽阔的蓝天温柔地附身。然而，在我摆脱那可怕的阴影的第一个自由的时辰中，那沐浴我的阳光似乎异常重要。

顶峰上，东南西北的景色各不相同

沿着这条山脉的轴线向南眺望，目光首先被一排特别锐利而纤细的尖塔所吸引，这些尖塔一览无余地上升到了大约300米的高度，高耸在倚靠于底部的一系列短短的、残留的冰川之上。这些尖塔具有怪诞的雕塑形态，还有丝毫未减缓的锐利度，从冰层中急剧升起，使得它们特别野性，引人注目。这些尖塔就是"宣礼塔"。在它们那边，你看见群山逶迤而去的庄严的荒野，那些白雪皑皑的顶峰为数众多，簇拥在一起，高耸在那里，看过去是一派层峦叠嶂，随着它们向南延伸而上升得越来越高，直到抵达这条山脉在惠特尼山上的那个制高点，那里靠近克恩河，海拔高度几乎达到了4480米。

向西眺望，看得见这条山脉大致的侧翼，从这些尖利的顶峰上庄严地流走，形成流畅的波动，状若一片波浪簇拥的辽阔的花岗岩大海，其间点缀着湖泊和草甸，巨大的峡谷犹如凹槽一般地刻画着，随着那些峡谷渐渐退向远方，它们持续加深。在这个灰白的区域下面，横亘着暗色的林带，由于森林被波浪般涌起的山岭和穹顶阻断，因此到处都显得很破碎；然而在更远处，横亘着一个朦胧的黄色地带，标注着宽阔的圣华金平原，其较远的一侧，则被海岸的蓝色群山所束缚。

现在转向北边，就在正前面的前景中，是壮丽的"内华达山的皇冠"，就在它的左边仅有几度之处，矗立着大教堂峰—— 一座奇妙的建筑神殿；在它的右边，矗立着猛犸山那巨大的灰白形态；而奥尔德山、吉布斯山、达纳山、康内斯山、塔峰、城堡峰、银山和一群至今无名的雄伟伙伴，沿着这条山脉的轴线铺展，显现出庄严的景象。

向东眺望，整个区域似乎是一片连绵的荒凉之地，覆盖着一派美丽的光芒。莫诺灼热的火山盆地，展现出它的湖泊，那个湖泊长约22.5公里，光秃秃的；欧文山谷及其谷口的宽阔的熔岩台地，点缀着一个个火山口，而巨大的因约山脉高高地耸立而起，高度堪与内华达山媲美。这些地貌犹如地图在你下面展开，远处还有无数的山脉，它们要么相互擦肩而过，要么部分重叠起来，渐渐隐退在发光的地平线上。

在里特尔山顶峰下面不到914米的距离之外，你就能发现圣华金河与欧文河的支流，它们从这座山侧翼上所重负的冰川冰雪中迸发而出；从这里稍稍往北，你能发现土伦河与美嘉德河的最高支流。因此，加利福尼亚四条最重要的河流的发源地，就聚集在半径为6.4~8公里范围之内。

群峰浩瀚的荒野中，冰川逶迤

在形形色色的地方，都看得见湖泊在闪烁——圆形或椭圆形，或正方形，正如镜子一般；其他湖泊则犹如银白色的地带，狭窄、弯曲地缠绕在山峰周围；最高处的湖泊则仅仅反映着岩石、积雪和天空。然而，这些湖泊和冰川，还有到处显现的一点点褐色的草甸和高沼地，都并不大，不足以在群山浩瀚的荒野中留下任何显著的印记。目光欢悦于自由之中，在这片辽阔的区域周围徘徊，却一次又一次回到那些河流发源的山峰。也许，在无数这类山峰当中，某一座会激发起特殊的注意，某一座具有炮塔和城堞状巨石的城堡状大山峰，或者某一座拥有比米兰大教堂的尖塔还多的哥特式大教堂的尖塔状山峰。但总的说来，当第一次从如此包罗万象的立足点上瞭望，面对数量丰富、种类众多和景象雄伟的难以理解的群山，它们挨肩接踵地上升到目光可及的范围之外，没有经验的观察者常常会感到压抑。只有对它们长久而充满热情地进行一一研究之后，它们的那种深远的和谐才会明显起来。然后，在你可能深入的地方深入荒野，你就可以迅速察觉到周边所有的地形所属的主要的生动特征，最复杂的峰群簇拥而立，和谐地展现，相互关联，塑造成型，犹如艺术品——从这条山脉总体的硕大体积中，古代冰河把它们雕琢成了浮雕，留下了这些动人的纪念碑。峡谷也不例外，其中一些深达1.6公里，穿过浩瀚的群山而形成了野性的迷宫，第一眼望上去，无论它们显得多么无法无天、多么放肆，它们最终都被公认为在和谐序列中前赴后继的原因的必要结果——造物主镂刻在石板上的诗篇，在它那冰川的创作中，显得最简单也最重要。

要是我们能在冰川期来到这里观察，我们就会俯视到一片皱纹纵横的冰海，就像如今覆盖着格陵兰风景的冰雪一样，连绵逶迤，充满每一道山谷和峡谷，只有那些河流发源的山峰顶部幽幽地上升，耸立于岩石阻碍的冰浪之上，犹如风暴大作的海洋上的小岛，而那些小岛，就是如今在阳光下微笑的壮丽风景仅有的暗示。站在这里，置身于深深孵化的沉寂中，所有的荒野似乎都纹丝不动，仿佛创造工作已经完成了。然而在这外部的稳固性之中，我们知道有一种无休无止的运动和变化。雪崩常常从较远的山峰上崩塌下来。这些被悬崖束缚的冰川，表面上看来被楔入而不可移动，实则它们在下面如水一般流淌，碾磨岩石。湖泊舔着花岗岩岸，渐渐将其磨损，每一条这类涓涓细流和初生河流都在把空气侵蚀成音乐，将群山携带到平原。在这里，有山谷所有的生命之根，在这里，大自然永恒的流动展示得比在其他地方都要简单、明了。冰变成水，湖泊变成草甸，山峦变成平原。当我们就这样凝视造物主创造风景的方法，解读它雕刻在岩石上的记录，无论多么不完美地重建往昔的风景，我们也得知：正如我们如今注视的这些风景继承了前冰川时代的风景，它们轮到自己枯萎并消失的那一天，随之而来的是其他尚未诞生的风景。

避开冰裂缝，沿着冰川下行

然而，置身于这些美好的经验和风景当中，我不得不想起太阳正远远转向了西边，同时，我不得不找到一条新的下山途径，前往林木线上的某个地点，在那里，我可以生火取暖，因为我甚至没穿外衣。我先扫视了一下西边的山嘴，希望那里能有某条路径，让我可以抵达北边的冰川，并越过冰川的口鼻部，或者绕过冰川流入的那个湖泊，因此就能遇到我早晨的来路。这条路线很快就充分显现了出来，表明此路要是切实可行，那就需要花那么多的时间，因此绝无可能在那天晚上抵达营地。于是我快速爬回东边，同时倾斜着爬下南坡。在这里，峭壁似乎并不那么可怕，一条向北流淌的冰川的上端闯入眼帘，于是我决定尽可能顺着那条冰川下行，能走多远算多远，希望一路前往这座山峰东边的山脚，再从那里越过横亘的峡谷和山岭，返回营地。

那条冰川的倾斜度在上端相当合适，随着阳光软化了粒雪，我安全而快速地前行，或奔跑或滑行，但时时刻刻都敏锐地提防着暗藏的冰裂缝。在距离冰川上端大约800米之处，有一道结成了冰的多级瀑布，冰川在那里涌上一个陡峭的斜坡，被深深的蓝色缝隙粉碎成了硕大的冰块。要穿过这片冰缝遍布的区域所构成的滑溜的迷宫，看来已无可能，于是我就竭力避开它，朝着那座山的肩头攀登过去。然而，山坡急剧陡峭起来，最终形成了垂直的绝壁，这就迫使我重新返回到冰上。所幸的是，这一天很暖和，气温足以让冰晶松弛，因此可以在那些硕大的冰块风化的部分挖出空洞，这样就让我能轻松地择路前行，难度比我预期的要小。继续下行，越过那个冰川的口鼻部，沿着左侧的侧碛，只是一场让人信心满满的轻松漫步而已，这样的经历表明，如果你配备了一把斧子，在各处砍出阶梯，那么从这条冰川的这边攀登这座山，就很容易。

在这条冰川的下端，一层层代表着每年降雪量的冰的边缘露出了地表，形成美丽的波浪和障碍物，在某种程度上，不平整的结构是由冰裂缝壁面的风化所致，也是由各不相同的降雪所造成的，随之而来的是雨、冰雹、解冻和封冻等等，都会有影响。在纯净的冰滑道中，那外貌光滑、油腻的冰面上，融化的涓涓细流悄悄流淌、打旋——它们都骑跨在冰川的背上，跟冰川本身那僵硬的、看不见的流淌相比，它们迅疾、顺从的运动形成了最为鲜明的对比，令人难忘。

通过景物定位，顺利返回营地

我还没有抵达这座山东边的底部，夜色就临近了，我的营地还在北边很多公里崎岖的路程之外，但最后的成功已经遥遥在望了。现在剩下的事情，只是耐力和普通登山技巧而已。如有可能，日落要比前一天美丽。莫诺的风景似乎完全浸淫在温暖的紫色光芒中。阴影笼罩着沿着峰顶排列的山峰，然而，太阳的光焰透过每一条沟槽和每一个山口而流溢，抚慰和照耀着它们粗糙的黑色轮廓，与此同时，一群群小小的、发光的云朵在它们上面徘徊，正如光芒的天使。

黑暗降临下来，但我通过峡谷的走向，还通过在天空的背景上突起的山峰，找到了前行的路。不过，随着光芒的熄灭，所有的兴奋都消失了，随后我就感到了疲倦。然而，我终于听到了湖泊对面的那种令人愉快的瀑布声，很快就看见群星反映在湖面上。我通过这些景物来确定方位，又很快就发现了我的小窝所在的那个小小的松树丛，随后我就开始休息，而那样的休息只有疲倦不堪的登山者才能享受。我全身放松、忘我地躺了一阵，就生起一堆日出一般的篝火，前往那个湖泊，把湖水猛然浇在脑袋上，再灌满一杯水去煮茶。面包和茶让人很快复苏过来，正如过度享受和长时间行走让人筋疲力尽。接着，我就在松树那穗状的枝叶下面爬上了床。霜冷的风吹来，篝火燃得不旺，但我睡得还是那么香，在我醒来之前，傍晚的星座就远远地连绵、延伸到了西边。

在晨曦中缓和、休息之后，我就开始漫步回家——即回到土伦河的营地，离开这里，前往一群山峰，那里容纳着拉什溪的一条北部支流的积雪水源。在这里，我发现一群美丽的冰川湖，它们在一个宏大的圆形凹地中依偎在一起。接近傍晚，我越过那道隔开莫诺水系和土伦河水系的分水岭，进入了那个冰川盆地，那里容纳的积雪水源，形成了上土伦河地区的多级瀑布。我沿着这条小溪顺流而下，穿过它的很多幽谷和山峡、草甸和泥沼，在黄昏时分抵达了土伦河主流的边缘。

我高声呼叫那两位艺术家，他们也一次次回应我。他们的营火闯入了眼帘，半个小时之后，我就跟他们会合了。他们看到我，高兴得似乎有些不合情理。我仅仅离开了三天，然而，尽管天气很晴朗，他们也已经在考虑我是否会回来的可能性，还试图决定究竟是应该再等上一阵，还是开始寻找返回低地的道路。如今，他们的这些稀奇古怪的麻烦结束了，收拾好珍贵的素描，第二天早晨，我们就动身回家，在两天之后就经由印第安峡谷，从北边进入了约塞米蒂山谷。

约翰·缪尔（John Muir，1838—1914） 美国早期环保运动的领袖，帮助保护了约塞米蒂山谷等荒原，并创建了美国最重要的环保组织——塞拉俱乐部。他的著述众多，包括自然随笔、专著，特别是关于加利福尼亚的内华达山脉的著作，广为流传。主要著作有《夏日走过山间》《加州群山记》《约塞米蒂山谷》《我们的国家公园》《阿拉斯加旅行记》等。

董继平 1962年生于重庆，获得过"国际加拿大研究奖"，参加过美国艾奥瓦大学国际作家班，获"艾奥瓦大学荣誉作家"称号，担任过美国《国际季刊》编委。译著有外国诗集《帕斯诗选》《勃莱诗选》《默温诗选》《特兰斯特罗默诗选》等二十余部，美国自然随笔集《清新的野外》《自然札记》《鸟的故事》《猎熊记》《秋色》《山野手记》《山野奇境》《山野鸟鸣》《在野生动物中间》《野生动物家园》《荒野漫游记》《探访大灰熊》等十余部，以及美国长篇小说《了不起的盖茨比》，另著有人文建筑随笔集《世界著名建筑的故事》。

艺　术

罗伯特·哈斯的自然诗学：
从《亚当的苹果园》谈起

◎远　洋

　　罗伯特·哈斯是诗人、散文家和翻译家。他1941出生于旧金山，先后就读于圣玛丽学院和斯坦福大学，获得文学学士学位和文学博士学位。现在加州大学担任英文教授，教授美国诗歌和创意写作，兼职于非政府组织"国际河网（International Rivers Network，IRN）"。他还是美国传统词典的顾问、美国图书馆20世纪诗歌顾问、《三便士评论》与《三季刊》的咨询编辑，以及"BOA版本"图书委员会成员；同时也是美国笔会成员，并从1984年至1994年在理事会任职，还是1995年至1997年美国桂冠诗人和国会图书馆诗歌顾问。是美国当代诗歌的核心人物之一。

　　哈斯的著作包括《野外指南》（*Field Guide*）、《赞美》（*Praise*）、《人类的希望》（*Human Wishes*）、《树下的太阳》（*Sun Under Wood*）、《时与物》（*Time and Materials*）、《奥利马的苹果树》（*The Apple Trees at Olema*）等六部诗集。他与诺贝尔文学奖获得者切斯瓦夫·米沃什合作翻译出版了米沃什的十二卷诗集，包括《诗选》《无法抵达的大地》《省份》《面对河流》《路边的狗》等，还出版了一部《俳句精华：芭蕉、芜村和一茶的译本》，以及多部关于诗歌和文化的随笔。

哈斯获得的奖项主要有：1984年获美国国家图书奖、美国艺术和文学学会优异奖、古根海姆奖、麦克阿瑟天才奖，1996年获美国国家图书奖批评家奖，2008年获普利策奖、耶鲁青年诗人奖、威廉·卡洛斯·威廉姆斯奖，2014年获华莱士·史蒂文斯诗歌奖；他的报纸专栏"诗人的选择"于1997年获得美国大学妇女协会的年度创新新闻奖。

哈斯的首部中译本诗集《亚当的苹果园》（远洋译）于2014年8月由江苏凤凰文艺出版社出版发行。在当年的上海国际书展上，该书从参展的十五万种图书中脱颖而出，荣登2014上海书展新浪推荐榜单，之后陆续入选数十家媒体的推荐榜单，广受欢迎和好评。2014年8月和2018年4月，哈斯偕夫人——同为诗人的布伦达·希尔曼两次应邀到中国，出席上海国际诗歌周和在泸州举办的国际诗酒文化大会，受到隆重的接待和欢迎。

一、植根于自然世界之美

中国古代诗人一向有抒写自然的传统，东晋谢灵运首创山水诗，至唐代达到鼎盛时期，以王维和孟浩然成就最高，可谓流芳百世、泽被千秋。新诗百年，这一个多世纪以来，中国出现了不少歌颂"人定胜天"的诗歌；在大多数涉及自然的诗歌中，山水风物只是用来借景抒情，用来浇胸中块垒；虽说山水之文脉或显或隐，并未完全中断，但迄今为止，只出现了孔孚、李少君等个别以自然为主题而知名的诗人。

而在大洋彼岸的美国，从17世纪第一批欧洲移民到达新大陆开始，人与自然的关系成了他们的核心问题。于是，第一位歌颂自然的诗人布雷兹特里特便带着她的《沉思集》应运而生，之后歌颂自然这一传统由惠特曼、梭罗等人发扬光大。进入20世纪，出现了弗罗斯特、斯奈德、默温、哈斯等一批具有自觉的生态意识的自然诗人，在他们当中，罗伯特·哈斯无疑是最有代表性的核心人物之一。

加州素被称为阳光海岸，罗伯特·哈斯是土生土长的加州诗人，生长在这样一个蒙上帝眷顾的得天独厚的地方，哈斯从小置身于大自然的怀抱，就是一个"给花朵命名的孩子"，看到"万物在光中的丰满"。哈斯的第一部诗集《野外指南》（*Field Guide*，1973），追求人与自然的和谐融合。在他的诗中，人的形象、情感与自然景物融合在一起，有的诗甚至直写景物、动植物。他的诗歌植根于自然世界之美，他所熟悉的风景——旧金山、北加州海岸、高高的齿状山脉——在他的作品中活灵活现。他的诗歌主题包括艺术、自然世界、欲望、家庭生活、人与人之间的关系、语言的力量及其固有的局限性。他的风格——经由美国现代主义，以及作为日本俳句大师和切斯瓦夫·米沃什的译者的漫长学徒期——融合亲切的措辞、灵敏的智性、运用长句的艺术技巧、强烈生动的感性和轻盈的触觉所形成。这使得他具有极大的可读性，并受到广泛赞誉。

评论家迈克尔·沃特斯在《西南评论》中指出："哈斯的书是很长一段时期里出现的优秀作品之一……《野外指南》是以给事物命名、确立一种身份的方式，通过一个人的周围环境将自然世界转化为自己的个人化的历史。"

哈斯的第二部诗集《赞美》（*Praise*，1979）获得了威廉·卡洛斯·威廉姆斯奖。诗人艾拉·萨多夫评论说《赞美》甚至可能是"20世纪70年代末出来的最强有力的诗集"。

哈斯的第三部诗集《人类的希望》（*Human Wishes*，1989）超越了曾充斥他早期作品中赋予万物以诗意的意象，改用较长的行和散文段落，以冥想的方式来试验。为《波士顿评论》撰文的诗歌评论家大卫·巴贝指出，在这部诗集中，哈斯已"建立一种更加开放的、亲切的书信体诗篇，为万事万物从紧张的形而上学、消遣的讲故事和扭曲的回忆中，给快照般的俳句、燧石似的隽语和战栗的抒情诗体腾出位置"。另一位评论家伯根指出："在《人类的希望》里，罗伯特·哈斯捕捉到世界的光辉及其消逝的瞬间。"

1996年，哈斯出版了第四部诗集《树下的太阳》（*Sun Under Wood*）。这本书荣获美国国家书评人协会奖。根据大卫·贝克的观点，"哈斯的新诗集包含迄今为止许多他最重要的作品……相当多首诗具有讽刺意味，其开放、兼容、充满热情的感情和形式，有点像温和保守的艾伦·金斯堡。……这本书取得了哈斯以前没有取得的成就"。批评家戴那·乔亚在《华盛顿邮报》的书评中写道："哈斯的新诗歌因内省而凝练，它们抵达了一种宁静的崇高。"

《时与物》（*Time And Materials*，2007）是哈斯的第五部诗集。美国文学评论家南森·海勒在评介《时与物》的文章《当诗歌遇到政治——罗伯特·哈斯的诗学旅行》中说："这部诗集出版之前，哈斯这位诗人一直在回避直接接触公共问题，他过去的四本集子关注自然世界、个人体验和他最了解的人与地域。"这部诗集融合了内倾（自我反思）与外向（关注政治）两种截然相反方向的诗歌，这是他从吟唱自然走向批判社会的里程碑。

2010年，哈斯将上述五部诗集和一些新作合在一起，出版了《奥利马的苹果树》（*The Apple Trees at Olema*）。纵观他迄今为止出版的全部诗集，可以概括地说：罗伯特·哈斯的诗植根于自然世界之美，他继承了自惠特曼以来的美国诗歌传统，热情讴歌大自然，并着力于探究人与自然的关系，追求人与自然的和谐。在他的诗中，人与万物是平等的，人的形象、情感与自然景物融合在一起，自然是反复出现的主题；即使是描写两性关系的诗，也呈现出自然之美。他从吟唱自然开始，进而走向批判社会，对人类的贪婪掠夺、强权争霸等丑恶现象，一改向来温文尔雅、委婉含蓄的风度，几近拍案而起、怒发冲冠，又如金刚怒目、雷霆震怒，将诗笔换作"投枪和匕首",秉笔直书,给予无情的揭露和抨击。他的自然诗学也是生命诗学,探索生死奥义、生命真谛、天人之际,与中国老庄之道殊途同归,这些特点在他的新作中有更突出的呈现。他在诗写方式上,崇尚自然,不事雕琢,真诚朴实,简洁而深邃。我想,他的诗歌对于中国当代新诗如何以自然为主题进行"开疆拓土",有着十分重要的借鉴意义。

二、揭示人类生存的残忍真相:对自然的掠夺和破坏

人与自然,本来是一种相互依存的关系。在《圣经》的开篇《创世记》中,上帝将他创造的生物统统划归人类管辖,"罪孽在那清澈无险的 / 天空上曾很低",但是随着人类社会的发展,人类的欲望渐渐膨胀,想要凌驾于自然世界之上,想要"征服自然""改造自然",肆意破坏生态环境,自恃为"万物之灵长",仿佛掌握了对其他生物的生杀予夺之权,于是"肮脏的生活在这里开始":

> 但对于杀戮,这是陌生的
> 由于突然的生命之感。
> 危险在于
> 从道德上解释
> 那种陌生。
> 在我手中抓着多刺的怪物
> 他鼓凸着紫色的眼睛
> 是眼睛,而太阳
> 在我们不安稳的海岸上
> 几乎相切于地球。
> 生物和生物们,

> 我们瞪视过诸世纪。
>
> ——《在索萨利托附近的海岸上》

　　显然，诗人在这里陷入道德上的两难困境：人是肉食动物，要获取优质蛋白质必要捕杀其他动物；被钓之鱼的挣扎，让诗人有了"突然的生命之感"，"他鼓凸着紫色的眼睛"，那眼睛同样是有着动物生命的眼睛，令诗人产生罪孽感。说陌生也并不陌生，因为人类与被捕杀的其他动物这样"瞪视过诸世纪"，人类远祖或已产生过这样的罪孽感了。也许，神灵崇拜和戒杀生、净化罪孽的宗教也源于此。

　　在《帕洛阿尔托：沼泽》中，诗人仍然在思索这个百思不得其解的问题："漫步着，我背诵那些 / 难念的爆破音的鸟名：/ 白鹭，喧鸻，麻鸦，燕鸥。/ 黯然于风和初升的晨光中，香蒲有条纹的阴影 / 颤摇如神经。"诗人之所见，可谓触目惊心，"淤泥，根，旧子弹，以及血。/ 高过头顶，那长时间静默的雁鹅。" 不动声色的冷峻叙述，把读者带入沉思和反思之中。接着，诗人突然插入一句"我们没有赶尽杀绝"，写到探险家、西部拓荒者约翰·弗里蒙特为波尔克总统夺取加利福尼亚的历史。杀的是人还是动物？或许二者兼有之，令人费解。然后引入以鱼治愈盲人的传说，但是，"陆地可怕地闪烁微光""没有天使长，没有幽灵"，有的是人类猎杀的传统传承至今。

> 在加利福尼亚早春
> 当薄雾渐渐地融入白昼
> 便是淡黄色的早晨。
> 空气刺骨
> 如秋天，令人清醒
> 如病痛。

然而，工业化的兴起更是带来大规模的污染和破坏，"一只愤怒的了解我的同类暗褐色野鸭"，"死鲈鱼浮出水面"，焚烧村庄的"黑烟"，"烟雾的天空"，"烂码头"海面上拖运"凝固汽油罐"的油轮，"水獭消失了"……这一切，都不能不令人心情沉重；可是，捕杀动物并没有成为历史，仍然是血淋淋的现实：

> 鸟儿鸣叫，不增加苦味的太阳，
> 翅膀，鸟儿们雪白的身子，
> 这是早晨。市民们正起身
> 去谋杀，在他们的道德之梦中。

《反对波提切利》简直是人类的自我谴责，"在海豹躺着自我夸耀的海滩上／我们会沉着地互相看看／屠杀它们，剥它们的皮。"在《英雄的比喻》中，开篇即把倒下的松树与黑泽明的电影《七武士》里的剑客、《荷马史诗》里的希腊英雄埃阿斯相提并论；而砍树的樵夫在参天大树之下是那么渺小，"过于精明"，充满算计，做着发财梦，人格也极其卑下猥琐。大树倒在贪婪的人类手里，正如英雄往往死于工于阴谋诡计的卑鄙小人手里，令人唏嘘。

长诗《地球的状况》在"一场太平洋风暴"中开篇，以一个背着书包、"在风中穿过人行道"的女学生形象，引出她正在阅读的《了解你的星球》，通过与古罗马诗人、哲学家卢克莱修对话的方式，纵览古今，旁征博引，主张"诗歌应该懂得大地""大地上的事物超过我们人类戏剧"，但是：

> 表层土：很快流失。河流：筑坝且污染。
> 鳕鱼：捕捞殆尽。黑线鳕：鱼源枯竭。

太平洋鲑鱼从横滨到堪察加半岛到西雅图

到波特兰，一路上鼻子碰着大坝，颠簸着

上鱼梯，对着水轮机，在愤怒中，远比

人类存在更为古老的繁殖，被人类发明的

生长更多玉米和霸占更多光的聪明手段所阻断。

因观音和阿尔忒弥斯而不可侵犯的，因众神和

女神们而不可侵犯的，绝大多数原始森林消失了，

在每一本图画书里，那孩子都易于读到。

　　地球的状况已经不可逆转地改变了，神话和宗教的衰落、科学技术的进步，使人类失去了对大自然的敬畏，"征服自然、改造自然"，人类贪婪疯狂地进行攫取掠夺，破坏了整个地球的生态系统，很多物种消失了，环境恶化，人类自身的生存也开始堪忧。结尾诘问："我们人类何去何从？"但诗人仍然保持着谨慎的乐观："因为地球需要一场复原之梦——/ 她舞蹈，而鸟儿正不断抵达，/ 它们成千上万，无边无际的北极群，她丰富多彩的人生。"

三、倡导人与自然的关系从对立走向和谐

　　在《幸福》一诗里，"由于昨天清晨，从雾气迷蒙的窗户 / 我们看见一对红狐狸穿过小溪，/ 在雨中，吃着风吹落的最后的苹果——"接着诗人在驱车去咖啡馆的路上，看见"一小群冻原地带的天鹅 / 在湿透的原野里，为第二次过冬排成一行，/ 正以嫩草为食"，诗人感觉到幸福，"我写下：幸福！这是十二月，很冷，/ 今天清晨我们早早醒来，/ 躺在床上亲吻着，/ 我们的眼睛向上乜斜如蝙蝠。"在这样人与自然万物和谐相处的环境和氛围中，人与人之间的关系也变得和谐了，感情也更深了，夫

妻之间更加相爱。

　　《双海豚》描写了一个"棕榈的天堂"的海滨，白色别墅、礁石、鹈鹕、波光闪闪的海，构成了广阔幽美的世界；一对情人闲聊着木瓜、番石榴和鸟的名字，"应和着波浪的声音"做爱；丑角麻雀、互相追逐的翡翠鸟、"骨瓷把手"般的月亮，四周一片静寂，让人恍若回到混沌未开的史前时代，回到"没有动物，没有植物"的地球形成之初，"只有火的潮汐，在海形成之前""在皮肤，词语之前"，天地大美，万物和谐，无以言喻。这样人与自然和谐的美好世界，或许就是诗人理想中的人类家园，但它在"伊甸园边缘、地狱边缘"，意谓离天堂很近，离地狱不远，或许就在一步之差；毁坏它，也在人的一念之间。

　　在更多诗歌里，哈斯把动植物当作人一样平等看待，满怀喜悦地欣赏着它们。如在以诗歌形式写给米沃什的书信中，诗人把"一头骡尾母鹿生下了一双小鹿"的好消息分享给远方的朋友，实际上整封书信不说别的，谈的几乎全是这件事，可谓津津乐道，不厌其烦，结尾似乎是为了让米沃什放心，诗人郑重其事地写道：

> 马克告诉我，在傍晚他已经见到小鹿
> 跟它们的母亲一起放牧。狼吞虎咽地吃着你的玫瑰——
> 因此看起来它们撑过一夜
> 而且狗和汽车这时都还没有追得到它们。

　　由此可以想见，哈斯和米沃什两位大诗人灵犀相通，成为终生好友，想必是因为有着共同的志趣爱好，诸如同样热爱自然、喜欢动植物，是他们结下深厚友谊的原因之一。

四、抒写两性关系的自然之美

诗歌《黏合剂：给依尔琳》写新婚夫妻"一文不名"却非常幸福的生活，"春宵一刻值千金""经常睡过头"，就像"甜蜜的沤烂的海棠"；在折扣商店买小物件，也要为图钉和胶纸哪种更便宜而争论一番；"跳过午餐""享受儿童乐园的价格时"，快乐溢于言表。《春天》一诗中，夫妻买书、阅读之后，"整晚说话，用舌头，/ 用指尖，用牙齿"，这样亲昵甜美的场景，真令人生出"只羡鸳鸯不羡仙"的感觉。

《不惑之年》里，妻子对丈夫说："要是你离开我，/ 跟一个年轻女人结婚，又生一个婴儿，/ 我就把刀子捅进你的心脏""接着她爬到他的胸脯上，朝下直愣愣地 / 盯着他的眼睛。'你明白吗？你的心。'"寥寥数句，用生活化的语言，把夫妻之间常见的情景描写得栩栩如生；没有任何多余的言辞，只是简洁客观、原汁原味的再现——虽已进入中年，两人却依旧因爱而嫉妒、执着、迷惑。

那么，夫妻分手之后又如何呢？《商籁体》里，"一个男人跟他前妻在电话里交谈。/ 他爱她的嗓音，留心倾听 / 她语调的每一次转变。仔细地 / 分辨着这嗓音。不知他想从她的声音，从那温柔端庄中得到什么"，然后，笔墨自然地荡开，"她察看，窗外，观赏树上 / 裂开的果荚种子形状"，看似不经意的笔触，却暗含着"裂开"的疼痛；结尾是"外面，白色，/ 耐心的动物，缠结的葡萄藤，雨。"复杂的感情、人生的况味都寓于景物之中，正如王国维所说，"一切景语皆情语也"。

性与爱、婚姻生活是哈斯喜欢的题材。《家庭内部》《幸福的分配》《作为意志和表象的世界》《流年》《漂流与烟雾》等诗中的两性关系非常微妙，简洁含蓄的描写和对话里，狐疑、猜测、防范、嫉妒、伤感等种种心理活动呼之欲出。在这些诗中，两性关系显得真实自然，又能给人以美的愉悦。

五、从自然吟唱走向社会批判

人是社会动物，不管人们是否愿意，也无论人们是否感觉和认识得到，每个人的生活其实都与政治相关，都或多或少受到政治的影响。有些人视而不见、充耳不闻，有些人选择正视和面对它。无论如何，政治——公共问题，关乎我们所赖以生存的自然与社会环境。诗人首先是人，是社会中人；但诗歌与政治同床异梦，而且前者往往对后者进行"祛魅"——批判性的反思和解构。

在《庞德的命题》中，曼谷之夜，一个不超过十四岁的少女在香格里拉饭店外拉客，诗人通过这一在落后国家和地区常见的社会现象，揭示出弯曲缠绕又环环相扣的"运作"程序：

多少知道这儿如何运作：
世界银行安排信贷，水库
淹没三百村，村民们找自己的门路
到城市，他们的女儿分散在熙熙攘攘的街道，
而水库巨大的涡轮机，在隆德或德累斯顿或底特律，
漂亮地、用特殊工具装饰过，由
巴黎的拉扎德银行或纽约的摩根银行资助，
从旧金山的贝克特尔公司，或休斯敦的哈里伯顿公司
向当地政治精英，赠予明智的礼物，
……

不难看出，隐藏在背后的是绳结般彼此勾连的利益链条。当然，由于世界经济一体化的进展，才得以构成这种利益链条。一只看不见的手——表面上是经济、金融的手，实质上是垄断经济、金融的寡头和政客们的手，在掌控、操纵着社会生活，使农村百姓沦丧家园、无家可归，并被驱赶到陌生而冷漠的城市，以卖苦力、乞讨甚至卖淫为生。诗句看似如论文般客观描述，粗线条地勾勒出经济运作的因果关系，诗人对全球化和现代化的批判锋芒含而不露，但不动声色的冷峻笔调难掩资本的残酷和血腥：全球化和现代化的结果，是欠发达国家和地区的资源被掠夺，底层人民的利益被剥夺，赖以生存的环境被破坏，贫富更加悬殊——从而导致社会矛盾更加激化：是再一次革命，还是通过资本主义内部的改良来解决这一问题？

德国军事理论家和军事历史学家卡尔·菲利普·戈特弗里德·冯·克劳塞维茨在《战争论》中说："战争无非是政治通过另一种手段的继续。"

《仿贺拉斯三首》以诗的方式探索了战争的正义与不义，"公民的勇气，是一个比较复杂的问题。/ 它闪耀出自身的纯粹。/ 既不在于它成为政府的谎言，也并非误将 / 罗马原油的利益当作罗马荣誉。"统治者发动战争的根由仍然是利益驱使，被民族主义、宗教信仰和"爱国精神"煽动起来的热血沸腾、雄赳赳气昂昂、穿上军装的老百姓，不过是被其利用来充当炮灰和牺牲品而已。

《有翅膀的与尖刻的黑暗》试图探讨战争中的人性。背景是波茨坦广场，大约是德国签署无条件投降书的1945年5月8日之前，法西斯的机器仍在运转，对犹太人的"审讯"还在进行：

> 第一个人通过时他撬开她的嘴。
>
> 芭蕉告诉连接，避免引起轰动的材料。
>
> 如果世界的恐惧是世界的真相，

他说，那儿会无人讲述，

而且无人与之讲述。

……

撬开她的嘴，朝里吐唾沫。

我们传授这些事情，

或许，因为我们是我们能想象的东西。

这首诗运用了相当复杂的技巧：审讯被美其名曰"智慧的谈话"；我们传授的是朝人嘴里"吐唾沫"之类的龌龊之事；这卑鄙之事正在"温柔的天空"下面发生；甚至，我们还要"在空中，弯曲燕子的痕迹"——连鸟儿飞翔的痕迹都被弄弯，哪里还有半点人的尊严、自由和人权？隐喻、深度意象、象征穿插其间，深奥难解。这一切的一切，彼此乖离悖谬，互相反衬对比，构成深刻而强烈的反讽效果——尽管刽子手们文过饰非、欲盖弥彰，可揭开温情脉脉的面纱，战争的残酷、法西斯的恐怖、人性的丑恶与阴暗皆展露无遗。

六、转益多师、博采众长的综合性大师

释放焦虑，推陈出新。前人的影响，也会构成哈罗德·布鲁姆所提出的"影响的焦虑"，"对布鲁姆而言，'影响'既是一个确定诗学传统的比喻范畴，又是一个心理、历史和意象关系的复合体。……影响是解说文本之间关系的，它是一种互文现象。既是内在的心理防备——诗人的焦虑体验——又是外在的文本之间的历史关系，它们是误读或诗学误解的结果而非原因"。就连伟大诗人李白也吟出这样的诗句："眼前有景道不得，崔颢题诗在上头。"如何"青出于蓝而胜于蓝"，如何走出前人经典作品的影子，彰显独创性，走出自己的路，是每一个诗人无

法回避的内在困扰。

蒙田说，荷马是第一位也是最后一位诗人。正如在奥德修斯经过墨西拿海峡之前，塞壬三姐妹不知道引诱过多少水手并留下累累白骨；在哈斯之前，缪斯女神也钟情过荷马这样的大诗人，哈斯不过是后来者。作为荷马之后的诗人，理所当然地把荷马当作"父亲"，也视为竞争的对手、"妒羡"的对象，要打倒打不倒的他，超越不能超越的他。

> 在传说的一个版本里塞壬不会唱歌。
> 只是在一个水手的故事里她们会。
> 那么，奥德修斯，被绑在桅杆上，被听不见的
> 音乐所折磨——跌宕的大海，
> 陡峭的风，鸟儿们离岸的饥饿——
> 而沉默的女人们为护盖花园收集海藻，
> 看着他竭力要挣脱缆绳，看着
> 他眼里可怕的渴念，在岩石
> 林立的荒岛上，被她们想象的
> 他对未唱之歌的想象，永远改变。

在上面这首《妒羡他人的诗》里，使无数水手葬身鱼腹的海妖塞壬，真的会唱歌吗？也许只是一群哑巴女人。这首诗的题目中，关键词是"妒羡"。有必要先将诗中交错重叠的"妒羡"厘清头绪：

1. 水手们（被蜡封住耳朵）妒羡奥德修斯听到塞壬的歌；

2. 奥德修斯妒羡塞壬所唱的听不见的歌（或许在传说中有过，或许以前经过的水手们听过，或许因为风暴喧嚣听不见）；

3. 塞壬妒羡奥德修斯想象的她不曾唱过的歌（也许，还妒羡拥有奥德修斯之爱的女人）；

4.诗人哈斯妒羡古希腊荷马的史诗。

哈斯在这首诗里，彻底颠覆了《荷马史诗》和神话传说，塞壬三姐妹其实不会唱歌——这无疑极具反讽意义。因此，奥德修斯不过是被自己的想象所折磨。而塞壬三姐妹却被对奥德修斯想象的她们不曾唱过的歌的想象所折磨。而且，传说中塞壬三姐妹中的老大帕耳塞洛珀深深地爱慕着奥德修斯，当他的船只走过后，她就投海自尽了。"情人被带到茫然若失的深处，却在相互的幻想中被发现（就像他发现了对方）了那首并不存在的诗"。那也是被对爱情的想象折磨而死。"当我们聆听她们的歌声时，我们有必要记住塞壬们自己的悲哀。她们内心的焦虑引起了别人的焦虑——虽然并没有使我们自己也感到焦虑"。

妒羡本来就是一种心理活动，与其说是由于外在的诱惑，不如说是来源于对别人拥有之物的想象。小到男女之爱慕、名利地位，大到所谓人类理想、国家意识形态——所有的诱惑都来自想象，而想象又来自欲望，所以人总是被欲望所折磨。尽管它在诗中完全是匿名隐形的，但"诗的影响不是一种分离力量，而是一种摧残力量——对欲望的摧残"。可以说，这首诗是对人类欲望的解构。

这首诗直接取材于奥德修斯的故事，可以说是《荷马史诗》赐予了哈斯灵感，在历史传承与影响的焦虑交互作用下，哈斯把它置身于别出心裁、独具慧眼的观照中，因而获得了自己的创造性。

哈斯是米沃什最主要的英文译者，这部诗集中，《写给在克拉科夫的切·米沃什》《切·米沃什：纪念》两首是直接向米沃什致敬的诗歌。在阅读和翻译《九月，茵弗内斯》时，我联想起米沃什的《美好的一日》，觉得似乎有某种影响的痕迹，诗歌描述的海湾场景、平静的叙述语调、缓慢沉稳的节奏以及其中体现的淡然心境、对大自然的赞美之情都非常相似，但在结尾，哈斯却突然来了一个出人意料的翻转，把前面静物画般的画面掀翻、打破，变奏为对浪潮与风暴抗争的歌唱。诗人的"雷霆手段"也可谓"翻手为云，覆手为雨"。同样，哈斯改写了贺拉斯的颂歌，赋予当代思想的新意。"似又不似"，有所效法和借鉴，更有推陈出新之处，也许，这是哈斯由于"影响的焦虑"而对前辈诗人的"叛逆"与"颠覆"吧。

由于长期转益多师、博采众长，哈斯已经成为一个综合性大师，一个继承英美现代诗歌传统的集大成者。他博采各家之长，汲取意象派、象征主义、田园诗、垮掉派、自白派、日本俳句等表现形式和技巧，同时又锐意探索与创新。在《时与物》中，可以看出他确实受到多个诗歌流派的影响。如开卷第一首诗《爱荷华，一月》：

　　　　漫长的冬夜里，农民的梦是狭窄的，
　　　　翻来覆去，他陷入了沟畦。

在梦中，农民仍在沟畦里辗转。寥寥两行，就生动形象地勾勒出农民对土地的依赖、眷恋，又受限于土地的狭隘心理，以及祖祖辈辈在田沟里打滚、在泥巴里挣扎的循环往复的宿命结局，包含了巨大的社会生活容量和对农民命运的深思、同情与悲悯。我以为，这首诗达到了意象派典范之作的水平，与庞德的代表作《地铁车站》一样，充分体现了意象主义三原则：1. 直接处理"事物"，无论是主观的还是客观的；2. 绝对不使用任何无益于呈现的词；3. 至于节奏，用音乐性短语的反复演奏，而不是用节拍器反复演奏来进行创作。

五行短诗《特拉克尔之后》运用典型的"音乐性短语"，有一种难以言传的音乐之美，听来如沉郁而又悠扬的教堂晚钟，余音袅袅，回味无穷，而且这种音乐韵味是无法翻译的，翻成中文立即丧失，变得索然寡味。这不仅仅是大自然的日落，也是宗教的日落，更是西方文化的日落。特拉克尔是德语诗歌界的"黑暗诗人"，是浪漫主义到表现主义的过渡桥梁，此标题是否也意味着一个时代的结束？《三首夏天的黎明之歌》《描述树木的问题》《描述颜色的问题》等诗是自然的赞歌，隐喻、拟人、象征等手法娴熟运用，不着痕迹，诗艺可谓炉火纯青。诗人的眼睛如同婴儿第一次睁开眼睛看世界，一切是那么美好，那么清新可喜。选用的词语、意象都非常凝练、精确，可谓去一字则少、增一字则多，而且一字不能易，含蓄隽永，耐人寻味。这些诗如空谷足音、空谷幽兰，境界有空灵之美。

"他的天赋在于捕捉的不是一个情景，而是对那情景的知觉。那种分享意识是哈斯通向读者的桥梁，创造一种亲切的声音以至于感觉敞开，毫不设防"，这一点与意象派集中注意力于事物引起的感觉相近，但哈斯不止于此，即他的诗不仅仅是在感官印象层次上展开，而且向前大大推进了一步——探求事物之间的联系，并对社会生活中公共问题发言，表达自己深刻的感受与理性思考。

我觉得，在风格类型上，哈斯的诗歌比较符合中国传统美学所倡导的"温柔敦厚"的诗风。他的语言自然朴实，语调温文尔雅，中正淳厚；在文体形式上，哈斯的大多数诗属于或接近"漫谈诗"（或曰"会话型"诗歌），呈现出散文化、口语化、叙事性、贴近生活等特点。我在网上听他朗诵自己的多首诗歌，他像聊天一样娓娓道来，语调温和，节奏抑扬顿挫，疾徐有致，没有夸张和矫饰，感觉如同听一位忘年之交的前辈加老友袒露心声，抒发对人生和社会的睿智见解；品读这部诗集，同样会为他的自然亲切、真诚朴实、简洁深邃而感动。最后，我愿意引用《诗人的劳作》中的第一节来结束我的这篇文章：

> 你端送一碟清水，
>
> 柠檬的香气若有若无，
>
> 洒进我所说的黑暗之根？

痛心或跳跃，目瞪口呆

之时，赞同还是反对：

这儿某处有一声轻叩。

2013年10月初稿

2019年11月28日修改

远　洋　1962年生，河南新县大别山人。毕业于武汉大学。中国作家协会会员。1980年开始创作并发表作品，出版诗集《青春树》《村姑》《大别山情》《空心村》四部。曾获河南省"骏马奖"、"牡丹杯"奖，湖北省"神州杯"奖，深圳青年文学奖，河南诗人年度大奖，红岩文学奖"外国诗歌奖"，第一朗读者·最佳翻译奖等。翻译诺贝尔文学奖、普利策诗歌奖、艾略特奖诗集二十余部，翻译诗歌七百多首散见于《世界文学》《诗刊》《译林》《红岩》等二十多家刊物。

和大自然的生命相遇（外一篇）
——读唐纳德·霍尔《长河》

◎远　人

麝牛的长头

已嗅到

我的船来了。当我

察觉它在那里时，

专心致志的，沉重的

桨，在这个白夜

变成了翅膀，

深处的林子很密，

在两边

树木发黑。

我划过

黑色睡眠中的城镇

来到这儿。我从

北部的草地与

寒冷的山的旁边划过。

在艰难的灌木丛，

船刚停下

麝牛就动了起来。此刻

树木是黑色的，

带着许多古老的乐趣。

（贺金凌 译）

进入工业时代以来，人类的脚步陡然加快。"速度"成为19世纪后期至今，率先被赋予现代性的词汇。"速度"最终会带给人什么，谁也给不出答案，目前所见，是人类得到了最迅猛的科技发展和最炫目的经济成果。当速度成为主流，潜流也在发生作用，毕竟人类经历过漫长的农业文明，它沉淀在人的血脉深处，时时提醒我们曾经存在的岁月，提醒我们从大自然中获取的生命质量。当代美国诗人唐纳德·霍尔（1928—2018）这首《长河》就给我们带来被"速度"遮掩的另一种体悟。

就诗歌本身来说，这首诗极其易懂。必须强调，读得懂的诗，不等于肤浅，正如很多诗读不懂，也不一定等于深刻。关键看作者写出了一些什么，读者从中发现了一些什么、体会了一些什么。这是所有成功诗歌的标志之一。如果作者一味卖弄技巧，充其量只是匠人，如果作者一心追求晦涩，很大程度上，只不过是为了掩饰自己的浅薄。霍尔这首仅二十行的短诗没有技巧的卖弄，甚至，它就是一首通过白描取得成功的诗歌。

敢于白描，是作者知道自己面对了什么，感受了什么，最后写出了什么。作为弗罗斯特衣钵的继承者，霍尔的大量诗歌都直接与大自然进行对话。只是，工业时代的大自然与农业时代的大自然有所区别。不是说大自然的景物出现了变化，而是人的感受出现了变化。一个明明成长于工业背景下的现代人，在再次面对大自然时，会发现大自然不再像从前那样与人合而为一，它更像一个神秘的召唤，当愿意倾听的人再次靠近，就必然使人的感受出现新奇和藏于血液中的奇妙回应。

霍尔的回应方式极其从容。就表现方式来说，全诗从"麝牛的长头／已嗅到／我的船来了"为起笔，不能不令人感到惊异，它说明霍尔将起笔搁置在自己"长河"旅行的中途。他不从自己登船解缆入手，而选择中途一个场景为入口，达到既不动声色，又令读者猝不及防的阅读冲撞，堪称无技巧的技巧，它也是一个成熟诗人所掌握的成熟技艺。读者很容易跟随作者因裁剪而突然打开的表现力，自然而然地进入作品。

我们紧接着看到的，是霍尔充分利用这一入口，让读者看到他"变成了翅膀"的"桨"。他说得明白，在麝牛出现之前，他的"桨"是"专心致志"的，是"沉重"的，变化的出现是因为大自然的生命使他内心出现了变化，所以连"桨"也出现了变化。霍尔写作的高明之处，是他运笔到此，一字不写自身，而是集中笔墨和精力，经济而又一丝不苟地描绘个人所见——"深处的林子很密，／在两边／树木发黑。"

对一个在长河上的旅人来说，此时的所见也必然是时时所见，但只有和大自然的生命相遇时，才引起他的强烈感受，甚至，霍尔到此时才回想起"我划过／黑色睡眠中的城镇／来到这儿。我从／北部的草地与／寒冷的山的旁边划过。"这些不动声色的倒叙，既使全诗出乎意料地走向丰富，也为"长河"提供一幅完整的画面。当我们认真咀嚼，会发现这是霍尔对表现手法的自如运用，同时又可以说，霍尔到达自如的前提是大自然在这一瞬间给了他突如其来的全部感受。

霍尔极为清楚，引起他感受的来源是全诗起笔的瞬间，所以，他从完整的画面又一笔回到诗歌的起点。从手法上看，它使全诗形成一个

122

无破绽的紧密圆圈，从效果上看，他依托成为铺垫的整体，将瞬间转化成充满弹性的空间。当他强调自己与麝牛的相遇地点是"在艰难的灌木丛"后，随后的句子就自然流淌而出，"船刚停下 / 麝牛就动了起来。此刻 / 树木是黑色的，/带着许多古老的乐趣。"

就最后充满余韵的末句来看，这首诗堪称达到完美。我们看不到多余的一行，看不到多余的一字，看不到多余的意象。霍尔的惜墨如金和结构能力不能不令人赞叹，我们的确会发现，霍尔在长河上经过漫长旅行，唯独在遇见麝牛时才遇见自己这首诗歌，其实是作为大自然生命的代表让他发现了大自然的鲜活。甚至，他使用了"船"的"停下"来对应"动了起来"的"麝牛"。这是令读者印象深刻的对比。他停下来，是感受到大自然黑色的树木在生命的缓慢中"带着许多古老的乐趣"。

说这一行充满余韵，就是说这首诗在语言上结束了，在感受上仍继续延伸。完美的诗歌就如完美的音乐，必然产生"余音绕梁"的效果。如果霍尔的诗歌仅止于此，我们会说这是一首漂亮的诗歌，但这首诗不仅仅是漂亮，当霍尔说他眼前的"乐趣"是"古老的"时，我们能够体会，对一个生活在工业文明中的现代诗人来说，投身大自然，其实是投身一种古老和返回。人也只有在到达返回之后，才能体会一种古老。这首诗中的"古老"绝非僵化，相反，它充满对现代人的一种吸引。我们稍作咀嚼，会发现霍尔有能力面对这"许多古老的乐趣"，是因为他离开了现代的速度，进入大自然的缓慢之中。如果我们愿意在诗中迸发的魅力中停留，我们就更能体会，缓慢对我们今天的生活是何其珍贵。

2020年4月11日夜

现代人需要什么

——读威廉·巴特勒·叶芝《茵纳斯弗利岛》

我就要动身走了，去茵纳斯弗利岛，
搭起一个小屋子，筑起泥笆房；
支起九行芸豆架，一排蜜蜂巢，
独个儿住着，荫阴下听蜂群歌唱。

我就会得到安宁，它徐徐下降，
从早晨的薄雾落到蟋蟀歌唱的地方；
午夜是一片闪亮，正午是一片紫光，
傍晚到处飞舞着红雀的翅膀。

我就要动身走了，因为我听到，
那水声日日夜夜轻拍着湖滨；
不管我站在车行道，还是人行道，
我都在心灵深处听见这声音。

（袁可嘉 译）

艾略特将年长自己二十三岁的威廉·巴特勒·叶芝（1865—1939）称为"当代最伟大的诗人"绝非随意之言。叶芝的毕生创作已证明自己走过的是一条不平凡的诗歌道路。对堪称巨匠的诗人来说，每个阶段有每个阶段的代表作，这首《茵纳斯弗利岛》便是公认的叶芝早期代表作，也是他在晚年走至巅峰的一块引人注目的基石。

该诗写于1890年，叶芝时年二十五岁。它收入诗人1893年出版的第二部诗集《神秘的玫瑰》当中。从诗集主题来看，诗集名虽冠有"神秘"二字，还是能够看出，叶芝已尝试摆脱第一部诗集《十字路口》所蕴含的神秘主义。以《茵纳斯弗利岛》为核心的诗篇已见出叶芝对现实投入的感受和目光。

从神秘到现实，是青年叶芝所走的道路，也是一个勤于思考的人必走的道路。生活总会伴随人的成长打开。对生活了解越多，对现实的关注也就越强。关于这首诗，最常见的论调是，该诗表现了诗人"对资本主义文明的厌弃和对田园牧歌生活的无限向往，具有逃避现实的唯美倾向和鲜明的浪漫色彩"。不论该说法是否正确，就这首诗歌本身来说，如果仅止于此，未必产生持久至今的回响。在今天来看，可以说这首诗蕴含了时代的声音，也蕴含了诗人对现实辨认的群体之声。

该诗可以从两方面来看，一是技巧，二是主题。从技巧来看，全诗结构完整，标准的四行体，表现了叶芝对诗歌整饬感的追求。这是严谨写作的体现。叶芝后来煞有介事地就它的表现手法说道："我仅仅偶尔且模糊地理解到我必须只用普通句法为我特殊的目的服务。要是这首诗再晚两三年写，我就不会在第一行用'我就要动身走了……'这老套子，也不会在末行用倒装句了。"我倒是觉得，这句话未必是诗人的由衷之言，如果他真对这首诗持否认态度，完全可以进行并非艰难的重写，也完全可以将其剔除出晚年的诗歌选集和全集。叶芝没这么做，说明他对这首诗始终抱有一定程度的偏爱，更何况，读他"晚两三年"之后创作的诗歌，真还难说那些后来之作在技艺上完成了对这首诗的超越。

不管叶芝自己怎么说，在当时和今天的读者眼里，它是堪称完美与丰沛相结合的成功之作；就主题来看，同样不论当时还是今日，都给读者强烈的阅读冲击。能做到这点，说明叶芝介入了整个人类的心灵。任何潜心阅读的读者都能在诗中看到自己或清晰或模糊的内在愿望。说清晰，是诗歌没有哪行使用了疑问句或设问句，行行饱满和坚决。优秀的诗歌无不如此，每个读者都清楚地知道诗人在写什么，也知道自己读到的是什么；说模糊，是现代人习惯了都市生活之后，对远不可及的田园生活有了被遮蔽后的遗忘之感。但人之所以是人，就在于人（尤其诗人）的血液深处，无不涌动对逝去时代的隐隐怀旧。任何一页历史都在告诉我们，人类的曾经生活与今天大相径庭。就人类的生存环境来说，田园时代才是人类真正的黄金时代。

说这首诗蕴含了时代的声音，是因为诗人已经身处工业化来临的时代，或者说，工业化的来临，改变了人类的生存境况，改变了人的思维，也改变了人对一种加速度来临后的心理背景。田园陡然被都市拉开难以企及的距离。没有人能判断，这种距离将把人带到什么样的处境。叶芝以诗人的敏锐发现，人越是都市化，就越是失去田园时代带给人的内心安宁。就三段结构的诗来说，第二段素来起着承上启下的作用，叶芝这首也不例外。第二段首句"我就会得到安宁"是全诗的核心句，即使叶芝不惜一行行浓墨重彩地描述自己前往茵纳斯弗利岛后的种种想往——搭起小屋子，筑起泥笆房，支起芸豆架（明确到九行），还强调自己必须"独个儿住着"。凡此种种，无不是为得到内心的安宁。只有一颗安宁之心，才能使目光注意到"早晨的薄雾落到蟋蟀歌唱的地方"，注意到午夜是闪亮的、正午是片紫光，注意到"傍晚到处飞舞着红雀的翅膀",所以,无论这首诗具有多少田园似的浪漫描写,其外延出的本质却并不浪漫。想象的事物越美(安宁),就意味包围想象的事物越冷酷。当人离开了美(安宁),才会想象已经被距离拉开或干脆已不存在和被摧毁的美(安宁)。更冷酷的是,这首诗始终出现的人称只是一个单数的"我",而不是复数的"我们",这也意味着叶芝不无悲哀地发现,工业化将给人带来的伤害不是多数人在当时就能预感到和意识到。

站在今天来看,叶芝未必是生态环境的鼓吹者,但作为诗人,其内心的敏锐度仍远超常人。这种敏锐不一定使他在年轻时就一步到位地鉴别工业时代与田园时代的本质区别,但也足可保证他对时代的人心有异乎寻常的洞察。人心需要什么,或者说,现代人需要什么,是不是工业能够提供足够的养料保障?叶芝用这首诗做出了自己的否定回答——工业不可能给予人心真正的需要。人是大自然的物种,人心的根须就只可能深扎大地,深扎和大自然息息相关的一切。唯独在大自然中,人心才能得到最不可缺少的安宁。所以,无论我们何时阅读该诗,都能时时刻刻感受诗中蕴含的大自然之美,也是人心最渴望的安宁之美。对一首诗来说,做到这点已属不易,却还谈不上多么出色。叶芝的非凡之处,就在于他为读者刻画大自然的安宁之美时,还给读者更强烈的另一种感受,即,那些人心最渴望的美正从时代的指缝滑落。在叶芝这里,大自然的美和安宁,是人心最重要的需求,时代却将这些需求一步步推开,现代人无法再痊愈的失落感由此而生。

必须承认,人想得到和谐,只能与大自然携手共处,不可能与灭杀大自然的工业相濡以沫。不是说工业没有给人类带来发展,但它的弊端在今天已无人不见。更可怕的是,人类还找不到清除那些弊端的有效策略。叶芝这首诗问世已百年有余,其蕴含的生命力在今天依然强大,既是它的艺术性臻于完美,更重要的,是现代人能借助这首诗,看到人类愈加急迫的内心需要。这是叶芝作品的生命力所在，也是极强硬的现实所在。

2019年4月9日

远　人　1970年出生于湖南长沙。中国作家协会会员。有诗歌、小说、评论、散文等近千件作品散见于《人民文学》《中国作家》《诗刊》等海内外百余家报刊及数十种年度最佳选本。出版长篇小说、散文集、评论集、诗集等个人著作十九部。现居深圳。

特稿

汪树东／当代中国生态文学的价值诉求

当代中国生态文学的价值诉求

◎汪树东

早在1992年，诗人李松涛在长篇抒情诗《拒绝末日》的《序章·SOS——紧急呼救》中就呐喊道：

地大的恶行，触怒了地，
天大的贪欲，惹恼了天。
大自然，委实被伤害得太深了——
许多温暖的记忆，
都已冰凉。稍一触摸，
就冻得浑身发抖。
飞得好好的禽鸟突然就坠毁了，
游得好好的鱼鳖突然就曝尸了，
跑得好好的野兽突然就断气了，
站得好好的树木突然就扑倒了，
笑得好好的花草突然就凋萎了，
唱得好好的清泉突然就哑默了，
晴得好好的蓝天突然就阴暗了。
这一连串的突然，

让我产生一系列的潸然。

……

跑遍方知——

地球已千疮百孔，

天空已恶云密布。

窗外，大自然面黄肌瘦，

创伤幽幽急待包扎。

生态环境黄牌迭示，

不曾经历的即将发生——

人类，可能被罚下场去！

　　这就是当今生态问题的严峻性。看看李松涛对土地耗竭、水污染、滥伐森林、滥捕野生动物以及战争给生态环境造成的不可弥补的创伤等生态问题的全方位审视，就知道生态危机到底有多可怕了，人类正因无节制的破坏生态行为而日暮途穷了。再考虑到全球气温升高、物种灭绝加速、垃圾泛滥、核污染等全球性生态危机，人与自然的关系早已陷入全方位的紧张之中，人类真的有可能毁灭自然生态，从而毁灭自己的未来。

　　直面这种生态危机，当代中国生态文学因势而生，迅猛发展，越来越多的作家关注自然，关注生态危机，重新感受自然之美，主动亲近自然生命，思考人类的未来命运。张炜、姜戎、陈应松等作家的生态小说，于坚、雷平阳、李松涛等诗人的生态诗歌，苇岸、韩少功、蒋子丹等作家的生态散文，杨利民、过士行等作家的生态话剧，刘先平、沈石溪、金曾豪等作家的生态儿童文学，早已给当代中国文学注入一股大自然的清新之风，呼唤着国人生态意识的觉醒。整体考察当代中国生态文学，我们可以看到其中体现出鲜明的三重价值诉求：第一重是对现代文明中泛滥的欲望化、城市化、科技崇拜和人类中心主义等倾向的批判，为受伤的大自然发出呼告，企盼现代人摆脱自然冷漠症；第二重是希望充分呈现大自然的壮美，承认自然生命的主体性和内在价值，为饱受侵凌的大自然复魅；第三重是重建生态整体观，重建人与自然的和谐相处之道，为现代文明的生态转型鸣锣开道。站在生态文明的高度看，当代中国生态文学的使命就是引领国人重新感受自然之美，在新时代开辟出天人合一的文化新道路。

一

当代生态文学首先引人注目的就是全面彻底、严峻急切的现代文明批判。众所周知，自文艺复兴以来，现代文明就以西方文明的转型为契机，一直释放着巨大的普世力量，影响着整个人类；到了启蒙运动时期，现代文明的基本准则就被更加完善地设计着，并一直被视为解放人类的力量。然而，毋庸讳言，现代文明本身就包含着巨大的反文明力量。以色列社会学者艾森斯塔特曾说："野蛮主义不是前现代的遗迹和'黑暗时代'的残余，而是现代性的内在品质，体现了现代性的阴暗面。现代性不仅预示了形形色色宏伟的解放景观，不仅带有不断自我纠正和扩张的伟大许诺，而且还包含着各种毁灭的可能性：暴力、侵略、战争和种族灭绝。"作家张炜也曾指出："很少有人敢于去认识和表达那些最基本的事实，比如说现代化本身所蕴含的危机、粗暴性和野蛮性。现代化当中反文明的部分并没有被认识，或者我们压根就不愿意去正面谈及。"正是因为现代文明具有反文明的一面，自现代文明诞生之日起，对它的批判也就不曾中断，时而舒缓，时而峻急，时而微弱，时而严厉。但就现代文明对自然生态的破坏而言，当代生态文学则聚焦于其泛滥的欲望化、城市化、科技崇拜和人类中心主义等倾向，为大自然发出呼告。

现代文明与华夏传统文化中的少私寡欲的思想背道而驰，它不但论证了人的世俗欲望满足的合法性，而且把欲望视为文明的发展动力，更是让人的情感、意志和精神都为欲望服务。然而人的欲望是无限的，当无限的欲望指向有限的大自然时，大自然的溃败就无法逃避。因此，当代生态文学对现代文明欲望化的生态批判也势在必行。作家李存葆曾说："人类的文明史，实际上是一部分人的欲望不断膨胀的历史。"这是多么直击要害的论断。这种欲望在现代工业文明和市场经济的助长下如火如荼，更可怕的是欲望的满足必然要摧毁大自然的丰饶和自在。李存葆在《鲸殇》中曾这样描绘19世纪前半叶成为世界捕鲸基地的夏威夷："一时间，夏威夷港口内，列国的鲸船旌分五色，云屯雾集。美丽的夏威夷成了鲸血漂杵的屠宰场，浩瀚的大洋里，捕鲸者们张扬着强悍，喷溅着血腥，播撒下欲望的种子，打捞着巨大生命的死亡……"这种对大自然肆意掠夺的强力是文明吗？不，是人为物欲俘虏的可悲。

诗人华海对现代文明的欲望化倾向的生态批判也非常严厉，他在诗歌《悬崖上的红灯》中写道：

> 你们以为这是一只狼的眼睛
> 一朵花的嘴巴
> 狼的眼睛早就瞎了
> 花的嘴巴也已枯了
> 这只是在荒野点燃的
> 一盏风中的灯 愤怒的灯
> 呼叫的灯
>
> 一盏灯的呼叫

并不能让"欲望号"快车停下

……

这是悬崖

这是悬崖上的灯

一只用狼的血花的血

大山的血以及小昆虫的血

点燃的灯

它孤独无助 命定地

在下一刻会被卷起的沙尘吹熄

然而 在这一刻

它还是 不能不 发出

呼 叫

    在此,华海把现代文明视为一列"欲望号"快车,在它的碾压下,所有自然生命都死无葬身之地,诗人不愿意自诩为现代文明的拥有者,而自愿地站在树木、鸟兽一边,奋力呼喊,告诉人们当大自然陷入生态危机时,"欲望号"列车也会坠入悬崖,人类只能自食其果。大自然和人的关系,就是唇亡齿寒的关系。

    针对现代文明的欲望化倾向,作家张炜一针见血地指出:"人类在19世纪和20世纪所做过的最愚蠢的事情,就是追求物质的欲望不可遏制,一再地毁坏大地。……我们爱土地,是爱生长的基础,也是爱一个健康的世界。被商业扩张的触角缠住了的世界,很快就会被硝烟熏黑。"的确,如张炜所说,现代文明把人的欲望充分地煽动起来,使人与大自然处于敌对状态,也使得人与人互相敌对。在张炜的小说《柏慧》中,人们在海湾里钻井,油船常常泄漏,导致对海洋大面积的污染；过度抽取地下水则导致沿海地区海水倒灌，树木枯死，荒滩扩大；此外，人类不断地扩大矿区、开发海滩，把人与大自然完全对立起来。更为可怕的是，这种现代文明正以迅雷不及掩耳之势在全球范围内扩展开来，因此张炜说："从某种意义上来看，片面追求全球性的现代化只能是一场使我们这个世界加速毁灭的疯狂的欲望行动。我们反对现存的'现代性'内容，是因为我们要追求人类生存的真正智慧，遏制追逐财富的无限欲望，引导人类的理性思维，以抵达物质与精神、人类与自然的和谐幸福。"但是张炜的这种和谐理想的实现前提，就是现代人必须更为彻底地反思现代文明中反文明的部分，努力超越现代文明的粗暴和野蛮。

现代文明的欲望化根源往往还是城市化。城市化带来的生态问题非常多，城市本身的空气污染、水污染、土地污染、垃圾泛滥且不说，城市人和大自然处于相对隔绝的状态，城市人巨大的消费欲望会对大自然造成覆巢般的灭顶之灾。法国政治哲学家伯特兰·德·朱维诺曾说："由于世界是由城市控制的，人类在城市中是与其他种类的生物隔绝开的，因此人类属于生态系统的感觉不复存在。这使我们对自己必须终生依赖的东西如水和树木采取苛刻的和急功近利的态度。"的确，所有反生态的观念、言论和行为几乎都可以溯源至现代城市文明中。城市化普遍造成了现代人和自然关系失调，直接导致了危如累卵的生态危机，当代生态文学对城市化也普遍持严厉的批判态度。

作家徐刚的生态散文的主旨之一就是对城市化的批判。面对钢筋水泥筑就的现代都市，徐刚感叹道："水泥电杆矗立路旁，冷冷地瞧着我。在这都市，人们须臾离不开的、最昂贵的，甚至打上权柄印记的水泥，是理性的模特、有序的典范、囚室的象征，它坚固钢筋，堵塞裂缝，封闭大地。"这种以理性化为特质的现代科技文明是与大地为敌的，对大自然的征服是极为肆无忌惮的。徐刚还说："让我们一起大声疾呼：为中国的推土机划定不能逾越的红线——并不是所有的土地都应当开发，并不是所有的地下矿藏都属于这一代人，并不是所有的荒野都需要高楼大厦！"当然为现代文明划定界限并不是那么容易的事，还要求我们对人与自然之间全方位的生态关系做出合理而深邃的阐释。张炜对城市化的生态批判更为严峻而急切，他说："城市真像是前线，是挣扎之地、苦斗之地，是随时都能遭遇什么的不测之地。人类的大多数恐惧都集中在城市里。"也正是这种恐惧扭曲着人性，使现代城市成为粗暴和野蛮的发源地。因此张炜的绝大部分小说，如《能不忆蜀葵》《怀念与追记》《远河远山》等，都存在一个逃离城市的主题叙事。

其实，就现代文明而言，欲望化和科技崇拜是相辅相成的，正是因为现代人的欲望化倾向，才会促使现代人崇拜科技，也正是因为现代人的科技崇拜，才会使得现代人的欲望化生存如火如荼。正如詹克明所言，"人类最致命的弱点就是永不满足地追求享乐。科学发展使得这种贪婪的欲望受到激发，简直达到了极度奢侈的病态程度以及难以制约的疯狂程度"。的确，现代人的欲望化和科技崇拜都近乎疯狂。

当人类不能建立生态意识，不能和大自然和谐相处时，科学技术越是发达，大自然就越是危险，人类自身的命运就越是前途莫测。因此，从生态史观来考察人类历史，我们也许不得不赞成徐刚的观点："当我们从生态、自然这些角度去考察这个世界时，不得不沮丧地发现：所有的技术进步都是暂时的，而由此带来的衰退及混乱却是持续的乃至无法挽回的。"技术的进步仅仅是对人而言，当人利用技术的力量而又不尊重自然的时候，人就只会给自然带来伤害和混乱，最终也导致人自身的受伤和混乱。从生态史观看人类历史，我们从人类文明成就中几乎发掘不出什么值得骄傲的东西，"地球上所有无序几乎都是人为的，战车碾过土地，炮火炸毁城乡，森林倒地，挖草开荒，捕杀野兽，浊浪的没顶之灾，干旱的煎熬龟裂，都市脚下水泥封闭的沉郁……我们听不见土地的叹息，如同沙漠涌到我们脚下之前，我们熟视无睹沙漠的推进一样。人类历史的一部分，就是土地荒漠史"。与在人类文明的压力下大自然的普遍溃败的后果相比，人类文明那一点成就又何足言道？

无论是欲望化、城市化还是科技崇拜，最终都与人类中心主义密切相关。现代文明坚持明确的人类中心主义立场，因此才会不顾其他自然生命的合理利益，不顾地球生态的合理利益，依赖突飞猛进的现代科技，征服自然、改造自然，以满足现代人永无餍足的欲望，大力推进城市化，最终促使生态危机频频爆发。针对强硬的人类中心主义，徐刚曾说："人在自然生态中的位置，与一粒微尘、一只甲虫差不多，所不同的是人从来就索取更多、需要更多、破坏力最大，而且最残暴。微尘凝结成雨核，甲虫默默无闻地劳作，森林稳固土地，而人欲横流却迫使大地退隐、家园不再。""人只是一种存在，和大自然中所有存在物一样的存在，人因为大自然的存在而存在，大自然不因人的存在而存在。"这是在价值论上对人的重新定位，他要求人不要再把自己的利益和需要肆意地凌驾于大自然之上。当然，人毕竟在事实上与自然生命存在区别，人现在有能力破坏自然，也有能力保护自然。生态中心主义支撑起来的生态伦理就要求人"要不失时机地把伦理扩展到大地之上的万物，人的最可贵的道德应是对人之外的万类万物的怜爱及呵护"。这种对万类万物的怜爱及呵护要求我们不但要保护珍稀动物，还要习惯于和更大量的不珍稀甚至令人生厌的小昆虫和平共处，不要对自然万物轻易地按照人类利益和喜好排定等级，更不能肆意张扬对自然生命的种族歧视。

现代人类中心主义还表现在现代人总是不顾大自然的生态规律，妄图改造自然、征服自然，满足其短暂的功利需要，结果造成不可控制的生态破坏悲剧。众所周知，半个多世纪前的知识青年下乡，无论是到北大荒还是内蒙古，抑或青海、新疆、云南、海南等地，都曾罔顾当地的生态规律，破坏自然生态。老鬼的长篇纪实小说《血色黄昏》就叙述了"文化大革命"时期一批到内蒙古锡林郭勒草原插队的知青的悲惨生活。那些下放的知青和复员的军人不顾生态规律，到草原上大肆开垦，结果导致草原沙化严重，最终那些严重浪费人力物力的农垦工程不得不被废弃。

生态诗人侯良学对现代人的自然冷漠症也讥讽有加，如《冷漠》一诗：

> 整整一个冬天
> 没有看见一只鸟
> 没有听见一声鸟鸣
> 没有下过一场雪
> 没有人感觉到不正常
>
> 整整一年
> 没有看见一只蝴蝶
> 没有闻过一朵鲜花
> 没有触过一片树叶
> 没有人感觉异常
>
> 整整十年
> 没有见过一头牛
> 没有骑过一匹马
> 没有听见一次青蛙
> 没有人感觉到不正常
>
> 整整一辈子

> 没有见过一只狮子
> 没有听到一次虎啸
> 没有摸过一次大象
> 没有人感觉到异常

的确，当现代人栖身于都市中，远离自然万物，经年累月都见不到一个自然生命，也习以为常时，那恰恰是现代人的生命被彻底异化的悲剧。不过，像侯良学这样的生态诗人不会和现代人一样患上自然冷漠症，他们声嘶力竭地提醒着现代人的生命来路，提醒他们不要忘记自己的生命之根在于大自然。

二

当代中国生态文学的第二重价值诉求，是充分呈现大自然的壮美，承认自然生命的主体性和内在价值，为饱受侵凌的大自然复魅。

众所周知，越来越多的现代人居住于城市，远离大自然，对大自然之美缺乏敏感，自然冷漠症快速地弥漫于现代人的心灵天空，像雾霾一样令人窒息。中国当代作家也日益丧失了描绘自然之美的意愿和能力，人事的纠缠和人性的破碎成为他们关注的焦点，他们少有能够融入自然的机会，因而也很难以自然之美震撼读者麻木的神经。但是在当代中国生态文学中，作家们却致力充分呈现大自然的壮美。例如周涛的散文对自然之美的描绘就极为动人，而且在对自然万物充满激情的描摹中体现出生态意识。在散文《巩乃斯的马》中，周涛如此写马：

> 我喜欢看一群马，那是一个马的家族在夏季牧场上游移，散乱而有秩序，首领就是那里面一眼就望得出的种公马，它是马群的灵

魂。作为这群马的首领当之无愧，因为它的确是无与伦比的强壮和美丽，匀称高大，毛色闪闪发光，最明显的特征是颈上披散着垂地的长鬃，有的浓黑，流泻着力与威严；有的金红，燃烧着火焰般的光彩。它管理着保护着这群牝马和顽皮的长腿短身子马驹儿，眼光里保持着父爱般的尊严。

这种对自然生命之美的迷醉无疑是灵魂的高贵素质之一。周涛在散文《伊犁秋天的札记》中这样描写树木：

> 这时的每一棵树，都是一棵站在秋光里的黄金树，在如仪的告别式上端庄肃立。它们与落日和谐，与朝阳也和谐。它们站立的姿势高雅优美，你若细细端详，便可发现那是一种人类无法模仿的高贵站姿，令人惊美。它们此时正丰富灿烂得恰到好处，浑身披满了待落的美羽，就像一群缤纷的伞兵正准备跳伞，商量，耳语，很快就将行动……大树、小树，团团的树，形态偏颇的树，都处在这种辉煌的时刻，丰满成熟的极限，自我完美的巅峰，很快，这一切就会消失，剩下一个个骨架支棱的荒野者。

很显然，没有对自然生命的内在价值的敏锐体悟，作者又如何能如此诗意地描情状物呢？

当然，当代作家的作品中能够把生态视域的自然之美描绘得最充分的还是李存葆的绿色大散文。因为有了对生态智慧的领悟，李存葆对自然之美的描绘下笔生花，诗意盎然。中国古典山水田园诗歌和小品散文虽然采取的是天人合一的书写立场，但是由于缺乏现代生态学知识的浸润，自然山水的面貌无疑点染着更多的人化色彩，而李存葆的绿色大散文具有鲜明的现代生态学知识背景，自然生命断然摆脱了人化色彩，自由自在地尽情展现自然风姿。相对于大部分中国现代山水田园散文小品，李存葆的绿色大散文在描绘大自然时基本上摆脱了人类中心主义立场，大自然的主体地位得到尊重，大自然不再仅作为作家抒情写意的中介和手段，其自在之美让人心明眼亮。

李存葆对自然之美是极为敏感的。在《绿色天书》开篇，他就惊叹道："西双版纳的热带雨林，就是上苍从袖口撒落在华夏版图上的一卷翠得让人眼亮、美得叫人心颤、神秘得令人窒息的'绿色天书'。"奇特的比喻、大胆的想象、急促的语气让我们直接洞察到作者被大自然之美超度的心灵的震颤。在《净土上的狼毒花》中，李存葆又感叹道："香格里拉无疑是上苍以超迈的意志挥洒出的一帧美轮美奂的画幅，以饱满的情绪吟唱出的一曲浑厚而多声部的交响乐，以飞动的灵感谱写出的一首汪洋恣肆的长篇抒情诗。"急涛骇浪般的排比句式追摹的是在大自然之美的旋风中扶摇而上的思绪与心灵。

我们来看看李存葆笔下的自然生命异象。《雪野里的精灵》写到沂蒙山莒县西郊定林寺中的一株高约25米、周粗近16米的高龄古银杏："我第一次站在这棵被称为'活化石'的巨树下时，顿被一种强大的生命光波所震慑，所征服，所溶解。古银杏那腾游时空的气魄，吐纳古今的恢宏，剪裁春秋的博大，抽黄谢绿的顽强，都使我感到自己的渺小和卑微。"李存葆在古银杏树面前感到被生命光波震慑、征服、溶解，自然生命毫无疑问地恢复了主体地位，人在强大的自然生命面前不由自主地感到自身的渺小和卑微，但恰恰是这种感觉恢复了人在大自然面前恰当的位置，表明人具有了生态智慧。

李存葆的《绿色天书》对热带雨林中绞杀树的描绘更是惊心动魄，在以往的中国文学中，就笔者的浅闻漏见，似乎没有哪位作家能把大自然这种生命奇观以如此酣畅的笔墨描绘出来。这种描绘不但要具有准确的生物学知识，更要完全颠覆人类中心主义的立场，从大自然的角度来打量大自然，从生态学角度来把握自然生命的生与死、活力与残酷。李存葆笔下热带雨林里的绞杀树的美是宇宙大生命孕育出来的生态之美；在这种自然生命面前，人很难说什么爱还是恨、喜欢还是害怕，恐怕只能惊叹，只能为大自然的神秘和威严而深感敬畏。

应该说，当生态作家以诗意的笔触呈现出自然生命的壮美时，他们就有意地颠覆了人类中心主义的价值立场，承认了其他自然生命的主体性和内在价值。

姜戎的长篇小说《狼图腾》也是充分承认自然生命的主体性和内在价值的。在他的笔下，额仑草原上的狼野性勃勃，血性激烈，有勇有谋，敢作敢为，为宁静的草原带来无处不在的杀机，也催生出草原压抑不住的盎然生机。美国神学家尼布尔曾说："在动物生命中，真正独特的是物种而不是个体。特定的动物只是通过物质之特殊生命策略的无穷重复来表现自己的。"这也许对于陋于观察、有人类中心主义倾向的人来说，的确是如此；但是对于具有生态视野的作家而言，他们却能发现那些动物中同样具有独特性的个体。《狼图腾》中，刚到新草场时，包顺贵、巴图和杨克去猎狼，他们追捕的那两只狼宁肯自杀埋入乱石中也不愿意被捕，这种宁死不屈的行为充分展示了个体生命的独特性。而被包顺贵、徐参谋等人的吉普车追得气力衰竭、倒地而死的巨狼，也有西楚霸王自刎式的悲壮和无奈。小狼形象也是《狼图腾》的一大亮点。作者能够摆脱人类中心主义立场，充分地展示小狼这个野性生命的真实性格和悲惨一生。小狼在吃食时拒绝任何人和动物的靠近，这似乎是狼性贪婪的表现，但知情者陈阵却看出，"小狼在以死拼食的性格中，似乎有一种更为特立独行、桀骜不驯的精神在支撑着它"。小狼对自由的追求也很感人，为争得牵系它的铁链长出一尺，它也会喜不自胜；宁可被勒死，它也不愿被系在牛车后牵上路。陈阵认识到："草原狼无论食与杀，都不是目的，而是为了自己神圣不可侵犯的自由、独立和尊严。神圣得使一切真正崇拜它的牧人，都心甘情愿地被送入神秘的天葬场，期盼自己的灵魂也能像草原狼的灵魂那样自由飞翔……"而小狼的一生也就是尽力追求自由的一生，这充分展现了一个野性生命的高贵与庄严。在这样的自然生命面前，我们人还能有高高在上的自豪感吗？我们还不能领悟到生命之间的平等与友情的必要吗？

现代文明的主要趋势之一就是对大自然的祛魅，剥夺大自然的主体性和内在价值，把自然生命还原为机械式的存在，从而导致大自然的魅力顿失。不过，针对这种趋向，当代中国生态作家反其道而行之，通过充分呈现大自然之美，展示其不可剥夺的主体性和内在价值，展示其自然生命的高贵和尊严，从而再次为大自然复魅。

三

当代中国生态文学的第三重价值诉求，是重建生态整体观，重建人与自然的和谐相处之道，为现代文明的生态转型鸣锣开道。从生态危机审视现代文明，现代文明最致命的欠缺就在于对大自然的有机整体性以及人之生命的有机整体性的忽视。生态主义理论家斯普瑞特奈克曾说："现代世界观强行造成了人与周围自然界、自我与他人、心灵与身体之间的破坏性断裂。"当现代文明牺牲了这种有机整体性，从长远来看，最追求效率的现代文明也许会成为最没有效率的文明；最追求理性的现代文明也许会成为最非理性的文明。

因此，确立生态意识，核心要义就是重建生态整体观。所谓生态整体观，就是要认识到自然界万事万物（人也是自然中的一员）构成有机联系的整体，每一事物都占有一定的地位，相互联系，相互依存，不存在主次等级之分，共同维护地球生态系统，一方的败坏很可能导致整体的败坏，而生态系统的兴盛必然要求所有部分的兴盛。美国生态思想者麦茜特曾说："生态学的前提是自然界所有东西都是和其他东西联系在一起的……作为一种自然哲学，生态学扎根于有机论——认为宇宙是有机的整体，它的生长发展在于其内部的力量，它是结构和功能的统一整体。"生态学对大自然的有机整体性的发现，启示了思想家对主客两分的现代性思维的批判，也发现了人类和非人类世界的有机整体性。

许多中国当代作家都已经重建了生态整体观。徐刚几十年来始终关注生态问题，他的《伐木者，醒来》《长江传》《地球传》《大森林》等生态报告文学声誉卓著，影响深远。他在生态散文中曾多次提到德国科学家乌·希普克把蔚蓝地球比作宇宙飞船，在茫茫宇宙中多么孤寂而脆弱。对于这艘"地球号"宇宙飞船而言，所有生命构成一个整体，不能轻易地为了人类利益而损害整体的利益。他说："地球生态环境的演变与恶化，从来都是牵一发而动全身的，它细密地互相关联着，似一张网，像一根链，环环相接，既微妙又真实。'蝴蝶效应'说的就是这个道理。"自然生命的整体性要求我们不能仅囿于人类的眼前私利而不顾自然生命的整体利益，没有了自然生命的整体利益，人类的眼前私利最终也无法保存。

曾到陕西秦岭深入生活、特别关注野生动物保护的女作家叶广芩也说："大自然实在是个很奇妙的东西，大如风云雷电、山川河流，小至岩鼠、山猫、虮蜉、蝼蚁，一切分裂与分解，一切繁殖与死亡，一切活动与停滞，一切进化与衰退，俨然各有秩序，人类不要从中裹乱，否则会搬起石头砸自己的脚。"她领悟到了大自然是个俨然有序、普遍联系的有机体，这的确是生态意识的首要法则。

生态整体观在《狼图腾》中同样得到充分的体现。如果说额仑草原的白狼王是维护草原繁荣的野性力量，那么毕利格老人就是维护草原繁荣的人性力量，是蒙古人中的白狼王。他的生态智慧最根本地体现在关于草原上"大命"和"小命"的说法中。知青陈阵看到黄羊的美丽时就觉得黄羊可怜，狼可恶，因为狼滥杀无辜，而毕利格老人却说："难道草不是命？草原不是命？在蒙古草原，草和草原是大命，剩下的都是小命，小命要靠大命才能活命，连狼和人都是小命……蒙古人最可怜最心疼的就是草和草原。"如果说美国生态思想家利奥波德倡导人要像大山一样思考，那么毕利格老人就是像草原一样思考，这是真正的生态整体主义者，他的确看重个体生命，但更看重生态系统的和谐与健康。

当然，许多作家在人与大自然的正向关联中感悟着生态整体观。李存葆在《鲸殇》中写："山山林林的鹿鸣狼嗥虎啸猿啼，岩岩石石的蜥行虫跳蝎藏蛇匿，江江海海的鱼腾虾跃鲸驰鲨奔，土土缝缝的菇伞霉茸蚓动蚁爬，坡坡岭岭的蔬绿稻黄果香瓜甜，花花树树的蜂飞蝶舞鸟啾禽嘲……生命无所不在，扑朔迷离的大自然，以其斑驳的万物、摇曳的万有，构成了神奇的无限。冥冥中，天人合一，物我难分，无限神奇里也包容着人类自己。"天人合一、物我难分的前提就是所有生命的彼此关联，不但万有生命中包含着人，万有生命也互相包含，而人仅是万有生命中的一种，不可能永远凌驾于万有生命之上。李存葆还大声呼吁人类的群体意识："环保意识、生存环境、生态平衡，这些随着现代工业文明所出现的词汇，已如晨钟暮鼓在人类良知的回音壁上鸣响。人类面临的共同困惑在强烈地呼唤群体意识。"这种群体意识不但超出部落、民族、国家，而且是超出人类中心主义的群体意识，它要求人以平等态度对待一切。人类必须把自身重新放回到大自然中去，不是根据与大自然的对立程度而是根据与大自然的和解程度来衡量人类文明的程度，人必须认识到，"一种生命的单方面扩张，不仅会使其他的生命受阻，同时也会祸及单方面扩张者自身"。这也就是说，人类必须把自己重新纳回到大自然的生态平衡中，不能单方面地凌驾于生态系统之上，无限制地破坏生态平衡。李存葆曾语重心长地说："人类真正的不幸，在于不懂得在珍惜自身的同时，也应珍惜身外的一切生灵；不懂得自身生命的彩练原本与身外生命的虹霓连成一片。人之外的任何生命的毁灭，不仅是兽的悲哀，更是人的悲剧。"人的生命的繁盛和丰富必然要求着自然生命的繁盛和丰富，当自然生命不可避免地凋零殆尽时，人性也将日趋单薄，人心也将在茕茕孑立形影相吊中渐渐枯竭。

正因存在着生命间无所不在的生态关联，当此种生命受到伤害，彼种生命也难逃厄运。德国神学家莫尔特曼曾精辟地指出："生命体系联系人类社会及其周遭的自然，如果生命体系中产生了自然体系死亡的危机，那么必然产生整个体系的危机、生命看法的危机、生命行为的危机以及基本价值和信念的危机。和（外在）森林的死亡相对应的是（内在）精神疾病的散播。和水污染相对应的是许多大都会居民的生命虚无感。"无独有偶，张炜在生态小说《三想》中也写道："事实上，哪里林木葱茏，哪里的人类就和蔼可亲、发育正常。绿树抚慰下的人更容易和平度日，享受天年。土地的荒芜总是伴随着人类心灵上的荒芜，土地的苍白同时也显示了人类头脑的苍白。这之间的关系没人注意，却是铁一般坚硬的事实。"现代文明处境中，人的内在精神危机与自然的外在生态危机互为表里，唇亡齿寒。

现代人常常囿于一己私利，肆无忌惮地破坏大自然，原本以为对人没有什么害处，但是自然界的整体联系会把恶果一一扩散，就像石落水塘，击起万般涟漪，最后把恶果反馈到人自身。阿城的小说《树王》写到20世纪60年代云南知青破坏原始森林的狂热，奇特的是，当树王被伐，森林遭毁，大自然生灵涂炭时，与大自然有着隐秘联系的肖疙瘩也郁郁而终。这无疑暗示着人与大自然的生死与共。张抗抗的中篇小说《沙暴》叙述了知青到内蒙古草原插队时大肆捕猎草原鹰，结果导致老鼠猖獗成灾，毁了片片草原，最终导致北京笼罩在沙尘暴的威胁下。在贾平凹的生态小说《怀念狼》中，当秦岭地区无狼可猎时，那些捕狼队的猎人也奇特地相继患上各种疾病，有人得了软骨病，有人得了头痛症。

在《青海湖诗歌宣言》中，作家吉狄马加说："在当今全球语境下，我们将致力于恢复自然伦理的完整性，我们将致力于达成文化的沟通和理解，我们将致力于维护对生活的希望和信念，我们将致力于推荐人类之间的关爱和尊重，我们将致力于创建语言的纯洁和崇高。我们将以诗的名义反对暴力和战争，遏制灾难和死亡，缔造人类多样化的和谐共存，从而维护人的尊严。我们将致力于构建人与自然、人与社会、人与文化、人与人之间的诗意和谐。这无疑是诗的责任，同样也是诗的使命。我们永远也不会停止对诗歌女神的呼喊。我们在这里，面对圣洁的青海湖承诺：我们将以诗的名义，把敬畏还给自然，把自由还给生命，把尊严还给文明，让诗歌重返人类生活。"吉狄马加居于高位，高瞻远瞩，把敬畏自然的生态意识揭示于世人面前，意义重大。这也是未来生态文明的核心理念！

最后，让我们来看看吉狄马加的诗歌《有人问……》：

> 有人问在非洲的原野上
> 是谁在控制羚羊的数量
> 同样他们也问
> 斑马和野牛虽然繁殖太快
> 为什么没有成为另一种灾难
> 据说这是狮子和食肉动物们的捕杀
> 它们维系了这个王国的平衡
> 难怪有诗人问这个世界将被谁毁灭
> 是水的可能性更大？还是因为火？
> 罗伯特·弗罗斯特曾已变得很清楚
> 毁灭这个世界的既不可能是水，也不可能是火
> 因为人已经成为一切罪恶的来源！

这就是我们谈论文学与自然、谈论生态文学的意义所在。

汪树东　1974年生，江西上饶人。现为武汉大学文学院教授、博士生导师，主要从事中外文学、生态文学研究。已出版学术专著《生态意识与中国当代文学》《超越的追寻：中国现代文学的价值分析》《中国现代文学中的自然精神研究》《黑土文学的人性风姿》《中国现代文学中的反现代性研究》《天人合一与当代生态文学》和《黑土文学的诗意还乡》。

光 明

脑电波（小说）

◎刘　罡

　　夏客没有朋友。唯一关心他的，是他的房东方雪。或者说，是怜悯，自然还有好奇。对于一个租住在高档公寓，却整箱网购方便面的男人产生好奇心，不奇怪。

　　方雪很年轻，并不是个传统的人，可她收房租却不接受转账，租期到了就上门收现金。她用工作五年攒下来的钱，加上从父母那预支的嫁妆钱，按揭买了一套五十平方米的高档公寓。自己住在公司宿舍，把新买的公寓租出去，用租金还房贷，所以她很介意租客的生活状态。

　　夏客租房时，穿着一套黑色西服，提着一台笔记本，沉默寡言，怎么看也不像是坏人。而且夏客是单身，方小姐不想把房子租给情侣，容易闹出事端。最主要的是方小姐想，如果将来嫁了个穷小子，就把它当成婚房。所以不愿意有情侣在她的婚房里恩爱。

　　很快，方小姐就发现，夏客很神秘。他没有工作，很少出门，家里也没来过客人，整天吃方便面，却从不拖欠房租。方小姐猜想，夏客要么是个富二代，要么是玩金融的。这两种人，无论哪种方小姐都愿意去交往。

　　后来，方小姐每次去收房租的时候都会给夏客煮一顿饭。夏客也会和方小姐聊上两句，聊得都不深。以至于两年后的今天，方小姐依然对夏客充满了好奇。不过对他的怜悯心没了，倒也不能说没了，也许它变成了心疼？

方小姐优雅地将滚烫的番茄排骨汤端上了桌，然后立刻转身，用烫红的双手捏着自己的耳朵，对着空气吹了几口气。

"这样就不疼了吗？"夏客微笑着说。

方小姐脸一下子就红了，比烫红的手还要红。夏客第一次对她笑，却是因为她做了蠢事。对着空气吹能止疼才见鬼呢。

"上次就告诉你了，先喝汤再吃饭，吃完饭再喝汤对胃不好。怎么老是不听呢？"方小姐本来想缓解尴尬，却越说越尴尬。

怎么能用这种口气，跟一个租客说这样的话呢？太丢人了！方小姐快要被自己蠢哭了。

"我不喜欢烫的东西，如果必须要先喝汤，那你为什么不先煲汤，再烧菜呢？这样菜上桌，汤也可以喝了。"

夏客居然对方小姐提意见了，白吃白喝居然还提意见。渣男啊！"渣男"两个字在方小姐的脑子里一闪而过。"渣男"两个字与夏客英俊的脸庞不配，再说，他说得也没错，那么下次先煲汤好了。

夏客打开冰箱拿出几罐啤酒，问方小姐要不要喝。夏客的冰箱塞得满满当当，除了啤酒和矿泉水，没有别的。

本来，方小姐是该拒绝的，即便对夏客有些好感，但淑女的矜持还是得有的。可方小姐很爽快地答应了。

"干喝啊？来点彩头吧。真心话大冒险怎么样？"方小姐声音娇柔，面色潮红，像已经喝醉了似的。

"幼稚！"夏客微微一笑，接着开口，问方小姐，"你是不是有什么话想要问我？真心话大冒险没用的，小孩子玩的。有什么想问的，你就问吧，如果我愿意回答，不用真心话大冒险，我也会回答你的。如果你问到我不愿意回答的，就算玩真心话大冒险，我也不会说真话。"

"你在说绕口令吗？"

天哪，怎么会有这样的钢铁直男。一般来说钢铁直男是不受女孩欢迎的，甚至要孤独终老的。偏偏方小姐心跳加速，花痴似的偷偷看了夏客一眼，刚好夏客正盯着她等待她的提问。方小姐秒怂，低下头猛喝了一口酒。

"你——"

"提一个问题喝一杯酒。"方小姐刚开口，就被夏客打断了。

对不起，之前误会你了，你不是钢铁直男，你是个渣男。方小姐几乎要脱口而出，却忍住没说。

"那不行，你回答一个问题，我喝一杯。如果我问的问题你不想回答，你喝三杯。"

"好。"

方小姐盘算了一下，觉得不对劲，如果他每个问题都回答，怎么办？要是他撒谎怎么办，那我不是被套路了？

"你为什么天天在家，不出去工作？"

"不想工作。"

方小姐很爽快地喝下一杯。

"你是富二代？不工作也能在深圳生活？"

"不是富二代。有点存款，大概够在这里活上个几年。这是两个问题。"

"那两三年以后呢？"

"想办法，继续活着。"

方小姐皱眉，连续喝下三杯。她对夏客的幻想破灭了。既不是富二代，也不从事金融或是IT。但这都不重要，重要的是他似乎不太快乐，有点丧。

"你没有朋友吗，你家人呢？"

"没有朋友，也不需要朋友。"

夏客端起酒杯，与方小姐碰杯："干杯。"

方小姐起初有点蒙，后来夏客又喝了两杯，她才明白。这次她又问了两个问题，而夏客只想回答一个问题。

"你结婚了吗？"

"没有。"

问出这个愚蠢的问题，方小姐就后悔了。这不是找酒喝吗？夏客如果结婚了，能在她这一住就是两年？

可能是因为尴尬，方小姐没有再提问，虽然她有一肚子问题想问。吃完饭，夏客洗碗，虽然手法不太熟练，动作略显笨拙，但洗洁精用得多，还是能把碗碟洗干净的。

方小姐看到夏客洗碗时笨拙的样子，会心一笑，幸福油然而生。如果他爱我，养他一辈子也行。只不过，他大概不会喜欢各方面都普普通通的女孩。

洗完碗，夏客又去冰箱拿了两罐啤酒。站到阳台，眺望远方。

"你恐高吗？"方小姐发现夏客身体有些颤抖，忍不住问他。

"嗯，很严重。这个算是问题吗？"

方小姐自觉地从夏客手中拿来一罐啤酒，喝了一大口。

"既然恐高，干吗还要往下看？"

"用恐惧抵抗孤独。"

方小姐心颤了一下，有故事的男人最有魅力了。尽管她知道夏客有可能是故弄玄虚，一切都可能只是男人想睡女人的套路。但她似乎抵抗不住。再说，夏客也不像是那么肤浅的男人。

"方雪，你是不是喜欢我？"夏客转身，与方小姐对视。

方小姐猝不及防，太犀利了。果然是钢铁直男，不，钛合金直男。都不带转弯的。

方小姐低下头，不承认，也不否认。

"如果你说喜欢我，我不会拒绝。但喜欢我是没有结果的。我不是一个好男人，给不了你什么。"

渣男啊！渣男语录，今晚你已经说了多少了。但，这一般都是得手以后说的话呀。你到底是个什么样的男人！

方雪呼吸急促，她知道一旦开始对一个男人产生好奇，就会慢慢沦陷，但她愿意，她还年轻，她愿意赌一次，就算被骗了，也没什么，以后就不会被骗了。

方雪深吸了一口气，抬头与夏客对视。

"我喜欢你！"

不需要多说，夏客就懂了。虽然每个月只见一次，但他明白方雪不是一个随便的女孩。犹豫了一会儿，夏客搂着方雪的腰，吻了下去。方雪有些害怕，抿嘴稍微抵抗了一小下后，就再也没有抵抗了。

晚上方雪没有再问夏客问题，尽量表现得像一个成熟的女人一样，享受春宵。尽管她有很多疑问，但已经做出了决定，再问也没有什么意义了。

后半夜，方雪和夏客很默契地假装睡着。

清晨，方雪起床叫了外卖。一百块钱的早餐，方雪还是有些心疼的，公司食堂的早餐才十块钱。原本想给夏客做个爱心早餐，奈何夏客的冰箱里只有啤酒，早餐总不能泡面配啤酒吧。

外卖小哥到了，夏客就自己起床了，没有等方雪叫她，也没有对满桌子的早餐感到惊讶。

两人默默地吃着早餐，谁也没有对谁说话。

"我送你上班。"吃完早餐，夏客打破了沉默。

"不用，我坐地铁就好。"

"我送你！"

夏客虽然强势，但方雪挺感动。毕竟，从来都没有人送过她上班。离方雪的公司还有几百米的时候，夏客停车了。

方雪有些失望，还差那么几百米，你就不能送到公司楼下？

"你几点下班，下班我来接你。"

"五点半下班，但你不用来接我，我今天要回宿舍。"

"哦。"

"很多东西没拿的。衣服都没换，今天同事问都不知道怎么解释。"方雪怕夏客误会，连忙解释。

"需要解释吗？"

"哎呀，你快回去吧。我得走了，快迟到了。"

看着方雪离开后，夏客摸了摸他那手动挡的二手大众车的方向盘，长叹了一口气。回到公寓车库，夏客拍了几张照片，把车以很低的价格挂在二手车电商平台售卖。接着，又选了一辆看起来很新的二手宝马，中午就去验车。车况还不错，于是下午就完成了过户，办理了临时车牌。

"方雪，我在楼下停车场等你。"

五点半时，夏客给方雪发了条语音微信。方雪忘了贴耳听，那条语音是扬声器播放的。刚好是下班时间，许多同事聚在一起，方雪的闺蜜杨晴反应最强烈，一个劲地问东问西，作为最好的闺蜜，之前也没听说她有男朋友啊。

杨晴非要跟着方雪到停车场。方雪一眼看去，没发现夏客的车。夏客摇开车窗，喊了方雪一声。

宝马？早上的大众呢？她似乎明白了，早上夏客为什么不送她到楼下了。可是，为什么不早上就用宝马送她上班呢？

"这么帅？什么时候认识的。你要小心。帅哥，心眼不好。"

方雪开心地笑了，夏客完全满足了她的虚荣心，不仅长得比杨晴老公帅，开的车也比她老公的好。以前，杨晴总是在方雪面前炫耀她老公，欺负她单身。

"不是说让你不要来接我了吗？"

"你不是要回宿舍搬东西吗？我去帮你搬。"

"不是啊，我只是回去拿点东西，没说要搬。"

"搬吧。"

方雪被夏客吓到了，你也太直接了吧，睡了一晚，就同居了？杨晴还在呢，要不要这样。

杨晴用审视的目光盯着夏客，内心却极不平静，酸涩得很。方雪不了解夏客，但很了解她的闺蜜杨晴，那明明就是嫉妒的表情。

"这是我闺蜜杨晴。这是……"

"你好！我是方雪男朋友。"没等方雪介绍，夏客就主动与杨晴握手。

"你好。"

方雪很诧异，你夏客不是很冷漠吗？怎么对杨晴表现得这么热情。你不是说好，我们不会有结果，干吗承认是我男朋友？

方雪故作镇定地坐上副驾驶，内心波涛汹涌。

方雪住的宿舍在关外，离公司半个小时车程。环境挺不错的，三室一厅，三个人住。方雪住在最小的房间。她要还房贷，不舍得乱买东西，所以要搬的东西也不多。一个小时，就全部搬完了。

搬走了，宿舍就要让给别人了。方雪尽量在夏客面前不表现出不舍的情绪。毕竟她已经下注了，必须要赌完这局。

"现在投降，只输一半。"

"你给我投降的机会了吗？一顿操作猛如虎，你就是个吸血的庄家。"

对此，方雪已经不那么惊讶了，她在夏客面前，似乎是裸体的，任何情绪都能被他察觉。

回到家后，夏客上网查了一家民营企业的信息。然后泡了杯茶，就一个人摊在床上看电视了，好像方雪不存在似的。

后几天，夏客没有那么冷漠了。

以前夏客吃完饭，只是洗一下碗。现在会帮忙择菜了，尽管手法粗劣，一棵菜能被他浪费一小半。

夏客洗完澡，会替方雪挤好牙膏，拖干地上的水，把烧热的热水器关掉，然后再喊方雪洗澡。

对此，方雪很感动。但最让她意外的是，夏客竟然送给她一支她一直舍不得买的名牌口红。而且，色号也正合适她。

夏客不会说肉麻的情话，但他真的很懂女人心。方雪不止一次怀疑，夏客是不是结过婚，或者说他根本就没离婚，只是各过各的，在大城市，这样的情况也不是没有。

方雪没有问夏客，她怕自己的猜想是真的。

方雪在一家科技公司上班，深圳很多科技公司，所以竞争很大。方雪所在的公司中规中矩，不算好，也不差，跟她一样。方雪这几天有些心不在焉，总是慢一拍，被经理训了几次。上一次被骂，是因为她老是打电话，问快递员她网上买的手机怎么还没送到。

五点半，夏客准时在公司楼下等方雪。原本方雪拖拖拉拉要接近六点才到楼下，现在五点四十左右就到停车场了。杨晴总是怪腔怪调地笑话她，却也羡慕，她老公一个月顶多接她下班一两回，而且还是她强烈要求，才来接的。

杨晴看着方雪幸福的背影，暗叹：就算被这样的人骗了，也不丢人。我也想被一个这样的人骗一下子，最好能骗一辈子！

……

"把你的老人机给我。"

"你给我买手机了？"

"你就不能给个受宠若惊的表情吗？我都没开口，你就知道我干吗了。真没意思！"

"其实，我不想要智能手机。我又不聊微信，又不玩游戏，浪费这钱干吗？"

"给你买了，你就拿着。真是的，都什么年代了，还用2G手机。"

夏客也不多推辞，拒绝的话方雪该不高兴了。

回到家，夏客从口袋里掏出一个信封，递给方雪。

"你什么意思？把我当成什么人，陪你睡觉的房东？"这是方雪第一次对夏客发脾气，虽然声音不大，但真的很生气。

"不是房租，是房贷。"夏客笑了笑，平静地说。

"你是不是傻。谁要你还房贷，你又没收入。"方雪傻笑着说。

"我有存款。"夏客一向沉稳，喜怒不显。但方雪说她没有收入，他似乎有些不开心。

方雪帮夏客注册了微信，下载了她爱玩的手游和云音乐。然后，贼头贼脑地共享了手机的位置。

夏客玩了一会儿方雪帮他下载的小游戏，觉得没意思，就打开云音乐听歌，方雪用她的账号登录，所以夏客听的都是她爱听的歌。

"明年春天，带你去内蒙。"

"你怎么知道我想去内蒙？"

夏客指着播放列表里一连串关于草原的歌说："你听的歌，可够老的。有些歌比你年纪还大呢。"

"哪有，里面有很多新歌的。"方雪急忙解释，生怕夏客笑话她土。

"老歌好，不浮躁。"夏客笑着说。

方雪认同地点了点头，近些年的确没有多少能让她加入"我的最爱"列表里的歌了。

"我今天发工资，晚上请你吃海底捞。"

"好。"

一个上午，方雪都很忙，中午才闲下来。伸了个懒腰，优哉地走到窗口，然后眺望远方。

方雪打开手机，她习惯用午饭时间玩玩小游戏、看看小说什么的。但今天，她第一件事，就是打开定位，看看夏客在干什么。

很奇怪，定位上的小点点一直在移动。

方雪都没心思工作了，整个下午就坐那儿盯着手机里移动的小点点。

福田到罗湖，罗湖到南山，南山转了一大圈，又去了龙华……

方雪心很乱，他不是个死宅吗？今天是怎么了。

方雪不是没有谈过恋爱，上大学的时候谈过两个，两个都很平淡，平淡地开始，平淡地结束。开始的时候说不上多开心，结束了也没有多难受。方雪以为自己是个理性的女人，认识夏客以后，她才明白不爱才能做到理性。

五点半，夏客准时在楼下等方雪下班。

方雪不像夏客，她不会掩藏情绪。所以，夏客一眼就能看出她不开心。

"有心事？跟同事闹矛盾了？"

"没有。"

"哦，那走吧。我已经订好位置了。"

夏客不说，方雪都忘了说要请他吃海底捞的。

海底捞员工很热情，一直在旁边给他们服务，可以说是无微不至，但方雪很不习惯。倒是夏客，表现得很自然。

这是方雪第一次吃海底捞，之前一直想吃来着，就是有点小贵，也没人陪。现在终于有机会来吃，却吃得并不开心。

"不是很好吃嘛。"

口味不错，但也说不上很好吃。卖的就是服务，方雪也知道。但她还是想发泄一下，这一顿对她来说并不便宜。

"我觉得挺好吃的。"

"哦。那你多吃点。"

一顿饭下来，方雪和夏客拢共就说了三句话。

回到家，方雪什么也没问，但从此以后，她多了一项工作，研究夏客的移动轨迹。大概持续了一个月，她终于忍不住出手了，网购了两个很贵的微型探头，一个装在书房，正对着夏客的电脑，一个装在客厅的吊灯上，正对着沙发。

一周下来，啥也没拍到。方雪工作的时候，夏客都在外面，方雪下班，几乎都和夏客在一起，能拍到什么呢？方雪很不甘心，就算当了小三也得告诉一声不是。

杨晴蹑手蹑脚地走到方雪身后，猛地拍了下她的肩膀，方雪一紧张，手机差点脱手。

"你神经病啊！"

"你怎么了，这几天心不在焉的。例假，日子也不对啊。"

"你管那么多，我看你更年期提前了吧。"

"我看看。"

说着，杨晴一把抢过方雪的手机。然后，就懂了。作为方雪最好的闺蜜，方雪幸福的时候，她会嫉妒，但方雪不开心的时候，她也会替她着急。

方雪也瞒不住杨晴，把所有事都告诉了她。杨晴给她出了好几个主意，都行不通，夏客太聪明了，一下子就能识破。

"要不然，找我表哥吧。"

"神经病，找你表哥干吗？"

"他是私家侦探，很厉害的。大不了，让他少收你点钱呗。"

"我看你是真有病。不说了，我做事。"

半个小时后，方雪发了个微信给杨晴，约她到阳台接头。

"不会被发现吗？被发现的话……"

"不会的，我表哥很专业的。"

"可是，他很聪明。"

"放心吧，别那么胆小。"

"那能不能免费啊。我们都这么多年的闺蜜了，谈钱多伤感情啊。"

"想都别想，我找他办事，都得给钱。"

"那，行吧！"

方雪给夏客发了个微信，说是晚上同事聚会，让他不要来接她了。下班，杨晴带着方雪去了她表哥的侦探社。侦探社在一栋老小区里，没有电梯，客厅里满满当当贴的都是明星和商业大佬的照片。两个房间，一个住人，一个存放杂物。也就是说，整个侦探社就杨晴表哥一个人。

杨晴的表哥叫鲁岩，胡子拉碴，背心拖鞋，哪里像个侦探。

杨晴说他是个厉害的侦探，实际上就是个小狗仔。不过，他倒是有一颗做私家侦探的心，否则也不会对方雪的事情那么上心。

只是没有渠道，很难接到活。为了维持生计，只能主动出击，拍些名人的私密照片啥的，去换钱。

鲁岩拿出一支烟，叼在嘴里，点燃，不停地嘬。他也不用手去夹着烟，就让烟粘在嘴唇上，竟也掉不下来。

"坐。"

"坐哪里？"

"随便坐。"

"我站着吧。"

"你的事，杨晴跟我说了个大概。你给我具体讲讲吧。"

"哦。"

方雪犹豫了一下后，把她和夏客的事情告诉了鲁岩。鲁岩摇了摇头，说："你是杨晴的闺蜜，所以我实话实说。像这种情况，查到最后，一般都是你不愿意承受的结果。你还要查吗？"

"查。"

"行，付钱吧。我就不按规矩收钱了，你按天付吧，一天八百，我每天都会把他的动向告诉你。至于他的资料，就不收你钱了，免费帮你查。"

八百一天，真的是良心价了，而且按天算随时都可以停止调查。如果请个正儿八经的私家侦探，动则上万。但八百一天，对方雪来说还是有很大的负担。

第二天傍晚，方雪果然收到了鲁岩发来的照片。

从夏客送方雪上班的照片开始，到夏客接方雪下班的照片结束，鲁岩把夏客接触过的每一个人，做过的每一件事，都记录了下来。

方雪看到照片后，很诧异。借口上厕所，给鲁岩打了一个电话。

"误会解除了，开心吧？如果他的档案没有问题，那调查应该很快就结束了。"

"可是，为什么？"

"再耐心等两天吧，很快就知道结果了。"

夏客没有背着她拈花惹草，方雪很高兴，却也很内疚。

像夏客那种钢铁直男，肯定是因为不想吃软饭，才出去工作的。可是就算要工作，也没必要去开网约车呀。夏客那么优秀，什么都懂，什么都会，完全可以找一份体面的工作，至少不用那么辛苦吧？

方雪用毛巾捂住脸，哭得稀里哗啦。明明是自己要赌的，为什么要出老千，偷看夏客的底牌？

"你没事吧？"夏客敲门问。

"我，没事。"方雪抽搐着说。

"哦。"

方雪第一时间停止了调查，原本说好一天八百，却付给鲁岩一千六。鲁岩觉得有些失望，一天的调查，完全满足不了他的侦探心。他总觉得夏客没那么简单，似乎有不少秘密。

过了几天，方雪收到一封名为"X档案"的电子邮件。X等于夏？一定是鲁岩，他说过会免费帮她查夏客的档案的。方雪心跳加速，不安又兴奋，他终于能够了解到夏客的过去了。

姓名：夏客

性别：男

年龄：32

民族：汉

……

第一页都是官方档案，大部分都是方雪已知的。后面的内容，即使方雪有心理准备，依然被吓到了。

中国科技大学毕业。

奇客科技有限公司，联合创始人，科学家。

奇客科技有限公司，第一任CEO，思维超前、新奇，将只有五人的小工作室运营成为上千员工的实力科技公司。

2011年，奇客科技被行业龙头打压，公司内部发生分歧，就被收购或是硬刚到底，争论不休。

同年，夏客因挪用公款，被判刑入狱。

为减轻刑期，夏客将公司股份转让给合伙人王奇，在法庭辩论结束前偿还了"公款"。夏客被判七年。而奇客公司在同年被收购。

夏客的母亲在他服刑期间去世，夏客没能见上最后一面。因此，夏客的父亲与他脱离了父子关系。

夏客狱中表现良好，提前半年出狱，不知所踪。

夏客的档案，像电视剧一样跌宕起伏，方雪不禁落泪。难怪他老是关注那家公司，原来曾经是他自己的公司。可是，那个王奇也忒不是个东西了，好歹曾经是合伙人。

方雪翻开下一页，没有官方档案，而是鲁岩这几天调查的结果。

鲁岩说，夏客当初很可能是被陷害的，夏客的合伙人王奇，就是主张被吞并套现的领头人。

夏客入狱两年后，他的未婚妻就嫁给了王奇。

她的未婚妻曾是奇客科技的财务总监，所以，如果夏客是被陷害的，也许她就是其中的关键。

可是，入狱后夏客并没有提起上诉，似乎默认了罪行。

"肯定是被威胁了。"看到这儿，方雪愤愤不平。

方雪只能心里替夏客鸣不平，她没有翻案的实力，再说夏客已经坐了七年牢，失去人生中最重要的七年，现在翻案又有多大意义呢？现在最重要的是要把他从黑暗中叫醒，让他重新振作起来。

方雪决定梭哈。

方雪把房子抵押给银行，又跟父母和亲戚朋友借了一大笔钱，注册了一家名为"黑洞"的科技公司。本想起名叫"下雪"，却怕夏客不愿接受。起名为"黑洞"，也是希望能穿梭平行世界，阻止不好的事情发生，黑洞也寓意着未来……

做完所有的准备后，方雪约夏客喝咖啡，那种无限循环萨克斯音乐的咖啡厅，很有情调，适合情侣约会。

"夏客，求你个事呗。"

"你说。"

"我亲戚用我的名字开了家公司，说如果赚钱会给我分红。但我不会管理，你可以帮我吗？"

"我不行。"

"为什么？"

"我，坐过牢。"

"那又怎么样？什么年代了？改革开放都四十多年了，特区成立也快四十年了，谁还在乎那些！只要你有本事，不问出身。"

"你知道我坐过牢？"

"我领导说以前在报纸上见过你。"

"哦。什么公司，要我做什么。"

"科技公司，你做CEO。"

"好吧。"

公司成立，办公地点在关外一栋自带仓库的写字楼，仓库专门给夏客做科研。起初公司五个人，与以前创业时一个模式，不绕弯路。

公司发展没有想象中顺利，毕竟时代在进步，曾经所谓的科技产品如今已经成了日常生活用品。所以，黑洞科技面临着很大的困境，要么模仿成熟的科技，做营销，但竞争力太大，成功的可能性较小。要么研发新的科技，但研发需要成本，意味着公司将有很长一段时间都将处于亏损状态，而且研发也未必就有结果。所以，方雪的投入很可能血本无归。但那又怎么样呢？愿赌服输。

夏客并没有一股脑儿地投入研发，而是找到一些生产科技产品的厂家，与他们谈合作，将厂家生产的商品贴上自己的品牌标签，在电商平台上销售。夏客原本就是搞科研的，所以对于科技类的产品，他眼光独到，被他选中并贴牌销售的商品，很快就在电商平台上有了反响，产生了不少的销量，足够维持公司的正常运营。

公司稳定后，夏客才开始研发自己的产品。然而，他并没有一味地去研发只属于黑洞的产品。

第一步，夏客将市场上已有的热销科技产品进行改良、创新，然后申请专利，接着在大型商场开设体验店。

方雪不能理解，体验店不但挣不到钱，反而一直是亏损状态，夏客为什么还要一家接着一家开？但她没有问，此时她对夏客有种莫名的信任，她相信夏客一定会成功。

后来，黑洞科技的知名度越来越高，受到的争议也越来越多，总被贴上山寨的标签，但也有众多铁粉支持，毕竟价格亲民。

无论是争议还是支持，总之这些声音令黑洞科技蹿红了。许多原本不知道黑洞科技的人，也愿意到体验店里体验一番。

随着知名度的提高，越来越多的投资者都想要掺一脚，A轮、B轮、C轮、D轮、E轮投资很快就占据了黑洞科技的一小半股份，黑洞科技也因为有了足够多的资金迅速崛起。

一个新企业崛起，免不了被巨头打压，要么被收购，要么就准备长期作战。然而，与巨头开战，就是九死一生，所以一般来说小企业都愿意被巨头收购。

黑洞科技内部争论不休，被收购还是死磕到底？

一切仿佛重演了。

庆幸的是，虽然接受了数轮的投资，但方雪依然拥有百分之三十四的股份，有绝对否决权。

"如果我的研究能在公司被打垮之前成功，就能逆袭。但如果没有成功，就会彻底死掉，没人会再给一个曾经威胁过他的企业起死回生的机会。我正在研究脑电波，现在已经可以将人脑与电脑连接，用人脑意念操纵电脑，在电脑上打字。以后，会有更大的突破，可能会成为21世纪最伟大的发明，我对自己的研究很有信心，但需要时间，没有办法在短时间内成功。被收购，现阶段来说是最好的选择，但被收购意味着黑洞科技到此为止了。当然，你可以阳光沙滩、香车美酒、豪宅萌犬，总之你时时刻刻都可以享受着富人的生活。所以，同不同意收购，你自己决定吧。"

"我是很想要过富人的生活，但是如果没有你，我就是个混吃等死的小白领。什么阳光沙滩、香车美酒，全都是痴人说梦。你看，开董事会的时候，我多像个小丑，他们谁不知道，我就是个摆设？就连下面的员工都在私下议论，说我是个提线木偶。所以，我忍受不了这种屈辱了。我决定把一切责任、负担都交给你。所有事情都由你来扛，我就做你背后的小女人，好吗？"

方雪从包里取出一个大信封，然后单膝跪地，双手将股份转让书递给夏客，深情款款地望着夏客，眼眶泛泪，柔声问："夏客，我可以嫁给你吗？"

夏客仿佛并没有感觉到意外，更像是有所准备，从内兜里掏出一枚钻戒，套在了方雪的无名指上。

"这枚戒指是我的手铐，而无名指是离心脏最近的地方，它会铐住你的心，你跑不了的。"

方雪幸福落泪，夏客微微一笑。

从此，方雪就成了夏客背后的女人，没有再管公司的事。直到她从财经新闻中得知黑洞科技被收购的消息之前，她每天都过得很幸福。

当天夏客失联了，方雪满世界找他。找过他们曾经等日出的山顶，寻过一起看流星的屋顶，一无所获。方雪心急如焚，她开始怀疑夏客被某位股东威胁，或是被绑架了。报警却被告知不满二十四小时，无法立案侦查。

方雪茫然无助地在车水马龙的街上游荡。

红绿灯，形同虚设。

一辆汽车疾驰而过，方雪轰然倒下，闭眼前她看到撞了她的就是当初每天接她上下班的那辆白色宝马，而此时手握方向盘冲她微笑的男人正是夏客，笑容与他拿到股份转让书时的笑容一模一样。

一栋充满科技感的大厦里，有一个专用电梯，电梯直通大厦顶楼。大厦的顶楼，是一个名为"未来"的大型研究所。研究所中央的大屏幕上，正重复播放着方雪脑中的画面。

"多少遍了？"

"九千多了。"

"也算是千刀万剐了。行了，把最后那段删了吧。"

"从哪里开始删？"

"求婚以后的，都删了吧。"

夏客叹了一口气，这么做也许有些过分了，但与她当初对他做的事来说，又算得了什么呢？夏客也要让她感受一下被最爱的人背叛是什么滋味。

躺在病床上，脑袋贴满电线的方雪怎么也不会想到，此时大屏幕里她与夏客的幸福生活都是编程后，植入她脑子里的虚拟人生。当然了，其中也有一些是真的，比如夏客的档案、她被撞瘫痪，还有夏客关于脑电波的发明……

夏客说这是对她背叛的"惩罚"。

夏客望了方雪一会儿，她就安安静静地躺在那里，像一具没有感情的尸体。夏客深吸了一口气，转身欲离开。

此时，实验室大屏幕忽然开始闪烁，出现了许多记忆碎片。不多时，一个个记忆碎片开始自主拼凑、组合。

编程的画面逐渐被记忆碎片吞噬，大屏幕中出现了方雪的真实记忆。

夏客因挪用公款被抓的一幕出现。

方雪眼中噙泪，望着夏客被抓走时的身影。她相信夏客，夏客不可能挪用公款。一定是被陷害的，最大的嫌疑人就是落井下石购买夏客股份的王奇。

于是，方雪把自己伪装成贪钱、爱享受的女人，不惜利用自己的身体去接近王奇。王奇很好色，但女人对他来说不算什么，他有足够的钱去俘获他想要的女人。

方雪不一样，虽然她长相平庸，但他曾是夏客的女人，夏客有许多未完成的发明在她手上，那都是会生钱的宝贝。于是，王奇和方雪开始了互相利用的婚姻。

方雪为了取得王奇的信任，将夏客的研究拆散、打乱，给了王奇一些无关紧要的。王奇不满意方雪给的研究成果，加上他原本就不信任方雪，所以他很谨慎，连说梦话都怕被方雪逮着把柄。

方雪并不是坚强的女人，好几次都要崩溃了。

好在，好色是王奇致命的弱点，他竟睡了助理的老婆。方雪将此事告知了王奇的助理，并承诺给予他丰厚的报酬，王奇的助理一直很害怕王奇，但这次王奇给他戴了绿帽子，作为男人他不想再忍气吞声，决定把他所知道的和掌握的证据都卖给方雪。

方雪从王奇的助理手中得到了证据，又从这些证据着手找到了更多的证据，真相随之浮出水面。方雪终于有了足以扳倒王奇、为夏客平反的武器。

本以为，一切都结束了，可是当晚方雪出了车祸。

方雪脑中重复着这些痛苦的记忆，努力想要将记忆延续下去，她并不知道自己瘫痪了，已处于失忆状态。

之后的事，夏客都是知道的。

夏客调查了一切关于方雪和王奇的事情，但他能调查到的只是表象。

撞瘫方雪的肇事者因醉驾被判刑。

王奇将方雪从公立医院转移到了一家私人医院，医生诊断方雪成了植物人，说她虽然身体机能没有大碍，但失去了意识，与死人无异。

王奇除了负担方雪的高额医疗费之外，不闻不问。

夏客出狱后，招回了从前忠于他的部分员工，低调地成立了一家名为"黑洞"的科技公司。将在监狱中研究完成的产品推广出去，产品引起了激烈的争议。意念控制电脑，人们可以欣然接受，但电脑也可以反向控制脑电波，多恐怖！谁愿意被电脑控制？

夏客对反对的声音不以为然，豪言说他的产品可以辅助脑瘫患者和低能儿，让他们能与正常人交流。可以让那些四肢不全的人，用意念操纵电脑工作。

夏客的豪言引起了不少富豪的关注，其中不乏有胆魄、有心气的商人，他们第一时间看到了商机。但夏客并不愿意分享公司的股份和技术，只招代理商，而且只招有实力代理一个国家的代理商。

权威机构证实，夏客的研究的确有益于大脑有缺陷和四肢不全的患者。想要代理产品的富豪络绎不绝，代理权的争夺非常激烈。

一年后，夏客的发明被广泛应用于医院。

赚到了足够的钱，积攒了强大的人脉后，夏客新产品研发的势头凶猛，不断打压曾经属于他的公司，王奇因此损失巨大。

同时，夏客买下了那所私人医院。用未推出的黑科技"惩罚"方雪。小陈作为最早跟随夏客的助理，自然能看得出，夏客不是真的想要惩罚方雪，更是为了延续她的生命。毕竟曾经那么相爱，夏客删除了那段恶意加进去的片段，让方雪无限循环着幸福的时光，何尝不是因为爱她呢！

"原来，是你误会她了。"看完方雪最后的记忆，小陈松了一口气，笑眯眯地说。

夏客愧疚万分，原本他已经释然了，可现在他一定要让王奇一无所有，让他坐牢。

"删掉她这段记忆吧，太痛苦了。把之前的虚拟程序修改一下，程序里的我太冷漠了，我想对她更好一些。算了，我自己来做。你去把方雪藏的证据取出来，找到那个醉驾的肇事者，无论用什么办法一定要撬开他的口，整理好证据后，起诉王奇。"

王奇被法办，数罪并罚，判了无期。但夏客并不开心，因为他已经不在乎能否沉冤得雪，只要方雪能活着，什么都不重要了。

大概又过了一年，夏客完成了要植入方雪脑中的程序。

完美的人生，从小被父母溺爱，长大后认识了夏客，夏客是个富二代，虽然没什么本事，但有花不完的钱，最重要的是对她很好，一辈子只爱她一个人，儿孙满堂，百岁后安详离世，离去时嘴角挂着笑容。

"夏总，方小姐在笑。她，是不是要醒了？"

夏客短暂地失神后，飞快地跑去观察室。方雪真的笑了，但好像并不是因为夏客植入的虚拟人生。一年前发生的事情，再次发生了，方雪的意识吞掉了电脑程序，方雪重组了记忆碎片，与上次不同的是，方雪记忆呈现的是，她与夏客的往事。

这些往事，有很多细节是夏客不知道的。

方雪洗完澡对着镜子犯花痴，把镜子当成夏客，问：我的身材很好吧？可惜你看不到。因为你还没说过爱我呢……

有一次方雪例假偷吃冰淇淋，有人敲门，她以为是夏客，一紧张把雪糕扔出了窗外，刚好砸中一只哈士奇的脑袋。狗主人冲着窗口骂了半个小时……

方雪父亲骂夏客凉薄，只知道工作，不会关心人。不允许她与他交往，说要介绍个老实本分的男人给她。被她一口回绝，还跟父亲大吵了一架。跟父亲吵完架，方雪打电话给夏客，可是夏客没说几句就挂了电话，让方雪蒙在被子里哭了一个晚上。

夏客向方雪求婚前，买钻戒的发票被她发现了。她既激动又烦躁。每天醒来，刷牙洗脸的时候就对着镜子问：怎么还不跟我求婚？你是木头吗？你跟我求婚我就会答应的，你还在犹豫什么？你再不求婚，我就不答应了。哼，我嫁给别人。

夏客求婚后，方雪背着他在家里大跳广场舞发泄兴奋的情绪……

夏客第一次吻她时，她眼中闪着光的夏客……

夏客第一次将她摁在床上时，她眼中的夏客，就像霸王，而她无论是身体和内心都没有办法抵抗……

方雪偷偷给夏客手洗内裤，夏客却毫不知情，没几天就把那条方雪洗过的旧内裤给丢了。为了报复夏客，她给自己买了二十条内裤，穿一条丢一条，每次都故意当着夏客的面丢，丢完还"哼"一声。看着夏客莫名其妙的表情，她觉得又气又好笑。

夏客忙着工作，总是不谈领证、办酒席的事。方雪破釜沉舟，偷偷摸摸地用针在避孕套上扎洞，可最后还是没得逞，失望地剪着避孕套。

夏客觉得自己很失败，他自以为赋予方雪的完美人生，在她的眼里恐怕就是个笑话。否则，也不会急于吞掉侵略者，让真实的记忆重新夺回属于自己的领地。

庆幸的是，虚拟的程序激发了方雪的潜意识，她随时都可能会醒。

不，她一定会醒！

阳春三月，正是万物复苏的好时光……

刘　罡　1987年生，江苏盐城人。有长篇小说和起点中文网签约。现为深圳市
　　　　光明区作家协会会员。

故乡的原风景（散文）

◎刘储来

"谁家玉笛暗飞声，散入春风满洛城。此夜曲中闻折柳，何人不起故园情。"一曲《故乡的原风景》总能勾起我万千思绪，丝丝缕缕皆乡情。

诚如诗句所言："故乡真小，小得只盛得下两个字。"那山，那水，那人——追忆故乡的原风景，已然是一种瘾。

母亲制的豆粉汤

一九六九年春的一个早晨，天刚蒙蒙亮，母亲和往常一样，早早地起床了。她洗漱后，紧接着就去给我们做吃的。

只见母亲端着一个小篾撮箕，上楼去取早餐的食材。过了元宵节以后，家里每天早餐都是吃先年冬储的干红薯片，母亲将丁红薯片煮熟，然后加一点食盐，即可食用，一个春天我们家里至少吃了两三百斤红薯。每年冬天挖红薯的季节，母亲将新鲜的红薯洗干净，然后切成小片晒干，再用木柜藏好，以免潮湿发霉，做来年春天备荒之用。在那还没有解决温饱的年代，尤其我们家里兄弟姊妹多，一年分到生产队的那些粮食，顶多只够吃半年，所以，其他的生活食材，主要是靠红薯、玉米等杂粮来替代。大部分家庭都要将冬天的一些粗粮，利用各种方式加工储藏。长辈们称这春天为"荒月"。由于没有科学种田，产量不高，都是广种薄收。每年都没有过多的粮食余下，加之春天又是播种的季节，大部分庄稼都要等夏秋收割，所以庄稼人又把这个季节称为"青黄不接"的季节。

我们也相继起床，只见母亲端着一个空撮箕从楼上下来，脸上露出了难言之隐。她放下撮箕，将家里能存放货物和粮食的地方，东瞧西瞄，后来发现一个小竹筒里有半斤多黄豆，这黄豆还是播种后剩下的。

母亲脸上略带喜悦之色，急忙生火，然后将黄豆放在铁锅里烘炒，几分钟后，锅里飘出一股股香气，于是，我们很好奇地围在灶台锅边，看着一粒粒小黄豆开着腰花，香气四溢，一个个都垂涎三尺。母亲看出了我们的心思，但她说："就这样吃的话，吃不饱。"我们齐声说："就吃一两粒好吗？"母亲只好依从我们的要求，用锅铲撮了十几粒黄豆放在碗里，说："你们先吃着，我拿着黄豆到婶婶家去碾碎，马上就回来。"母亲将炒熟的黄豆盛在小竹筒里，急匆匆地往婶婶家走去。

我们兄弟姊妹，每个人分了两三粒香喷喷的黄豆，大家都迫不及待地吃了起来。母亲端着被石磨碾碎的豆粉回家，然后放了半锅清水，将水烧开后，母亲端起那不足半斤的豆粉，与水搅拌在一起，煮了好一会儿，母亲说："可以吃了，这就是自制的豆粉汤，你们每人喝一碗。"于是，我快速地盛了一大碗，其他人也不例外。

我双手端着豆粉汤吹了几下，然后喝下一小口，谁知这豆粉汤，怎么也咽不下去，因为没什么味道，一点也不好喝。我说："娘，你制的这个豆粉汤，怎么这么难吃？我不吃了，你拿一些干红薯片给我吃，我要上学去了。"此时，哥哥、姐姐、弟弟也说不好喝，不要了。

母亲一下子急了，忙拿个小碗盛了一些，喝了一小口，便说："真的不好喝，咽不下，怎么会这样？"她叹了口气又说，"孩子们，娘没有用，对不起你们，早知道这样，不如让你们先多吃几粒，娘也是想让你们吃饱点。如今红薯片剩下不多，而且都被老鼠给糟蹋还发霉了，也不能吃，怎么办呀？"

母亲说着说着，眼泪止不住地往下流。

我们见母亲伤心落泪，都齐声说："娘，我们不饿。"就各自背起书包上学去了。

父亲的生日

一九七三年五月二十九日，是我父亲四十岁的生日。这一天本应是父亲最幸福和最快乐的日子，儿女们都应该围绕在父亲身边，祝他健康长寿、平安快乐。但在父亲生日的前一天，母亲却对他说："明天是你的生日，按照我们村里的习俗，应该邀请亲朋好友前来聚一聚，但事与愿违，恰巧家里没有米下锅，更没有钱买一些好菜，生产队还要出工，你这个生日，该怎么过，你自己看……"

父亲听了母亲一席话后，心里不是滋味，一时间五味杂陈，不由得眼睛湿润，顿时说不出话来。在父亲心里，并不是考虑到自己的生日要过好一点，更重要的是儿女们的生活。

他冥思苦想，但怎样想，都想不出什么好办法。他抬头望着几尺高的楼顶还在发愁，突然发现家里唯一能变卖一点钱的东西，就是这几根正支撑着小土砖屋的楼枕。于是，生产队散工后，我父亲叫来一位长辈帮忙，将一根比较大一点的楼枕取下，两人将楼枕扛到附近加工店，将它一分为二地劈开，再将其中半条楼枕塞入楼上，看起来也不影响房子的安全。

晚上，父亲想着另半条楼枕能变卖多少钱，该怎样去卖，竟彻夜未眠。山村的夜是那么宁静，只偶尔听见几声狗叫，还有老鼠在楼上窸窸窣窘的声音，谁也不知道此时有一位父亲，还在为一家人的生计发愁。

公鸡打鸣几遍后，天边露出了鱼肚白，一丝曙光透进了矮小的窗户，父亲正盼着这一刻的到来，他急忙起床洗漱，然后，扛起这半条楼枕往木材市场走去。

二十世纪七十年代，交通闭塞，这附近唯一一个木材市场，离我们家至少有二十多公里，步行至少需要三四个小时。父亲空着肚子，扛起楼枕，翻山越岭，走在大山的羊肠小道上。饿了，喝口泉水充饥，累了休息几分钟，继续前行。

别人的生日，亲朋好友都前来祝福；我的父亲，生日这天，却空着肚子，肩膀上还要扛一根几米长的木材，步行几十公里，穿行在莽莽的山林中，去换取儿女的家用。

父亲忍饥挨饿，一路艰辛，为了儿女，为了这个家，咬紧牙关，终于将这半条楼枕扛到了名叫"茶家岭"的木材市场。此时，已近中午时分，太阳当顶，父亲大汗淋漓，全身已湿透，饥渴难忍，但身上没有钱，只好忍着，希望这半条木材，能卖个好价钱。

市场上，人山人海，买木材的老板来回穿梭，也只求给个便宜的价钱。父亲的那半条木材，由于是自家楼上取下的，比较陈旧，外面黑乎乎的，没有一点卖相，几个老板看后，都给不起好价，父亲将这半条木材视为家里的宝贝，他怎能随意地将其卖掉。

时间一分一秒地过去，父亲在烈日下等待着好的买主，但事情不是父亲想的那样顺利。集市上走动的人越来越少，太阳也开始西斜，父亲开始有些情绪激动，焦虑不安。父亲想，这半条楼枕如不卖掉，扛回家也没有价值，况且，家里还等着自己买米回家，自己已筋疲力尽，也没有体力再将其扛回去。如果在集市上过夜，更没有钱住旅店，思来想去，不由得眼泪汪汪。

此时，一位年长的老板走到父亲身边，关切地问道："见你这表情，木材没卖掉，一定是着急了。"父亲回应："老板说得对，我家离这集市有几十公里，来一趟真的很不容易，家里实在是揭不开锅，才将家里的楼枕扛来换些盐米。今天是我四十岁生日，如今一天还没吃什么东西，唯有卖了这半条楼枕，才能解家里的燃眉之急。"这位老板听了父亲的一番话，深感同情："既然如此，我本不是做生意的，也不需木材急用，但眼看日落西山，集市上也没什么老板走动，你的家人还在等待你早点回家过生日。你这半条木材，我出伍元钱买下，你意下如何？"父亲知道碰上了好心人，感激不尽，忙说："谢谢老板，我同意！"于是父亲接过钱，急忙走到米店，买了一小袋米往家里赶去。

母亲见这一天是父亲的生日，特意到别人家里借了一点米煮好，等着父亲回家过生日，从中午等到晚上，却始终没见到父亲回家的身影。晚上，一家人围绕在桌子边，等待父亲的归来。

父亲背着一小袋米，急匆匆地往家里赶，他知道家人肯定都在等他，也想加快步伐，但一天没吃没喝，又体力透支，腿脚不听使唤，不得不放慢了脚步，在回家的路上，只有他那孤独的身影在前行，星辰漫天，清风做伴，虫鸟在为他歌唱，仿佛在为他祝福生日。

疲惫没有阻挡父亲回家的脚步，困难没有压垮父亲的意志，他的双脚依然朝着家里的方向前行，经过了千辛万苦的跋涉，父亲终于背着米，踏进了家门。但父亲回到家已是深夜，公鸡也报晓了两遍，父亲四十岁的生日就这样在奔波忙碌中度过了。

车水往事

二十世纪七十年代初，农业生产掀起了新高潮。

生产队开荒种地，父辈们干劲十足，到处一片热火朝天的景象。

七月，火辣辣的太阳将土地烤出一团团热气，作物一片枯萎。罕见的旱灾降临，即将收割的庄稼无精打采。生产队里添置了很多水车，用来抗旱，勤劳、勇敢的前辈们，与天斗、与地斗、与旱魔斗，他们坚守在抗旱阵地车水，不分昼夜。每一台水车需要两个人操作，每半小时换一班。车水需要很大的手劲，很消耗体能，往往女同志车平一些的水车，用力稍小，男同志车陡一些的水车，用力更大，速度也更快。

一天晚上，生产队给几丘高处的稻田灌水，在取名叫"祖山"的地方，架设了四台水车，用传统的车水方式将井里的泉水返上去。我的父母也参与了此次抗旱战斗，晚霞中星光闪烁，几盏马灯相继被点亮，映照他们忙碌的身影。四台水车同时发出"哐嗒哐嗒"的声音，像列车飞驰而过。他们一台接过一台水车返上来的水，逐步传递上去，好似接力赛。水车叶面快速转动，泛起阵阵白色的水花，几台水车连接在一起，又好似一条长长的水龙。父辈们不断地在忙活着，谁也不甘落后。

夜深了，露水打湿了他们的头发，脚被水车返上来的水花浸泡，只有田野里的青蛙和蟋蟀，在为他们歌唱，为他们喝彩。

我们在睡梦中仿佛也在为父母加油呐喊。突然，听到父母在叫唤我们兄弟姊妹的名字。我们一个个被他们叫醒，揉着惺忪的睡眼，打着哈欠，模模糊糊地看见父母全身湿透，露水、汗水、泉水凝结成眼前湿漉漉的一片。只见他们布满皱纹的脸上露出了一丝笑容。父亲提着马灯，母亲颤抖的双手端着两碗滚烫的野麦子粑粑，亲切地叫唤着我们："快起来趁热吃，很好吃哟，你们快张开口……"我们像小燕子一样，张开着一张张小口，双手扶在床沿上，等待着父母的食物。母亲用筷子夹起一块块野麦子粑粑喂到我们嘴中，不一会儿，两碗野麦子粑粑就被我们吃了个精光，连汤都一滴不剩。父母甚是欣慰，"好吃吗？""好吃，就是咸了一点。"我回应道。父母相视一笑。"好好睡觉，我们还要去车水。"父母提着马灯，拖着疲惫的身躯步出门外，只听得几声狗叫，父母的脚步声离我们越来越远，直到没有声音，我们又进入了梦乡。

曙光透进窗户，我们急忙起床，匆匆吃了早餐，背着书包去上学。父母抗旱的阵地，就在我上学的路旁，只见父母与其他长辈依然在劳作。一位长辈遇到我说："读书要努力，将来要好好孝顺父母呀！你父母昨晚车水，那么辛苦，生产队里做了一些加班的晚餐，他们都舍不得吃，全都端回家给你们姊妹吃了。"我的眼泪潮水般涌动落下。

在那个还没有解决温饱的年代，父母再累再饿，心里总是牵挂着儿女们的生活。车水往事一直烙印在我的脑海里，几十年过去了，父母也离开了我们，但一回想起这些画面，我的眼睛总不由得湿润。

故乡的十月

故乡的十月，已接近丰收的尾声，大部分作物和果实，已被收割入仓。果园里偶见几颗金灿灿的橘子挂在树上，让人垂涎欲滴。

被收割的庄稼地里，大部分又种上了另一类越冬的作物，有些栽种了油菜，有些播种了小麦。不同季节的作物在地里轮换种植，土地不被耽搁，庄稼人也多些盼头。光秃秃的土地，又覆盖上了绿色，生机盎然。

初冬时节，金黄的稻浪已化作谷粒入仓，金毯铺地一般的稻子，要等来年才能再次在田野散发芳香。偌大的田园，只有枯黄的禾蔸立在那里，几场冬雨过后，它们又冒出新苗，给田野披上了新装。田埂上的杂草经白霜侵袭后，已褪去了绿色。

十月也是收割红薯的季节。红薯又名"地瓜"，是故乡主要的粗粮。它产量高，种植面积广，既可生吃，也可熟食，既可制淀粉，也可做干红薯片，还可以放在地窖储藏，等来年春天再吃。在没有解决温饱的年代，红薯是咱乡里人的主食。红薯藤和叶可以用来喂牲畜，红薯也是牲畜的主要食物。二十世纪七八十年代，除生产队广种红薯外，农家人在自留地上也会多多种植。红薯每年在立冬前后几天收割为宜。每逢立冬，家家户户，男女老少，浩浩荡荡地都开拔到山坡地头收割红薯的阵营里。镰刀收割声，锄头与山土之间的碰撞声，此起彼伏。崎岖的山道上人来人往，运输红薯和藤蔓的人更是络绎不绝，到处都是忙碌的身影。

陈年往事，记忆犹新。小伙伴们最怕的就是收获红薯的季节，因为小孩子也要加入这场劳作之中，这份忙碌丝毫不亚于"双抢"时节。儿时与兄弟姊妹们一起在土地里收割红薯的情景历历在目。早晨，红薯藤上覆盖着一层厚厚的白霜，阳光似乎躲在云层里不肯出来。父亲一声令下，我们只好挥舞着镰刀，将红薯藤割下，不一会儿我们稚嫩的小手便被白霜浸湿，再慢慢地渗透到筋骨之中，小手很快就被冻得红肿起来。我把双手靠近自己的嘴巴，不停地哈出白气来缓解这钻心的寒意。等小手稍微暖和时，又要马上挥舞着镰刀去割藤。哈气、割藤，哈气、割藤……就这样不停地交替进行着。给红薯去泥比割藤更加寒冷，有时我偷偷地瞧哥哥和弟弟一眼，只见他们的鼻涕和眼泪都交融在一起，脸上还被小手扫满了黄泥，他们好似刚从战火里爬出来似的。往日劳作受冻的滋味，如今想来仍会打个寒战。

如今立冬到来，故乡的太阳懒洋洋地挂在天空，将大地烘烤得格外暖和。在故乡种植红薯的人，已为数不多，往日那般收割的气氛和景象也只存在于记忆之中。随着退耕还林以及人们生活水平的提高，外出务工的人员越来越多。山坡上到处都是青松翠竹，奇花异草也在这个季节争相吐艳，尤其是菊花，金灿灿地开遍了山坡，花香四溢。路边的野枸杞挂在树枝上，红彤彤的，格外引人注目，乡亲们提着菜篮子去采摘，有些用来泡茶喝，有些边摘边吃。"人到中年不得已，保温杯里泡枸杞"，枸杞能止渴生津呢。

此时的田野，也正是鸡、鸭、鹅游乐的好场所，它们啄着刚脱落的谷子，还有稻田里的虫子，吃饱了便追逐玩耍，有时候还放亮嗓子高歌一曲，好不欢欣。一些年迈的长辈，他们三三两两在村口晒着太阳，拉拉家常，抚今追昔，好不快活。曾经奋斗的青春，换来了今天的幸福生活，一个个脸上流露出会心的笑容。

为了更好地建设新农村，故乡的村道进行了拓宽改造，运输沙石的车辆来回穿梭，好一派热闹的景象，"要致富，先修路"。季节还是那个季节，但天气变暖了，乘上乡村振兴的列车，乡亲们的小日子也变暖了。

返乡思亲

外出已有十年，奔波打拼，虽然在离自己家乡几十公里的市区添置了新家，但是家乡的老房子被废弃，总觉得不是滋味。

如今儿女们都相继成家立业，不由得身在闹市也觉得有些寂寞了。思来想去还是决定返乡做点什么。一小时的车程，回到了家乡。阔别多年的家乡的老房子，也早已陈旧了，由于雨水渗透，墙壁多处已出现了裂缝。虽然是二十世纪九十年代的水泥房，但由于长期失修，预制混凝土结构的楼顶也出现了斑驳的裂痕。一块块被雨水浸泡后的水渍，在墙上形成了各种图案，看上去更增添了几分沧桑。一些附属的柴房、猪舍，还有简陋的茅厕，被雨水冲刷后，木料已腐朽，屋顶的瓦片冒出了不少窟窿。原来的土砖墙，早已东倒西歪，房子周围的水沟，被泥土和垃圾填得满满的，室内的地面被水浸泡后，竟然累积成了一层厚厚的土堆。面对自己曾经辛苦创建的家业如今这般荒凉，心里顿时五味杂陈，不知所措。

唯有家乡的父老乡亲们依然和蔼可亲。见我们拎着大包小包回家，大家都主动上前招呼，嘘寒问暖。有些乡亲立马去菜园子里采摘蔬菜来，有些从家里提来了鸡蛋，还有些拉着我们去家里吃饭。此时，失落的心情已被乡亲融化，一股暖流涌上心头。

我想，不管你是衣锦还乡还是在外漂泊，是富有还是贫穷，家乡的人们永远是你最亲的人。

环顾村庄四周，一栋栋小洋楼和别墅拔地而起，风格各异。改革开放以后，家乡日新月异，新农村新面貌，我的老房子显然已落后。田园里一片碧绿，蛙鸣虫唱，蝴蝶飞舞。青松翠柏的山峦，满目秀丽。蜿蜒的公路绕过村庄，一排排路灯，闪烁着光芒。泉水交汇在一条溪上，清澈见底，流水潺潺，泛起浪花点点。鱼儿成群结队，相互追逐。家乡的景，更美了。

十年过去了，家乡发生了巨大变化，尤其是环境和住房方面，人口变化也很明显。很多新嫁过来的女性和新生的小孩，已认不清谁是谁家的，只见他们笑盈盈的，笑得那么甜蜜与灿烂，很有礼貌地叫唤着我们。

与此同时，许多原来熟悉的面孔，也渐渐消逝了。一些高龄的长辈相继离开了人世，这些长辈从小就生活在这偏远的山村，也许一辈子也没有走出过这院落和村庄。他们青春的热血，播撒在这片贫瘠的土地上，他们默默奉献着，坚守着……开荒种地、挑山塘、修水利，在这贫脊的土地上，无不留下他们艰苦奋斗、自力更生的足迹。

"前人栽树，后人乘凉"，他们用勤劳的双手为后代打下了坚实的基础。他们虽然在这里只走过短暂的几十个春秋，但每一个人都有着自己不同的人生故事。生命不息，奋斗不止。这也许就是他们扎根大山的信念。

过去，父辈们起早贪黑，辛苦劳作，吃不饱，穿不暖，但他们无怨无悔。如今，国富民强，山村也发生了翻天覆地的变化，但长辈们却相继离开了我们，离开了这个美好的时代。

我们年轻一代，他们的子孙，只能向前辈们道一声："你们辛苦了！"我们将以前辈为旗帜，艰苦奋斗，努力拼搏，将我们的村庄建设得更加美好！"绿水青山就是金山银山"，借改革开放的东风，我们的家乡定将迎来更加绚丽灿烂的明天。

家　书

近日在整理书籍时，一封距今二十多年的旧书信不经意间从一本书中滑落了出来。这信封已经旧得发黄，我拾起一看，原来是一九九五年冬，我在东莞一家台商的五金厂打工时写给妻子与儿女们的一封信。时隔二十四年，我激动地打开信封，重温了一遍快要褪去字迹的信稿。

"儿女们，见到爸爸寄回的相片，等于见到了爸爸，一定会很高兴的。明儿，你说对吗？在家要听妈妈的话，带好两个妹妹，认真读书，不要在外面打架。有时间捡一些柴，以备冬天驱寒用。武，你带好小妹妹，不要哭知道吗？姿，你也懂话了，要学走路、讲话，自己吃饭。花，所写的一切，难分难舍，实在是没有办法。请原谅，好吗？"

信件勾起了我的回忆，往日旧事历历在目，曾经流逝的岁月又浮现在我的脑海里。

一九九五年，改革开放已有十几年了，许多年轻人选择去外面打拼事业，而我在一九八九年村委换届选举时，被选为村委干部，为了不辜负村民的期望，我放弃了去外面打拼的想法。于是，在村委一干就是好几年。由于我们村地处偏远的山区，交通闭塞、信息落后，没有让村民富裕起来。眼看村民们收入微薄，生活仍然处于艰难的状态。我家的经济也一样，捉襟见肘。为了让儿女们过上好日子，为了给群众指引一条致富的道路，我决定南下广东，去学习致富的经验。

来到东莞，我进了一家台商投资的长鸿五金有限公司，由于没有文凭，也没有一技之长，只能做一名普通的员工，收入不高，工作还比较辛苦，每天都要加班到晚上十一点多。公司里几百名员工都来自全国各地，有文化高一些的，也有识字不多的；有工作过几年甚至十几年的老员工，也有像我一样刚进厂的新员工。我除了工作以外，就想学一些公司管理上的经验，向一些老员工学习一些技能。

在外想家和儿女们的时候，将家人的相片拿出来看看。有时候到邮局买来信封和邮票，下班以后，一个人俯在床沿上给家人写信。想到久别的家乡和亲人，不由得眼睛湿润。一封书信是精神的慰藉，可以缓解在外生活的压力，更能让家人放心。信中，更多的是问候家里的事情，妻子和儿女们的身体是否健康以及家庭生活等琐事，再向妻子汇报自己在外面的工作和生活等情况。妻子收信后，再将家里的一切在回信中详细介绍。相距千里，一封家书弥足珍贵。

二十世纪九十年代，通信设备没有现在发达，没有手机，更谈不上网络联系。如果有什么事情要告知家人或朋友的，只能通过信件往来交流。如今互联网时代，手机在手，聊天购物，方便快捷，真可谓"秀才不出门，能知天下事"。同在地球村，相距再远，也仿佛近在咫尺，彼此互相关注，这也是时代变迁的一个缩影。

然而，在书信往来甚少的当下，一封旧书信，却瞬间把我拉回到了二十几年前，心情久久不能平静。我想，这是岁月留下的最好的礼物。

祖父祖母的传奇故事

祖母和祖父一样，出生在贫苦家庭，从小就学会了自力更生。

喜结连理后，他们勤俭持家，为经营自己的小家庭不懈努力。

祖父只有两岁时，曾祖父就病逝了，曾祖母也随即改嫁。自此，祖父孤苦伶仃。

在旧社会，孤儿生活更加艰难，没有保障，吃了上顿没下顿。每到冬天，没有棉袄，祖父穿着单薄的补丁衣，在外拾柴火、扯猪草，手背冻得像面包，也无人问津和怜悯，更谈不上拜夫子求学、读《三字经》了。

祖母家里姊妹多，条件也很困难，也没有上过学，拿钱给我们帮她买东西时，她自己也不知道这一张纸币是多少元。她只能以大小和颜色来区别。更有趣的是，几个曾孙读书，她分不清排名。有一次，她关切地问两个曾孙的期末考试情况。大曾孙说自己在全班排第十九名，小曾孙说自己在全班排第三名。结果祖母却批评小曾孙只排第三名，没有哥哥十九名多，还特意煮了个鸡蛋奖励大曾孙。小曾孙哭笑不得，说曾祖母不明事理，大曾孙却在那里扬扬得意。

祖父长大并成家立业了，家里的长辈分给了他们几块小土和两丘小田。生下父亲几个兄弟姊妹后，一家人耕种这些田土，很难维持生计。

祖父是一个乐观还善良的人，又非常有正义感，如附近有什么不平的事，他最爱打抱不平。家里有时候连饭都没得吃，他却因喜欢热闹，热爱文艺生活，还从邻村请了一个唱花鼓戏的名角到家里来授徒，并组织本院落十几个青年男女学戏。

祖父免费为他们提供学戏场地，夏天为他们煮茶水，冬天为他们烧火取暖，义务服务了好几年。后来他们都成为当地花鼓戏的名角，我的父亲也是其中一个。

中华人民共和国成立后，祖父他们参加了很多地方的演出和文艺宣传，同时也将国粹瑰宝传承和发扬。在他们的渲染下，村里相继成立了三个花鼓剧团。家乡老中青演员卜百人，堪称艺术之乡村，在当地小有名气。祖父如愿以偿，每每谈起这些趣事，他的脸上总是乐开了花。

祖母也不逊色，她是一个妙手回春的民间土郎中，拥有祖传秘方，专治出生百天之内的婴儿易得的病"杨毛丁"。那时候医学不发达，很多医生都识不出此症状，唯有祖母手到病除。据说治疗此病无须吃药打针，只要用温开水将婴儿全身轻揉，开始向左揉三圈，然后再向右揉，直到婴儿的汗毛有鼓丁冒出即可。

村里现健在的一位七十岁的堂爷爷经常对我说，他未满一百天时得过"杨毛丁"，若不是祖母及时给他救治，恐怕他早就不在人世了，所以，他视祖母为他的再生父母。祖母为了这个民间传统医术不失传，在院落里教授了好几个女学徒，现在她们也已是古稀之年。

祖母享年八十五岁，在世时她医治过的婴儿不计其数，不幸的是晚年双目失明。她与祖父一辈子生活清苦，年轻时为养家糊口，每年春荒之季，祖母都要依靠地里还未完全熟透的谷麦和小麦维持生计。她每天要割下几十斤麦穗回家，然后用大铁锅烘烤。由于麦穗上长满了长长的胡须，这些胡须甚是扎手，所以第一道程序就要将麦须烘干，再用手搓揉掉。每一次双手都被麦须扎下无数道伤痕，疼痛难忍。据说，在她老人家生活艰难的那些日子里，烘烤麦子烤烂了两口大铁锅，据不完全统计，她一双手搓揉掉上万斤之多的麦子。

祖母虽然生活清贫，但她每一次给人看病都是免费出诊，不收人家一分钱、一丝物。

祖父祖母虽然离开我们几十年了，但他们的传奇故事，却一直在我们村庄流传着。

刘储来 60后，笔名启航，深圳市光明区作家协会会员。一级拳师，武术爱好者，业余习武修身近三十年。任村秘书十年。文字爱好者，自由写作诗歌、散文、小说等，曾有多篇作品在《宝安日报》上发表。现已撰写武侠小说和乡土小说各一部，共计二十余万字。

夜晚是一个孩子（组诗）

◎李雨欣

书　签

一只小小的鸟

画在了一枚书签上

现在，它就是我的翅膀

当我把一本书

比喻成林子

我在朝阳里

打开书本

放飞这只小鸟

前面的故事

会跟它挥手惜别

后面的情节

亦露出相逢的笑颜

一只自设的小鸟

一旦画在了纸张上

马上就有了

翱翔蓝天的愿望

小花盆

小花盆里
最初还只有
泥土和种子
后来才有
叶子和花
小花盆坐在阳台上
有时候我给她浇水
叶片会滴下小水滴
一滴又一滴
我知道
如果她会说话
她一定会弯着腰说谢谢
但她现在还太小太害羞
她还只是一个
微型的春天

大　海

大海真的很大
里面什么都有
像一锅
巨大无比的汤
我才尝了一口

马上就知道

为什么会没有人

愿意喝它了

这锅汤煮得

实在太咸了

天　空

天空是一个

大圆锅

炒出的脆脆的星星

蒸出柔软的月亮

嗨，当一锅

乌云紫菜汤被端出来的时候

也没有忘记

加上几根闪亮的粉丝

于是

不知道谁的肚子

轰隆隆地响起来

春天的故事

一条小蚯蚓钻出了泥土

妈妈妈妈，小蚯蚓对着小草叫

别叫别叫，我不是你妈妈

小草摇着头回答

可怜的小蚯蚓，找不到妈妈

伤心的小蚯蚓，流下了眼泪

你别急，小蚯蚓

我来开朵小花

给你做灯笼，带你找妈妈

夜晚是一个孩子

他喜欢这些

朦胧的光线和图案

他喜欢用阳光

慢慢冲洗叶子

这是一条漂亮的河

你坐在它身边

就像戴上了

一条白色的围巾

只要你安静地坐着

看时间流走

你会感觉自己

在给这条围巾

慢慢地绣

绿色的草，星星点点的

花，成群结队的鸟

如果你正好有点忧伤
或者，你有点兴奋
你就来这儿坐坐吧
你可以倾听，可以迷离
还可以跟遥远的天空
比一比
谁更透明

这是一条漂亮的河
来吧，来河边坐一坐
你会有一块干净的围巾
温暖，又清凉

一朵傍晚的白云

一朵白云被风推着
一直往山这边奔跑
连绵不断的山峦
不断地为它打开
夜晚的大门
星星开始在天上
探出了眼睛
一朵柔软的云
最终在深夜
抵达了我的梦乡

李雨欣　00后，深圳市光明区作家协会会员，现为初中学生。

文本与绎读

沿着绵延起伏的山丘（组诗）

◎李　立

在拉萨

山神把秃鹰种在蓝天，太阳
把金光种在圣山，白雪把圣洁
种在险峻的山梁，喜马拉雅
把拉萨种在丰腴的拉萨河谷平原

雅鲁藏布江把松赞干布种在吐蕃
松赞干布把爱，种在
红山上，文成公主亲手培上
跋山涉水从中原带来的文明，后曾毁于战火
又在战火中凤凰涅槃

经幡把祈祷种在玛尼堆
转经筒把慈祥种在阿玛脸上
酥油茶把温暖种在康巴汉子心坎
大道上匍匐前行的诵经者，把虔诚

种在千年不变的雪域高原

天堂把牦牛种在草原
白云把我种在拥挤的拉萨大街
雪山把泪滴，种在我的眸子上

冈底斯山

错过古生代和中生代的
火浆岩，错过新生代的火山岩
造物主没有给我做你坚强基石的奇缘

甚至，也错过成为你二十八条冰川的一条
错过成为藏北高原一棵生生不息的青草
错过成为藏南谷地一棵扎根一千年的大树

错过成为止拉浦寺一根精美绝伦的画梁，和
白龙河、东龙河、卓玛拉河的
一滴冰清玉洁的活水，去迎候
肃穆的水葬队伍，去滋润青稞渴望的眼神

绵羊拥有阿玛慈悲的宠爱，牦牛拥有
青草辽阔的宠爱，山顶洁白无瑕的雪，拥有
蓝天和阳光浩瀚的宠爱，野驴、藏羚羊、狼、熊
它们已各就各位，在你慈悲的怀里。而我
没有归宿

那么，请借山腰神圣的石阶一用
让秃鹫用我卑微的躯壳驱赶饥饿，再叼着我的灵魂
远走高飞

七月的赛里木湖

七月，她们身着鲜艳服饰
环绕着赛里木湖，仿佛
身穿藏袍蒙古袍哈萨克装和塔塔尔服的人们
围成一圈，热烈舞蹈

金莲花、银莲花、马先蒿、勿忘草、软紫草、团扇荠
天山报春、布赫黄耆、铺地青兰、薄叶美花草、钟萼白头翁
还有那些低头啃草的白云
策马飞驰的少年郎
摆拍婚纱照的新郎新娘
他们的喜悦溢于言表

上空盘旋的黄金雕目光如炬
水里畅游的冷水鱼悠然自得
成双成对的白天鹅亦步亦趋，此刻
湖水把高原精灵的一举一动
描摹成一幅山水油画，镶嵌在天山悬崖

她们在微风中摇曳多姿，坦然，自信
那份坚持，令岁月动容

大地将报以白雪皑皑，冰封千里，那些纯粹的白
将容不下任何色彩，就连山坡上常青的
百年雪岭云杉，都乐意为此改变

读果子沟

野杏花、野梨花、野苹果花、野山楂花
红的、蓝的、白的
次第绽放，这些大自然的神来之笔
写满山谷、坡地、峭壁、草原

峰峦耸峙、峡谷回转、松桦繁茂、飞瀑涌泉
狼、熊、野兔、狐狸、野猪、马鹿
这些灵动的汉字，或在树下跳跃
或在林间穿行，或相互嬉戏打闹

金莲花、勿忘草、布赫黄耆、薄叶美花草
这些生动的诗句，青黄相接
生死相依，"诗和马是哈萨克民族的两只翅膀。"
天山上永不消融的白雪，滋润着
马背上的诗歌和民族，千百年来，在这片
古老土地上繁衍生息，日月映辉

会说话，就会唱歌
会走路，就会跳舞
生生不息的哈萨克族人，像满山的

雪岭云杉，无论土地贫瘠，而是肥沃
只要有一片天，就会生长百年
百年长青

在霍城薰衣草之乡

我宁愿相信，这天
是为她们而湛蓝，这伊犁河谷是为她们
而瑰丽，蓝紫色的海洋，在风中摇曳
梦幻般向着远方，向着天际线
弥漫开来

我宁愿相信，西域强烈的阳光
是从她们身上获取的紫外线，这微风
是天山弹奏出的三弦琴曲，令她们情不自禁地舞蹈
那飞舞的蝴蝶，仿佛大海中一叶
迷失方向的孤舟，失去了往日的斑斓

我不相信，北纬37度能生长爱情
张扬的爱情常常没有她们纯洁，也十分短暂
身穿白色礼服的新郎新娘，在远处
为蓝紫色海洋镶嵌花边，愿这一刻的浪漫
可以温暖人们孤寂的一生

蜜蜂把生计，绑在腿上
奔波一生，我什么也不想要

如果可以，我只想把自己
埋下去，拒绝呼吸，不贪婪一生一世
天长地久是多久？苟且一生
太久，纯粹一世
太短

车过石河子

棉花、甜菜、玉米、西红柿
喜欢烈日、寒夜、沙土
石河子戈壁滩是它们新的乐土，它们列队
整齐划一地排成行，一直延伸到
我目光所不及，绵延起伏的山丘脚下

梭梭草、红柳树、鹅卵石、岩石、沙砾
这些石河子戈壁滩的原住民，在汗水
锄头的外力作用下，不得不
退避三舍，让那些裸露了数千年的野性
换上文明的绿装，以及生命的活力

来自雪山的雪水，在这片
曾经死寂的土地上汩汩歌唱，田间
挺拔的白杨树，与偶尔从青苗中
挺直腰板的劳动者一样，都是绿色的卫士
他们在，风沙就不敢造次和肆虐

风扬起的，不再是沙尘
是绿波，是希冀，是诗意盎然的《绿风》
车过石河子，我一次次地回头
阅读发表在戈壁滩上的这首长诗
磅礴，恢宏，郁郁葱葱

地窝子

当房屋谦逊得
如土拨鼠的窝，烈日和飞沙走石
像猛鹰的利爪，无论如何锋利
只能徒叹奈何

大雪也与沙尘划清界限
这些柔软的事物，用纯净的白
填满大漠戈壁滩上所有的缝隙
世界不再有伤害

当放下枪杆子的军人，男女知青
背井离乡，放低身段，钻进地窝子
让自己的灵魂，低过红柳树、梭梭草，低讨
岩石、鹅卵石、沙砾，甚至尘埃，世上将
再无困苦，可以击败他们

西域的酷暑不能，严寒不能
坚硬的窝窝头也不能，他们相信青春

相信信念，相信天山的雪，可以浇灌饥渴
相信自己的满腔热血
可以像白杨树一样，在荒漠中
扎下根

相信盐碱地，硬不过信仰的锄头

那拉提是"有太阳"的意思

"那拉提，那拉提"
让成吉思汗西征的士兵惊愕
让后来者大呼小叫
大山之顶，绿野千里，牛羊成群，太阳
仿佛在头顶，伸手就能摘一朵白云

糙苏、苔草、羊茅、百里香、婆婆纳、金莲花、异燕麦
青葱嫩绿，鲜花纷繁，巩乃斯河蜿蜒而去
流经炊烟袅袅的白色毡房，滋润
塞人、乌孙人、匈奴人、突厥人，蒙古人

天当被子，地当床
一辈子要搬家五百多次，人生就是不停转场
哈萨克人逐水草而居
互帮互助，团结友爱，一家有难，八方支援
迄今没有乞丐、小偷和离婚夫妻

当一个民族信仰善良，懂得感恩
心中就时刻装着一颗太阳，就会变得强大无比
像那拉提山顶上的雪，不论世事沧桑
始终洁白，拒绝融化

流淌在天堂的开都河

巴音布鲁克草原上奔腾的
雄鹰、牦牛、盘羊、骏马，生命力最顽强的
莫过于开都河，它源自阿尔明山的胎盘
弯曲悠缓，妙曼游淌，仿佛
绝尘而去的焉耆马，又如同蒙古人
喜迎宾客的哈达

开都河的水啊，养育生命
又湮灭生命，姑师、月氏、匈奴、突厥、鲜卑、铁勒
还有柔然、回纥、瓦剌、准噶尔，这些
牧马先祖，开都河岂可忘怀
他们矫健的身躯。征服，驱逐，迁徙，嘶鸣
在草原上频频演绎，胜利，失败，泪水，舞蹈
像草原上的小草，黄了枯，枯了又青

公元1771年，渥巴锡汗统领土尔扈特部落
从伏尔加河流域东归，历尽千辛万苦
只有马头琴才能描摹出如泣如诉的历程
巴音布鲁克敞开胸怀迎接游子

这些蒙古、哈萨克族的祖先，只有在故土
牛羊才灵性十足

开都河九曲十八弯，向前流淌
这是游牧民族历尽沧桑，坚忍不拔的写照
河的尽头，像焉耆马奔腾的头颅，放纵不羁
冷眼四顾，傲视苍生

最后的罗布人

捕鱼，狩猎，依水而居
阿不旦村最后的罗布人，依旧守祖训
遵族规，尽道义，用野麻织网
使鱼叉，大头棒，划卡盆下湖捕鱼
渔获，村民随意取食，不分彼此

捕哈什鸟剥皮为衣，或以水獭皮
哈什鸟之翎，去库尔勒回庄以货换衣
不种五谷，不牧牲畜，不识钱币
靠着塔里木河流域的小海子
搭建简易茅屋，繁衍生息

生活简单，性情豁达，乐观开朗
二十余户人家，百岁老人甚多
他们耳不聋、眼不花，能闻乐起舞
可纵情放歌，与年轻人一起劳作

自给，自足，知足，淡泊，健康，快乐
过着与世隔绝的世外桃源生活
我们的贸然闯入，带来金钱、喧嚣、世俗
不知道是福？是祸？

塔克拉玛干沙漠里的一棵胡杨

沙鸣是吹给谁听的口哨
金黄细沙在天空舞蹈，观众席上
除了胡颓子、骆驼刺、蒺藜、猪毛菜，我知道
能读懂者，凤毛麟角

我竭尽所能，把自己的触手
伸入每一粒细沙的内核，那里有先祖
千年不腐的传奇，还有
骆驼、野马、狼、沙漠狐狸、沙蟒和人的白骨
我的思想能渗入这些跋涉者的骨髓，从中
汲取我沧桑的灵感

寒冷、干旱、狂风、沙尘暴，这些外来者
征战了几千年，也只能在我的身上
留下无关痛痒的龟裂，只需一个平凡的早晨
一个貌似枯萎的枝丫上，就能诞生
崭新的生命，这是比死亡
更加经典的情节，我时刻都在构思，绝不怠倦

我优雅地伫立，在岁月的边缘，屏住呼吸
一千年，即便是死了
都跟活着一样

我的楼兰

刀枪锈蚀，战马仅剩白骨
上空落寞，大地空寂，风沙
把黏土和红柳条夯筑的城墙、烽燧、粮仓
和苍茫，一再拉低
像罗布泊的水位，被岁月风干
只有地下深处，还传来水的流淌声

三千八百岁的"楼兰美女"，我已听不懂她的
一口纯正的吐火罗语族楼兰方言
她使用过的石斧、石刀、石箭镞、木器、陶器、铜器
仿佛还留存着她的余温，在这个东西方
文明碰撞的丝绸之路，她的一壶煮酒
曾经温暖过许多往返的商贾过客

佛塔上的铜铃常在梦里响起
河里汲水的姑娘头顶陶罐，迤逦而来
微风吹起她的头巾，仿佛一朵飘逸的白云
风干的胡杨林，为了印证她的传奇，传承后人
伫立了数千年，死了，也要一丝不苟地
挺直腰板，以便给后来者指明方向

瞅着这片土地，我仿佛隐隐听到了抽泣声
一些来自地表以下，一些
来自我的灵魂深处

吐鲁番的葡萄还没有熟

坡地上的荫房，已经饥渴难耐
空落落的木质挂钩，显得百无聊赖
从密密匝匝的气孔进去的热风，一无所获地
从对面的气孔溜走了

葡萄沟的藤架，扛着一串串沉甸甸的
青色果子，显得颇为吃力，绿色的叶片
像分娩前的母亲一样镇定、安详
她们伸出宽阔的叶面，挡住火辣辣的阳光
免得晒伤那些水灵灵的心肝宝贝

树下维吾尔族姑娘小伙的对话，葡萄串
全记住了，那些甜言蜜语
经过消化、加工、吸收，转化为
葡萄的成分，不论鲜吃，还是荫房晾干
甜蜜从来不打折扣

吐鲁番的葡萄还没有熟。今年的葡萄
长势好，预示着丰收年，我来早了几天

维吾尔大叔说差一天也不能摘，不能让贵宾
带走酸涩，糟蹋了吐鲁番的信誉
诱惑无处不在，而我，即便是吃不到葡萄
也不说葡萄酸

坎儿井

只要来路清晰，距离
不是问题

山上的雪，天上的雨
这些上天的恩赐，大地一点一滴地蓄存起来
只需维吾尔族人，敢于开口
大地就会把清澈的乳汁
毫不保留地给予，不分季节，无论昼夜
可以浇灌心田，也可以滋润葡萄园

要懂得感恩，西域的阳光炽热
必须修筑一条阴凉的道路，在地下
一百米、五百米、八百米深处
让清泉潜行无阻，减少蒸发、渗漏
极其珍贵的生命之源，不该浪费
用洗过衣服的水洁厕，用淘过米的水浇地
光秃秃的火焰山下，也能生机勃勃，绿树掩映

再凶猛的动物，在喝水的时候

都得低头。来坎儿井汲水的人，不论男女、老幼
请放低身段

火焰山

假如拥有博格达峰的巍峨挺拔，白雪
就会滋润那参天古柏，假如
拥有那拉提山的壮丽逶迤，森林、湖泊、草原
就会把你装扮得青葱鲜活

没有伟岸之躯，赤红色砂、砾岩和泥岩
决定了你的身世和海拔
水无处落脚，草无法安身
雪豹、棕熊、马鹿、兀鹫、狼，甚至连蚊虫
都弃你而去，蜷缩在吐鲁番盆地，低到
海平面之下，脾气还十分火爆

牛魔王和铁扇公主只是一个噱头
玄奘法师打此路过不假，他独自去西天取经
世间高僧说过：无，即有。有，即无
数千年如一日，顶着烈日酷暑
你的沉默，已经足够强大

世间万物，假若没有一点个性，充其量
你只是一座无名小山

新疆，新疆

我在西域寻找一座庙，或者一块石碑
这里呈现给我的只有千里戈壁沙漠
万里沃野草原和无边无际的玉米棉田，天山内外
骏马昂首奔腾，牛羊低头吃草，河流波光潋滟
蒙古人、维吾尔人、哈萨克人和汉人等
从他们赭红色的脸庞读到了安逸和祥和

仿佛我的故乡湖南，他们像我的父老乡亲
这块曾经被战马刀枪蹂躏践踏的"塞外"边疆
被一个六十九岁高龄，名叫左宗棠的湖湘老人
先北疆，再南疆，缓进急战，稳扎稳打
抬着自己的棺木，驱逐中亚外侮，沙俄铁蹄
"故土新归"，壮哉新疆

"吃得苦，霸得蛮，舍得死"
这是八万湘军在新疆抗御外侮的湖湘精神
也是后来八千湘女上天山的湖湘气概，虽然
赛里木湖非水泊洞庭，九曲十八弯的
"通天河"不是滔滔湘江，直入云霄的天山远比
南岳衡山险峻，这里的蓝天、青山、绿水、草原
与我的出生地丰饶宝庆，没啥二样

他们秉持着三湘大地的真诚、率性、耿直、热辣
有理九头牛也拉不回的驴脾气，在外敌面前
宁死不做令人不齿的软蛋

一方水土养一方人。老祖宗说的
也不是全对，垦荒造田的军民把荒漠戈壁
变成塞外江南，是人养活了这片死寂千年的土地
骏马、牛羊、小麦、棉花、玉米、大枣，苹果、葡萄、哈密瓜
就是一座座纪念碑，铭刻着艰苦、坚韧、卓绝
耸立在祖国的大西北，千年，万年……

乌鲁木齐之夜

乌鲁木齐的夜太迷人，已经是
晚上十点钟了，太阳迟迟不肯落山

人民广场的广场舞，如火如荼
水磨沟"香妃出浴"处，不见香妃，香味袭人
大巴扎人潮涌动，各式民族服装
走秀般展现，维吾尔、哈萨克、塔塔尔、蒙古、回族
他们笑容可掬，不知疲倦
葡萄、哈密瓜、无花果、蟠桃、香梨、白杏、苹果
烤馕、奶茶、烤肉、油馓子、油塔子、马奶子酒
令时间忘了抬腿，让南来北往的行人
眼光迷离，脚步失态

红山像一条东西横卧的巨龙，在夕阳
映照下，呈现出吉祥的赭红
游人们乐此不疲地摁着相机、手机快门，欲与
乌鲁木齐的晚霞，一起沉入梦乡

在天山天池

有些传说，既牵强
又扯淡，譬如
说天山天池是王母娘娘的洗澡盆

天池的水，原本冰清玉洁
它们的前世，在天山之顶一尘不染
亭亭玉立的雪岭云杉，围着湖水
从早到晚梳妆打扮

一只黄金雕，优雅地
从水面划过，这些空中骄子
仿佛觉得高高在上的生活，也需要
清澈之水，提神醒脑

云朵常常凑得很近
有时候聚集成黑压压的一片，直到
太阳把乌云赶走，自己独享
看得出来，太阳似乎也有
跳进湖中的冲动

凡夫俗子，我知道此地不宜久留
我的归宿，在人间

天山雪岭云杉

大雪可以封路，封山
可以令山柳、蔷薇、树莓、紫草、雪莲，甚至
砾砂、岩石、土丘、山峦统统遁形
一夜之间，在视野之中消失
可以令北山羊、马鹿、猞猁、金雕、棕熊、兔狲
威风不再，可以令
楚河、锡尔河、伊犁河顿失滔滔，可以令
时间静止

千百年来，雪虐风饕
都无法让雪岭云杉低头，折腰
它们把根扎进地下五十米、八十米、一百米深处
根扎得越深，头就抬得越高
仿佛一个历史悠久、根深叶茂的民族
面对艰难困苦和厄运，总能
逢凶化吉，并从中吸取下一次腾飞的能量

大雪可以征服天山，可以
暂时改变天山的海拔和模样，可以令
坚硬的岩石风化，碎裂，崩坍

而雪岭云杉，不论飞沙走石，白雪皑皑
还是明媚春光，始终坚持一个信念：
活着挺拔，倒下成梁

冈仁波齐

但凡无人冒犯的
高山、湖泊、旷野，都值得敬畏
海拔六千米的雪峰
尚未留下人类足迹的处女地，已经屈指可数

古耆那教、印度教、藏传佛教和雍仲本教
认定冈仁波齐为"世界的中心"，山上
住着诸多神仙。虔诚的转山者
一年四季在转山道上求神赐福

匍匐前行，俯仰于天地之间
手心、额头、胸脯、腹肌、膝盖、脚趾
紧贴大地，倾听神山的启迪，山下
年日寺、松楚寺、江扎寺、赛龙寺和止拉浦寺
静静地守护着岁月

八瓣莲花环绕，玉镶冰雕
发源于此的马泉河、狮泉河、象泉河和孔雀河
涓涓细流，是神山赐福于大千世界

"人生无信仰，万古如长夜"
藏族人转动着手上的日月星辰
站立是高山，匍匐是长路，留给后人
攀登和跋涉

遗忘不了结巴村

结巴，藏语意为"遗忘"
在结巴村可以遗忘仇恨、痛苦、烦恼、不幸
遗忘昨天的失意、失恋、自卑、自恋
遗忘战争、金钱、市侩和Wi-Fi

在结巴村，不可遗忘抬头所见的雪山
俯首所见的湖泊和经幡，不可遗忘
森林、瀑布、草原，沙欧、黑颈鹤，还有
房前屋后盛开的格桑花，生活在
凹地里的工布人，头戴黑白折围花裹毡帽
身着氆氇制作的毛呢长袍，
无不言语利索，好客而友善

随便走进哪家，火塘里的青冈木
烧得正旺，薄石板上烙制的麦饼、巴河鱼
能让人遗忘世上所有的山珍海味
头顶点着的高山松，能照亮熏黑的屋顶
也能照亮外乡人的胸膛

在结巴村，我最想遗忘的地方
叫人间

天　葬

在雪域高原，牦牛粪
是康巴人家一生一世的朋友
平时用来生火做饭，严冬用来祛寒取暖
死后，牦牛粪燃烧出青烟袅袅
那是写给胡兀鹫的一封古老信笺
是哀伤，也是呼唤

在离天堂最近的山冈，天葬师
手摇卜朗鼓，吹起人骨做的号子
诵念超度经文，牛、羊、鹰、胡兀鹫、土拨鼠
这些有灵性的动物，仿佛全都听懂了
与白云一起保持着静默
给予死者最崇高的尊严，就连平时
威风八面的高原之风，此刻都不声不响

灵魂是永恒的，死亡
只是不灭的灵魂与陈旧的躯体的分离
藏族人转山转水，积德累功，行善好施
最后用用旧的皮囊，喂食鹰和胡兀鹫
来完成人生最尊贵的终极布施——

舍身布施

是给予，亦是重生

纳木错之错

纳木错之错，是湖水蓝得

让人睁不开眼，我努力辨认水天分际线

又被广阔无垠的湖滨草原迷糊了视野

野牦牛、野驴、岩羊、旱獭和鼠兔

低头啃食蒿草、苔藓、香青、驴蹄草，还有

虫草、贝母、雪莲等名贵药材，目不斜视

连瞧都不瞧外来者一眼

纳木错之错，是高处不胜寒，海拔

最高的天湖，令我的另一半胆怯，滞留在千里之外

念青唐古拉山因纳木错的衬托，英俊挺拔

纳木错因念青唐古拉山的倒影，绮丽迷人

水中的棕头鸥、斑头雁、赤麻鸭、黑颈鹤、燕鸥

或者成双成对，或者成群结队，而我

身单影只，耳畔涌起陌生的赞叹声一片

纳木错之错，还可以

预卜凶吉祸福，可我不是"命大"之人

我问过众多高低大小不一的玛尼堆，和环湖的

蹄印、石子、沙砾、小草、无名小花

突然发现自己何其渺小，我捧一捧

可洗涤灵魂的水洁面，水中呈现
沧海一粟的本来面目，我花去大半生精力
也没弄明白的道理，片刻
纳木错就给了我答案

从拉萨去日喀则的公路上遇朝圣者

络绎不绝
像绵延起伏的山峦，有些瘦石嶙峋
头顶白雪，有些芳华青葱
河谷平原里的庄稼收割已空，几只黑颈鹤和小鸟
在为过冬的迁徙储备能量

车轮飞转，他们视若无睹，面色庄严
手戴护具，膝着护膝，身前披挂
一件毛皮大围裙，沿着公路，三步一磕
匍匐于地，双手向前直伸
每伏身一次，以手划地为号。如遇河流
须涉水，则先于岸边磕足河宽，再行过河
凭借信念，步步趋向圣城拉萨

五体投地，是为"身"敬
口念咒语，是为"语"敬
心中时刻想念着佛，是为"意"敬
两手合十，触额、触口、触胸
意为身、语、意与佛相融，合为一体

风餐露宿，朝行夕止
千里不遥，坚石为穿

冈仁波齐的白雪千年不化，一半是
因为感动，一半是因为等待

在羊八井泡露天温泉

有些貌似冷峻的人，却有
一副热心肠。白雪皑皑的高原雪山脚下
蕴藏着喷泉、温泉、热泉、沸泉、热水湖
羊八井，用一池露天温泉
洗浴我一身旅途劳顿

小步慢走，不喝酒，不洗热水澡
向导的忠告，已随一股暖流飘到九霄云外
我仰望蓝天，一只在空中盘旋的鹰，目光如炬
土拨鼠纷纷钻进洞穴，这好似我精心策划的
许多次努力，常常无功而返

不远处有两匹骏马，在低头吃草
马脚双双被缰绳拴住，仅能小步行走
无法奋蹄驰骋，人生许多时候也无不如此
每一双脚上，都拴着无形的绳索
迈开双脚急步行走时，常被自己绊倒

一些梦想，像空中
缕缕升腾的一丝丝热气，不一会儿工夫
仅剩下一片虚幻

大昭寺门前的青石板

作为梯子，已严重磨损
如果让那些心怀虔诚之人，得偿所愿
升入梦中天堂，也是功德无量

卧此一千三百多年，纹丝不动
等身长的深深印痕，被摩擦得像镜子
光滑铮亮，天地可鉴

酥油灯昼夜不息，香火四季缭绕
褐红色的脸庞沟壑纵横，沧桑的岁月
五体投地匍匐着，日月已无边际

男女老小，一步一个长头磕
无畏酷暑严寒，忍饥挨饿，甚至抛尸荒野
只为完成此生唯一的心愿

青石板吸收人间精华，经年累月
不知不觉间，已修炼成佛
凹凸有致处，越来越具有人模佛样

"天堂与地狱的入口"

加拉村，藏语意为"一只雕"
人类止步于此，南迦巴瓦峰终年积雪
云遮雾盖，村民说山顶上有神宫和通天之路

生长了一千四百五十多年的古桑树，传说
是松赞干布和文成公主所植，树上飘扬着
洁白的哈达和美丽动人的爱情故事
像古树一样日复一日，枝繁叶茂，年年开新花

古朴宁静的院落里，满墙的旱金莲
满院的波斯菊、格桑花、大丽花、四季海棠
花期交错，常开不败
牛儿安静吃草，红色屋顶氤氲炊烟袅袅

加拉村，雅鲁藏布大峡谷入口最后一个村庄
九户康巴人家，女不外嫁，男不外娶
淳朴，豪爽，好客
过着刀耕火种的生活，靠山，吃山，崇拜山

背倚南迦巴瓦峰，面朝加拉白垒峰
这只把守着大峡谷入口的雕，倚仗旷世的
雪山、绝壁、峡谷、飞瀑、激流，警告外来者
前面通往天堂，也是地狱入口

雅鲁藏布大峡谷

鬼斧神工，非在世界屋脊
划开一道深不见底的裂痕，还请来
一些来自地幔的客人，譬如
霞石、金云母、橄榄石、石榴石、单斜辉石
身份尊贵，是"打开地球历史之门的锁孔"

马蹄形大拐弯，天地间暂无出其右者
"喜马拉雅运动"不应允，就不会有后来者居上
南迦巴瓦峰和加拉白垒峰，隔江争雄
雪山若隐若现，低处的绿树相得益彰
楠木、樟木、乌木、麻楝、猴欢可随处生长
犀鸟、角雉、鹦鹉、太阳鸟、相思鸟欢欣雀跃
雪豹、石貂、白鼬、马麝、水獭、黑熊身影矫健
为了捍卫家园，对外来入侵者
它们都会舍命一搏

上有万年冰川，下藏沸腾温泉
雅鲁藏布、帕隆藏布、易贡藏布、米堆藏布的水
跌宕起伏，浩浩荡荡，一路流向低处
这些走下圣坛的水，纯洁，清凉，澄澈
落差不论多大，依然步履轻盈、欢快，仿佛
蕴藏着一种风度，一份自信
自成气象

第三极

珠穆朗玛峰，每年总会收留
一些生灵，风雪过后
一切又归于寂静，想登上世界最高峰的人
必拥有雄心大志，精于算计
往往也会败给上天

昆仑、祁连、唐古拉、冈底斯、念青唐古拉
风光无不秀丽，耸立着
不可逾越的悬崖峭壁，和数万条
难以立足的冰川，只需一次小小失误
一切努力就会葬于一场雪崩

纳木错、青海湖、鄂陵湖、班公湖、察尔汗盐湖
这些世界屋脊的蓝色眼睛，没日没夜
盯着变幻莫测的苍穹，风沙、骤雨、冰雹、暴雪
往往长途奔袭，从不顾及时节
来去莫测，那些擅长于跳锅庄舞的藏羚羊
深知，逆风而行会吃尽苦头

长江、黄河、怒江、澜沧江、雅鲁藏布江
都发源于此，这些养育了伏羲、炎帝
烈山氏、共工氏、四岳氏、金田氏和夏禹的乳汁
仍然在抚养着华夏后裔，脐带源远流长

挑战人类最高峰的人，成王败寇
而雅鲁藏布大峡谷六千零九米的最低处，只能用来
让高处的人，心生敬畏和恐惧

雪 豹

昆仑、天山、唐古拉、冈底斯、喜马拉雅
这些是我竖立在沙盘上的梅花桩
让我练就身轻如燕，攀岩爬坡如履平地

悬崖、冰川、沟壑、峡谷、激流
这是我给自己增加的难度系数，还要添上
行踪诡秘的飓风、雷电、骤雨、暴雪和冰雹

我把千年不化的白雪，披挂在身
火眼金睛，也无法锁定我来去不定的梅花趾
眨眼工夫，风雪就把我的踪迹统统抹掉

轻浮狂躁的猛虎和高傲自大的雄狮，到不了
这个高度，招风的大树也不行
这里只接受朴素的岩石，低调的白雪和云雾

饥饿的时候我会杀一只岩羊，或者盘羊
这种在悬崖峭壁上讨生活的动物，令我心生敬畏
我必须技高一筹，这是我敬重它们的方式

星星仿佛触手可及，那些绚丽的虚无
不是我想要的，我喜欢蹲在一块岩石上俯瞰
穿梭在尘世间的功名和欲望

李　立　红网《李立行吟》专栏作家。1985年发表处女作，学生时代有大量作品发表和获奖，后离开文坛长达二十一年，于2016年12月重拾诗笔。作品见于《诗刊》《人民文学》《花城》《芙蓉》《诗选刊》《解放军文艺》《天涯》《作品》《西部》《延河》《星星》《扬子江》《诗歌月刊》等百余种报刊，入选《2018年中国新诗排行榜》《2019中国诗歌年选》等数十种重要选本，获首届博鳌国际诗歌奖等十多个奖项，出版诗集《青春树》《在天涯》和报告文学集《飞翔的金凤凰》等。

万水千山读不厌，别有天地在人间
——读李立组诗《沿着绵延起伏的山丘》

◎凌之鹤

物只要有了理想的背景，诗就出现了。

——列夫·托尔斯泰

据我对李立诗歌不完全的阅读印象，他确实是行过世界多国，至今仍在继续漫游各地的诗人。他最近几年来的诗作，大多是对自己的自由行走与纵情漫游的诗意呈现，也是对其"地理诗学"的不懈探索。鉴于此，我认为李立是当代真正意义上的"行吟诗人"：他的行走游吟，未必是像孟浩然、李贺、贾岛等古人那样专注而浪漫风雅甚至是刻意为之的"骑驴觅诗"，但他行过之地，显然大都留下了其诗之记忆或痕迹；他潇洒地独行于天地间，看世界，观自在，读山品水，激扬心智，阅天下万象，赏异域风情，只是读不厌圣山灵水，思接千载，神游八极，怡然归来，眷恋和赞美的仍是活色生香的烟火人间。

1

与既往书写海外人文景观不同，《沿着绵延起伏的山丘（组诗）》是李立献给青藏高原以及生活在这片高原上，距离神灵最近的各族人民，包括生长于此间的珍贵生物的深情赞歌（这绝对是来自"第三极"的天籁之音——如果让李健、刀郎或降央卓玛来谱曲并演唱，这些诗歌必然令闻者瞬间倾倒）。在某种精神维度上，李立以早已失传的神似荷马的风度——一种寂然独行而纯粹的行吟诗人之姿态，纵情放歌高原，他从容地边走边唱，对地处西藏、新疆境内的诸多令人神往且具有代表性的重要旅游景点（人文风情）或人迹罕至的世外桃源，以及生活在其间的众多少数民族，生存在那片山水里的珍奇植物与灵性动物，做了一次集中巡礼和唯美的呈现。纵横西藏和新疆辽阔的天地间，从拉萨到乌鲁木齐，从冈底斯山到天山，从纳木错到赛里木湖，从雅鲁藏布大峡谷到塔克拉玛干沙漠……这无疑是一次震撼人心的浪漫壮游，是诗和远方的完美融合与生动演绎，也是李立对自己发明的"地理诗学"的又一次生动实践。

对资深驴友或旅游达人来说，旅游俨然一次艳遇，大美风光洗心销魂，天高地阔的"人文课堂"如春风化雨，那种身心享受与精神激变非亲历不能言表。而对更多游客来说，旅游无非只是一种消费和消遣：上车睡觉，下车撒尿，到了景点拍照。至于问起旅游的观感体会，写诗不过是奢侈的想象罢了，那种紧跟着导游小旗子奔走的"逃亡式"旅游——大多数游客最后总是一脸懵懂："到此一游"，如此而已。置身旖旎的自然风光中，仰望巍峨壮丽的雪山冰峰，面对湛蓝清澈的湖水，放眼辽阔无际的草原或浩瀚深沉的沙海，面对天地大美，有些人能发出大才般的佳言妙语，有的人只会简单地"啊　呀"惊叹，而更多的人只能沉默。

"文章是案头之山水，山水是地上之文章"。李立曾在《莫斯科郊外的晚上》一诗中感叹过："异国的星空，有我读不懂的空朦。"这一回，面对祖国壮丽的奇山异水，徜徉在惊世骇俗的大美风光中，"相看两不厌"，人与风景仿佛相容互通，心灵与自然和谐呼应，灵魂与天地精神亲切往来，真情流露而不能自抑，读懂了故国风光和民族风情的李立遂发出清新明快、真挚动人而近似"原生态"的礼赞与歌颂。恕我挑剔——这些诗章中还有部分固然存在炼句随意和分行略显任性，结体和语势稍嫌散文化的瑕疵，总体上读来浅显易懂，老妪能解，貌似清言淡语，其实语浅义深，言简意丰，绝非陈词滥调、千篇一律的泛泛导游语可比。

"仁者乐山，智者乐水"。李立的壮游行吟，表象上既有自我放飞、远遁喧嚣尘世的潇洒快意，实则亦有更多寻根找魂、抚慰心灵的智性追求，所以我们不妨将其及物抒情的书写视为一种颇具抱负的诗性修行—— 一种向自然万物学习，永远在路上的寻觅之旅。他行遍万水千山，归来也许满脸沧桑、行囊空空如也，就像"再别康桥"时风流倜傥的徐志摩，他轻轻地潇洒来去，虽然没带回一片云彩，但他的内心却是欢悦明净而自足的——经过山水洗礼和万物熏陶，他已然获得顿悟，其精神气质已然发生了根本性的变化。但这种变化并非埃米尔·齐奥朗式哲思的玄幻与虚无。齐奥朗在《思想的黄昏》里曾夸张地感叹：站在阿尔卑斯山和比利牛斯山的峰峦上，我踩着脚下的云雾，依傍着白雪和蓝天，终于明白：

> ——各种感觉应该比高山的稀薄空气更纯洁——无论是人、大地或者世界上的任何事物都不应该进入其中——令人心神迷醉的微风应该是瞬间，高处的旋流应该是视线；
> ——思绪像吹拂着蓝天和白雪的山风的喃喃低语，抚慰着此时不存在的万物的表层。在你的思想中，映现出以往渺无人烟的所有山脊，以及你曾经伤悼过的所有海岸。腻烦变成海边的音乐和山顶上的狂欢；
> ——"感情"不复存在。因为，能给予谁呢？一旦你不复是

　　人，那么除了虚空的力量，就不复有其他"感觉"；

　　……

　　齐奥朗据此进一步断言："每次旅行之后，进步的空话将你无可挽回地与世界联结在一起。你在发现新的美景的同时，受它们吸引而失去在你没有怀疑时培养你成长的老根。一旦受它们的魅力吸引，陶醉于它们所散发出的超凡的芳香，你就腾云驾雾飘向幻想的废墟不断扩展着纯洁的乌有之乡。"

　　很幸运的是，即使到了"天堂与地狱的入口"，李立似乎也没有陷入齐奥朗那可怕的玄思深渊中，"——除了生活在神经错乱之中，不能复活下去"，相反，他非常清醒而理智，就连"楼兰美女"的软玉温香，亦未曾让他腾云驾雾飘向那乌有之乡。

　　从这个意义上讲，李立之诗端然让我们发现，自然对人确有感染教化的功能，而这种自然雅正的美学教育却是不动声色、润物细无声的，大约可以从"环境影响人和环境塑造人"的角度来理解和认知。这种诗性的山水教化，是一种意外而纯粹的耳濡目染的结果。走过雪山、草原，穿过荒漠、戈壁，越过河流、湖泊，阅过胡杨、云杉，见过金雕、雪豹，领略风云变幻，他确实收获良多，而这些非凡的美学体验与感受，众多弥足珍贵的心灵顿悟和精神砥砺，已如百炼钢一样化为柔软优美的诗行和诗学。风光如画复如镜，在这山明水秀天地澄澈的风光宝鉴之中，李立不仅看见了真实的自己，也引领读者发现了不一样的自我。在我看来，这些游记性的抒情书写，其旨趣还指向另一种类似"通灵"的探索与发现，所谓"醉翁之意不在酒，在乎山水之间也"——不错，那里有通向我们心灵归宿的道路，有我们失落的高贵信仰，有我们人生存在的意义和我们渴望解惑的生死哲学。

　　环境伦理学之父霍尔姆斯·罗尔斯顿在《哲学走向荒野》一书中曾

如是说过：自然之道就是十字架之道。山月桂与泥炭藓也需要孤独，蚂蚁"似乎也有灵魂，值得人们尊敬"。

李立放下身段，放弃以自我为中心的朝圣般的行吟，让我们充分感受到自然的美丽和蕴藏在其间的丰富价值——"蕴藏着一种风度，一份自信／自成气象"（《雅鲁藏布大峡谷》）；让我们看到了天地间存在的一切事物的神奇与美妙——"湖水把高原精灵的一举一动／描摹成一幅山水油画，镶嵌在天山悬崖／／她们在微风中摇曳多姿，坦然，自信／那份坚持，令岁月动容"（《七月的赛里木湖》）。

在我看来，这也是生态文学迷人的崇高价值所在。

读罢李立这组行吟之作，不禁横生"万水千山走遍，归来仍是少年"的美好情怀。

2

"在中国人特别是中国文人看来，山水比人伦距天道要近——山水总是在天道'沉默的动思'中自然而然地呈现，鬼斧神工的'美'正可警醒、拯救那颗世务中经营、漂泊的心灵。"（《散文》2010年第六期）。李立的这组诗，表面写风光风物风情，实质上写的是人的心事心境心灵；他特意描写、抬举和讴歌自然界神奇壮观的"第三极"，有意无意地将我们引向生命与精神世界的极高处。他虽然一直将目光投向高原旷野，但关切的仍是源自内心的感动与思想；揭而言之，他只是通过看天下风光来看自己的内心世界。因此，这组诗庶几亦可作风光与心灵考察之诗性成果观。

我们可以通过李立这组诗中出现的几个关键词或他执意书写的价值倾向，对此作一番简洁的审美分享：这些诗歌着意发掘和致力呈现的与其说是罗尔斯顿真诚赞赏的自然潜在的内在价值，毋宁说是我们内心一直渴望和追求的美与力量的源泉和光芒。

归　宿

少陵野老曾感慨，"飘飘何所似，天地一沙鸥"。人生何处是归宿？苏东坡说，"此心安处是吾乡"。身体不必说，心灵／灵魂的归宿／归属感，无疑是我们此生最重要也最介意的精神安慰。树高千丈，叶落归根。风雪无情，明月有意，出发必然意味着归来。人在旅途，无论面对怎样的诱惑或挑战，无论风和日丽还是雨雪纷纷，无不希望在天黑之前找到个温暖的落脚之地。终生漂泊奔波之人，尤其需要一个理想的归宿。

马原在《冈底斯的诱惑》中有这样一段让吾心动的独白：

> 她太美了，她的美和我和人们拉开了距离，她成了一种象征。就像花朵、雄鹰、大海、雪山这些东西一样代表着某种精神上的东西。美丽的姑娘比任何人都更能让人直观地感受到生命的存在，感受到生活的价值和意义。这么说有点抽象，我有时觉得因为姑娘们，特别是因为那些漂亮姑娘，人类才生气勃勃地延续和发展……

冈底斯山无疑就是生机勃勃、不容亵渎的神圣之美的化身。同样为"世界之轴"冈底斯山之大美所震撼，李立却以不一样的感受试图来回应这种诱惑。在《冈底斯山》一诗中，诗人遗憾地感叹自己因"错过"而无缘成为这座众山之主的一块基石，成为一条冰川、一棵青草、一棵大树，未能成为寺庙中一根精美绝伦的画梁、诸河中的一滴活水。同时，当他惊异地发现万物皆有宠爱且各安其所而孤独的自己却没有归宿时，遂萌生了"献祭"的惊人凤愿：

绵羊拥有阿玛慈悲的宠爱，牦牛拥有
青草辽阔的宠爱，山顶洁白无瑕的雪，拥有
蓝天和阳光浩瀚的宠爱，野驴、藏羚羊、狼、熊
它们已各就各位，在你慈悲的怀里。而我
没有归宿

那么，请借山腰神圣的石阶一用
让秃鹫用我卑微的躯壳驱赶饥饿，再叼着我的灵魂
远走高飞

　　这种强烈而迫切的牺牲意识显非出于一时冲动，而是出于真诚自觉的奉献理念。如此独特且壮烈的内心体验，非置身冈底斯山这样崇高壮丽的雪山面前不可能生发。这种献身精神，李立在《天葬》中借藏族人的"布施"行为做了深沉的彰扬和清晰的阐述：

灵魂是永恒的，死亡
只是不灭的灵魂与陈旧的躯体的分离
藏族人转山转水，积德累功，行善好施
最后用用旧的皮囊，喂食鹰和胡兀鹫
来完成人生最尊贵的终极布施——
舍身布施
是给予，亦是重生

　　《在天山天池》一诗中，诗人嘲讽那些既牵强又扯淡的无稽传说，面对冰清玉洁的天池之水和天山之顶一尘不染的雪岭云杉，仰望掠水而

高飞的黄金雕，他幡然醒悟：

> 凡夫俗子，我知道此地不宜久留
> 我的归宿，在人间

信　仰

生而为人，须有雅正的信仰；唯有崇高的追求，人生才得以圆满。不知从何时起，我们之中有相当一部分人丧失了理想信念。信仰的迷茫与丧失，让一些人迷失了前进的方向，一些人则误入了万劫无归的歧途。李立确乎深信，信仰的力量，足以战胜人生里一切的艰难困苦，彻底改变人类生存的恶劣困境乃至命运，进而翻天覆地创造美好的生活／人生。信仰如诗，信仰象征着生命与希冀。激活生命力的诗和信仰都值得讴歌礼赞。《车过石河子》——你看，曾经死寂的荒漠戈壁，在劳动者持续挥舞的锄头下，已变成棉花、甜菜、玉米和西红柿新生的乐土，一生挺直腰板的劳动者和一直挺拔的白杨树如绿色卫士，已取缔了梭梭草、红柳树、鹅卵石、沙砾等野蛮傲慢原始的土著统治，"他们在，风沙就不敢造次和肆虐"：

> 风扬起的，不再是沙尘
> 是绿波，是希冀，是诗意盎然的《绿风》
> 车过石河子，我一次次地回头
> 阅读发表在戈壁滩上的这首长诗
> 磅礴，恢宏，郁郁葱葱

"地窝子"这种低矮简陋的房屋——"如土拨鼠的窝"，我是从李娟那部溢满生命气息的荒野生活简史——《冬牧场》中熟知的，作为人类在极端气候条件下的栖身之所，它俨然是人类生存智慧与乐观精神的庄严具象。在《地窝子》一诗里，诗人进一步赞美扎根荒漠，谦卑而信仰坚定的劳动人民不畏严寒酷暑，相信青春，相信信念，相信美好的事物和满腔热血，"相信盐碱地，硬不过信仰的锄头"。"信仰的锄头"这一生动形象而有力的比喻，让我看到信仰的锋芒与力量，它是勇于实践和艰苦奋斗的精神重器——像劳动者手中不懈地向天空高举，又奋力向大地挖掘的锄头。在《那拉提是"有太阳"的意思》中，诗人通过对逐水草而居的哈萨克人"互相帮助，团结友爱，一家有难，八方支援／迄今没有乞丐、小偷和离婚夫妻"的赞叹，赞美信仰的神奇与伟大：

> 当一个民族信仰善良，懂得感恩
> 心中就时刻装着一颗太阳，就会变得强大无比
> 像那拉提山顶上的雪，不论世事沧桑
> 始终洁白，拒绝融化

"人生无信仰，万古如长夜"。诗人还满怀热忱地赞美迄今守祖训、遵族规、尽道义、同甘苦，生活简单、性情豁达、好客友善、乐观开朗、知足淡泊的"最后的罗布人"；赞美维吾尔族重信誉的传统美德，赞美"吃得苦，霸得蛮，舍得死"的湖湘精神；赞美藏族同胞的虔诚、坚韧与布施大义。看吧，《从拉萨去日喀则的公路上遇朝圣者》——那些络绎不绝，风餐露宿，面色庄严，三步一磕，五体投地，庄重地表达"身"敬、"语"敬和"意"敬的朝圣者，他们不畏道远且险，"站立是高山，匍匐是长路"，一心朝向圣地，难怪——

> 冈仁波齐的白雪千年不化，一半是

因为感动，一半是因为等待

难怪——《大昭寺门前的青石板》，那些严重磨损的梯子，会让"等身长的深深印痕，被摩擦得像镜子／光滑铮亮，天地可鉴"。再看那"人模佛样"，这是何等令人神震撼的奇迹：

青石板吸收人间精华，经年累月
不知不觉间，已修炼成佛
凹凸有致处，越来越具有人模佛样

生　死

曹孟德忧叹："对酒当歌，人生几何？譬如朝露，去日苦多。"自古迄今，凡世间之人，无论富贵贤达、智者庸夫，大多为生死问题所困扰。帝王将相渴望长生不死，乡村野老期盼长命百岁。理智而聪慧者皆希望平生活得淋漓通透，死得魂归其所。而关于生死的终结问题，哲学家们无法从世俗的立场说清道明，即使强势的宗教亦未能以神学的妙理给出令人心安悦服的答案。行走在苍茫天地间，李立对人类生存的价值和意义也颇多思量。《在霍城薰衣草之乡》一诗里，诗人为人间纯洁之爱祝福，为"身穿白色礼服的新郎新娘"祈祷，"愿这一刻的浪漫／可以温暖人们孤寂的一生"。他坦率表白并为之愧叹：

蜜蜂把生计，绑在腿上
奔波一生，我什么也不想要
如果可以，我只想把自己
埋下去，拒绝呼吸，不贪婪一生一世

天长地久是多久？苟且一生

太久，纯粹一世

太短

　　在世人浮躁奔竞的时代，盲目地奔波、苟且一生到底有何意义？木心在《同情中断录》扉页题词云："我曾见的生命，都只是行过，无所谓完成。"据我悲情的观察，这世间有多少人，因为没有高尚的追求，更谈不上任何美好的付出，他们仅满足于吃饱喝足，毕生无所作为，只是像死了一样寂寞地活着。这平庸乏味的人生世态诚然令多情者黯然神伤。李立忍不住托物明志，慷慨表达了自己向往的"生死观"：活着就要始终保持优雅，生得伟大，活得巍然；死了同样要留下名节，死得光荣，重如泰山。所谓"当时物议朱云小，后代声华白日悬"是也。他借《塔克拉玛干沙漠里的一棵胡杨》——一棵傲然扎根于沙漠中，能听懂沙鸣，善于从跋涉者的白骨和思想中汲取沧桑的灵感，不畏寒冷、干旱、狂风和沙尘暴，娴熟于从生死游戏中转换角色并不断构思新生经典情节的胡杨树之口骄傲地宣称：

我优雅地伫立，在岁月的边缘，屏住呼吸

一千年，即便是死了

都跟活着一样

　　也许就是这一棵活得光明磊落而颇有风度的胡杨，当它在《我的楼兰》中再次出现时，尽管它已风干，但"为了印证她的传奇，传承后人"，它毅然无悔地化为了伟大的路标：

伫立了数千年，死了，也要一丝不苟地

挺直腰板，以便给后来者指明方向

与大漠戈壁中的胡杨相仿，傲然挺立在天山雪岭的云杉群落，则表现出另一种令人景仰的尊严气象和壮烈情怀：

大雪可以征服天山，可以
暂时改变天山的海拔和模样，可以令
坚硬的岩石风化，碎裂，崩坍
而雪岭云杉，不论飞沙走石，白雪皑皑
还是明媚春光，始终坚持一个信念：
活着挺拔，倒下成梁

智 慧

印第安人有谚语云："放慢你的脚步，好让灵魂跟上你的步伐。"阿尔卑斯山谷中有句广告语："慢慢走，欣赏啊！"这两句话昭然表明，俯仰天地，从容如闲庭信步，淡定看花开花落，乃人生行走之智慧。除却传统诗歌固有的"兴观群怨"的主要功能，我们从李立的诗歌中隐约还发现了一种新的功能加持或意义增值：我以为就是那些闪烁在诗行间予人启迪的可贵智慧，它是心灵瞬间的颖悟与感动，也是灵光一闪的思想发现和情绪反映。

世间的一切美好抑或苦难，只有承受了，看懂了，欣赏了，放下了，我们才会被感动。且看，《在拉萨》最后一节，李立为何难免潸然？

天堂把牦牛种在草原

> 白云把我种在拥挤的拉萨大街
>
> 雪山把泪滴，种在我的眸子上

好一个"种"字了得！人在熙熙攘攘的拉萨街头，诗人忘却了尘世繁华，其心已随圣洁的雪山冉冉升起。这是一种升华了的无言的感动。这份感动，只能以同样干净的泪水来回应。

在《我的楼兰》结尾，诗人居然听到了自己灵魂的抽泣：

> 瞅着这片土地，我仿佛隐隐听到了抽泣声
>
> 一些来自地表以下，一些
>
> 来自我的灵魂深处

《伊索寓言》里那只吃不到葡萄的狐狸，抱怨甚至散布谣言说葡萄是酸的。这是不能也不愿正视现实的虚伪表现。在《吐鲁番的葡萄还没有熟》一诗中，诗人既赞赏维吾尔大叔珍重的诚实和信誉，也不无幽默地表达了自己勇于面对现实的淡定与豁达：

> 诱惑无处不在，而我，即便是吃不到葡萄
>
> 也不说葡萄酸

在《坎儿井》，面对来路遥远、圣洁而格外珍贵的一泓清泉，李立情不自禁提醒人们：

> 再凶猛的动物，在喝水的时候
>
> 都得低头。来坎儿井汲水的人，不论男女、老幼
>
> 请放低身段

"山不在高，有仙则名"——低矮且没有神仙居住的小山，必须有"个性"，才可能有令名。在《火焰山》，面对寸草不生，毫无任何生命气息，形象毫不起眼，"蜷缩在吐鲁番盆地，低到 / 海平面之下，脾气还十分火爆"却因为沉默而显得强大的火焰山，李立坦言：

> 世间万物，假若没有一点个性，充其量
> 你只是一座无名小山

在一个诗性渐次消退，个性时或受到无端争议和排挤的社会，他批评的当然不只是一座山。隐藏个性或不敢张扬血性的人，读此诗情何以堪？行到水穷处，坐看云起时。与李立在《悉尼湾》所见的"海水蓝得有些虚伪"迥然不同，纳木错的水蓝得让人心生敬畏——站在纳木错这个蓝得让人睁不开眼睛的最高的天湖面前，仿佛面对圣洁睿智的世外仙姝，再傲慢的王侯都不敢造次。《纳木错之错》使人冷静思索。纳木错何错之有？它让人惊艳销魂的至美没有错，错的不过是目光短浅的凡夫俗子！这是多么神奇的经验：捧一捧清水洗净浊眼，才惊觉自己的渺小；经由这湖水的洗心浴魂，心有灵犀的读者亦像诗人一样恍然大悟，人生里的诸多困惑与纠结，刹那得以冰释，转眼云开日出：

> 纳木错之错，还可以
> 预卜吉凶祸福，可我不是"命大"之人
> 我问过众多高低大小不一的玛尼堆，和环湖的
> 蹄印、石子、沙砾、小草、无名小花
> 突然发现自己何其渺小，我捧一捧
> 可洗涤灵魂的水洁面，水中呈现

> 沧海一粟的本来面目，我花去大半生精力
>
> 也没弄明白的道理，片刻
>
> 纳木错就给了我答案

在《新疆，新疆》一诗中，他毫不掩饰地赞赏八万湘军在新疆抗御外侮的湖湘精神和八千湘女上天山的湖湘气概，质疑"一方水土养一方人"的古训，认为人们只要具有艰苦、坚韧、卓绝的奋斗精神，就能建设幸福美好的生活。

> 一方水土养一方人。老祖宗说的
>
> 也不是全对，垦荒造田的军民把荒漠戈壁
>
> 变成塞外江南，是人养活了这片死寂千年的土地
>
> 骏马、牛羊，小麦、棉花，玉米、大枣，苹果、葡萄、哈密瓜
>
> 就是一座座纪念碑，铭刻着艰苦、坚韧、卓绝
>
> 耸立在祖国的大西北，千年，万年……

海子曾经说过："作为一个诗人，你必须热爱人类的秘密，在神圣的黑夜中走遍大地，热爱人类的痛苦和幸福，忍受那些不能忍受的，歌唱那些应该歌唱的，'诗歌是一场烈火，而不是修辞练习'。"李立在阳光下或风雪中行走，歌唱那些应该歌唱的，赞美那些必须赞美的，他的诗歌虽然不是烈火，却有一种月白风清的高旷情怀和泼辣任性的快意机智。

古人云：睹标致，发厌俗之心，见精洁，动出尘之想，名曰"清兴"。独行苍茫，傲立高处，李立不只会横起"清兴"，而且亦偏尚"清狂"——他不仅耽恋于"书生留得一分狂"，而且希望成为雪国冰峰间那一只纵横无羁、自由来去的雪豹。

海明威在《乞力马扎罗的雪》开篇写道：

乞力马扎罗是一座海拔一万九千七百一十英尺的常年积雪的高山，据说它是非洲最高的一座山。西高峰在马塞语里被叫作"鄂阿奇－鄂阿伊"，即神之居所。在西高峰的近旁，有一具已经风干冻僵的豹子的尸体。豹子到这样高寒的地方来寻找什么，没有人作过解释。

李立的《雪豹》，似乎对此给出了一种令人信服的解释。在题为《雪豹》的诗中，李立以拟人化的口吻，让一只身披白雪，具有火眼金睛，身轻如燕，攀岩爬坡如履平地，将昆仑、天山、唐古拉、冈底斯和喜马拉雅当梅花桩，把悬崖、冰川、沟壑、峡谷与激流做沙场的雪豹平静地独白：

> 星星仿佛触手可及，那些绚丽的虚无
> 不是我想要的，我喜欢蹲在一块岩石上俯瞰
> 穿梭在尘世间的功名和欲望

这只行踪诡秘，猎杀和生存技艺高超，生活在猛虎和狮子都无法抵达的高度上的雪豹，恰是诗人理想的化身。据我悬揣——这只雪豹更多源自深沉的意念——它无疑是我们内心深处渴望的一种野性和自由精神。

3

在阅读《沿着绵延起伏的山丘》这组诗时，我总会想到谢默斯·希尼评论约翰·克莱尔早期诗歌的一些洞见。希尼称赞以"农民诗人"闻名的克莱尔涉及花草鸟兽和农村发生的小事的一些诗，写得"似乎就

像呼吸一样自然"。他说，克莱尔一生写了几十首包含惊喜的观察的诗歌，"它们都能明显地带有那种突然发现自己在正确的道路上全速前进的兴奋，那种抓住线索追踪而去的激动，那种冲刺与跨越障碍的快感"。与克莱尔的诗歌美学效果相似，李立的这组诗亦"包含惊喜的观察"，它们一定程度上"能够抓住读者的呼吸，在身体上对读者造成一种积极的控制"。比如《七月的赛里木湖》第二节：

> 金莲花、银莲花、马先蒿、勿忘草、软紫草、团扇荠
> 天山报春、布赫黄耆、铺地青兰、薄叶美花草、钟萼白头翁
> 还有那些低头啃草的白云
> 策马飞驰的少年郎
> 摆拍婚纱照的新郎新娘
> 他们的喜悦溢于言表

如此铺张、如此画面感极强的极美场景，端然让我们感觉"乱花渐欲迷人眼"。

再如《"天堂与地狱的入口"》第三节，你看——前通天堂后接地狱的加拉村那个静谧的院子，它分明是富有生机的人间景象，却绚烂如最初的乐园梦境：

> 古朴宁静的院落里，满墙的旱金莲
> 满院的波斯菊、格桑花、大丽花、四季海棠
> 花期交错，常开不败
> 牛儿安静吃草，红色屋顶氤氲炊烟袅袅

同样用出色的快照式或蒙太奇镜像推拉摇曳生动地呈现自然风光

的还有《读果子沟》《车过石河子》《那拉提是"有太阳"的意思》《天山雪岭云杉》《纳木错之错》《雅鲁藏布大峡谷》诸诗中的若干诗节——那些呼之欲出扑面而来芬芳可嗅的花草和呼吸可闻的野兽历历眼前，诚如希尼所谓，"有时候生动准确的印象纷至沓来，让目不暇接的读者无法不致力于即刻的应对。这些印象本身都不算很奇特，它们造就的诗也并不眩人耳目；这种诗的不凡在于它朴实无华的欢乐，对世界上的事物层出不穷的状态抱有完全激活的热爱"。

李立的"地理诗"系列俨然当代诗坛一道令人沉醉的自然景观，这些诗并不以讨好讨巧的华丽形式和稀奇古怪媚世惊人的内容哗众取宠，但它们确实像抓痒一样巧妙触及并恰当地表现出一种"朴实无华的欢乐，对世界上的事物层出不穷的状态抱有完全激活的热爱"。

李立尝自谓，作为领略过世界上名胜古迹最多的那一小撮人中的一员，自2017年起，他就萌生了从世界地理诗歌入手的创作思路。他相信这一诗学实践"说不定拨开云雾见明月，别有洞天"。果然！他的系列世界地理诗歌获得了读者的青睐。《西行记》组诗还获得了首届博鳌国际诗歌奖。评委庄伟杰在为其撰写的颁奖词中如是评价：

> 李立具有开阔的文化视野和精神向度，善于以直觉贯通感性和理性，并以灵动的结构、语调和节奏，将自己对世界和生活的理解，融于精心选取的意象中，去营构心灵化的诗意空间，渗透着人文关怀和批判意识，力图实现"个人对抗美学"的诗歌气质和抱负。《西行记》系列诗作，通过异域风情的观察和思考，与人生、历史、现实进行心灵对话，去践履自己的美学主张，完成个人的精神独旅。其敏锐的触角和自由穿行的艺术力道，拓宽了汉语诗歌写作的可能性。

显而易见，《沿着绵延起伏的山丘（组诗）》则是诗人对西藏、新疆风光、风物和人文风情的观察和思考，是诗人"与人生、历史、现实进行心灵对话"的又一诗性收获。

李立的"地理诗学"实践，一方面自然巧妙地体现出他自身具有相当的阅历、见识、激情和学养，一方面也自信沉着地表达了他的人生观、世界观和价值观。这是他作为一个优秀诗人成熟的表现，也是他诗歌至为醒目的辨识标志。但我对其孤标独倡的所谓"地理诗学"——仿佛只是一个噱头式响亮的口号——目前表现出来的同质化的写作模式（或曰"主题＋结构"形式）有所警惕。姑容我戏言，以《沿着绵延起伏的山丘（组诗）》为例，我可以用最简单的数学语言或方法提炼出李立诗歌创作的基本模式：地理或事物名称（诗题）＝风光描写＋思想感悟。这种写作模式固然简洁明快，李立已玩得风生水起、得心应手、炉火纯青，但它作为一种诗歌模式绝非李立首创，更要命的是，它容易被模仿，被复制，被批量"生产"。想象一下吧，面对同样的风景，你作为摄影高手，可以用装备精良的高端相机拍出杰作，但一个对摄影艺术一窍不通的门外汉，他同样可以用像素极高的智能手机拍出精美照片——此时，作品已说明一切，至于我们一向引以为傲的所谓艺术情怀、眼光甚至专业素养，说来已属多余也。谓予不信，不妨试读下面这两首：

喀纳斯湖

成吉思汗西征时，曾数次到这湖畔避暑
耶律楚材亦赋诗称颂它的绚丽佳境
不必亲见，它的大名，早已如雷贯耳
比它更有名的，是随时出没于其中的湖怪

传说多如牛毛，像喀纳斯上空耀眼的繁星
遥远，神秘，不可言喻，想来令人动心

土著人说，水怪能掀起滔天巨浪
吞食岸边的牛马羊和黑熊，它们一高兴
就会互相追逐嬉戏，激起水柱，发出红光
有人亲眼看见，湖怪生吞掉一匹大马
有甘肃籍老人讲，他和同伴乘船过湖去经商
行至湖中，有三人惨遭水怪吞噬
有科考者称，他们放在湖中的千斤巨网被拖走
新疆媒体曾报道，科学家发现湖怪是"大红鱼"
2003年9月27日，俄蒙中三国边境交界处大地震
位于震中附近的喀纳斯湖，随着巨浪冲出
一个黑色的庞然大物，在半分钟内，连续两次跃起
据喀纳斯自然保护区一位领导介绍：
"其中一次是垂直跃出水面，另一次
是横向跃出。那大物身长足有5到6米
我们非常惊讶，同时又非常惶恐……"

像喀纳斯的蒙古语之意，这些传说固然神秘
尽管没有影像证据，人们还是将信将疑
当我坐船进入喀纳斯湖中，看湖光潋滟
山色空蒙，突然一阵风卷起的水花打在脸上
我居然倍感紧张！尽管眼前的喀纳斯风平浪静
多年以后，我脑海中依然会浮现神秘的湖怪
这让我相信，人心，有时就是深不可测的喀纳斯

穿越克拉玛依乌尔禾"魔鬼城"

风道上，不倦的大风就是天才的建筑师
它建造的神秘城堡，壮观、空旷，无人居住
也许它太荒凉，就连神仙，也无意驻足
只有魔鬼，才会喜欢这风沙肆虐的寂寞国度

我随风起舞，迎风呼啸，穿越乌尔禾"魔鬼城"
我看到残垣如倚天剑，断壁似危楼高台，山石千姿百态
这个像楼兰美女在梳妆，那个似匈奴将军正点兵
狂风吹过通衢大道，但闻鬼哭狼嚎，有雄鹰欲飞
有千军万马布阵，有大象高扬长鼻，有猴群扑腾
转过一座宫殿，我听到猛兽咆哮，伴随着鸡鸣狗吠
有婴儿哭泣，有窃窃私语，有隐隐雷声由远而近
有女人温情喊我的乳名，惊回首，风沙迷蒙
我看不清她的倩影——

如今每每想起"魔鬼城"的游历
那凄厉的风声便会从耳畔吹起，在我心底
响着万千回声：世间本无魔鬼
善良的人啊，你要警惕的，只是
那些心里有鬼的人，他们比魔鬼还可惧

　　如果将上面两首诗放在《沿着绵延起伏的山丘》这组诗中，估计没有几个读者会看出它们并非出自李立之手吧？不错，这两首拙作只是

我基于新疆之行的印象对李氏诗歌模式的一次戏仿。而在这个流行网上"云游"的时代，我们完全无须亲临某地，便可通过"网游"见识彼地的山水风光、人物风情。这大约是"地理诗学"易于模仿的一个原因吧？说这么多，我的浅见是，诗人既要强化原创意识，持续挑战自我，更要勇于打破惯性和惰性思维，不断提高写作的难度，不仅要慧眼读风光，还要赋予风光思想性和不朽的生命力。诗歌当然可以被模仿，关键就在于像可口可乐的广告语所说："一直被模仿，从未被超越。"这才是诗人的荣耀——李立君，不知以为然否？

也许是我杞忧太甚，令人欣慰的是，李立显然不会满足于目前的创作成就，一如他不会停下追逐远方的脚步。他在其诗歌随笔《海中央，澳大利亚诗意盎然》一文中清晰地表达过自己的诗观：

> 读万卷书不如行万里路。当世界万物通过心灵的窗口，进入灵魂深处，经过筛选、加工、过滤、吸收、消化，去其糟粕，取其精华，潜移默化，成为自己生命中华丽的一部分，这些生命的感悟必定是字字珠玑，感人肺腑，刻骨铭心，能让闭门造车、无病呻吟者相形见绌。双脚打磨出来的诗篇，将具有山的巍峨，路的蜿蜒，水的无形，日月的华光。

李立相信"走出暗室，走出自我，走向远方的大千世界，拥抱阳光，人生必将风和日丽，海阔天空"。他说，"澳大利亚的国宝树熊性情温顺，憨态可掬，十分招人喜爱，它是从有毒的桉树叶中提取营养，维持生命和繁衍后代的。诗人也理应如此，要从人世的险恶、悲愤、伤痛、磨难、不幸中萃取豁达、积极、乐观、奋发、拼搏、向上和抗争的营养物质，喂养自己的品性和格局，像春蚕一样吐出丝来，使之成为人类文明的宝贵财富"。大道明乎也哉！我们对李立"吮毒汲精"的诗学炼金术满怀期待——春蚕尽可吐丝，蜡炬必须高燃，万水千山喜无恙，天地逍遥看诗人。

2020年5月1日
于滇中·嵩明栖鹤斋

凌之鹤 本名张凌，回族，号小城隐士。诗人，评论家。云南省作家协会会员，昆明市作家协会理事，纯文学民刊《滇中文学》主编。十六岁发表处女作。常用笔名有荆棘鸟、安兰、凌之鹤、小李伊人、西门吹酒。作品散见于《中国艺术报》《译林书评》《滇池》《云南日报》《休斯敦诗苑》《小说林》《诗歌月刊》《散文诗》《星河》《山西青年》《文艺评论》《大家》《边疆文学》《江西散文诗》《湖南文学》《当代中国生态文学读本》等报刊。著有《醉千年：与古人对饮》（2012）、《独鹤与飞》（2015）。另有《为文学祭春风》《人间酒话》待出。在《昆明青年》《女性大世界》发过诗歌专辑；曾入选《春城晚报》山茶副刊"诗坛星座"、昆明红土地诗坛新生代、"昆明青年诗人20佳"。诗歌《小女说她想偷只小狐狸来养》入选《中国2003年度优秀诗歌选集》；《幽州台》《突然看到一面破镜》入选《2009年度诗歌精选》。曾获首届滇云网络文学大赛提名奖，第二届滇云网络文学大赛最佳评论奖，第四届滇云网络文学大赛佳作奖，2017年、2019年《滇池》文学年会奖。